乔光福诗文选（下）

QIAOGUANGFU SHIWENXUAN

乔光福 / 著

哈尔滨出版社
HARBIN PUBLISHING HOUSE

图书在版编目（CIP）数据

乔光福诗文选．下／乔光福著．—哈尔滨：哈尔滨出版社，2021.12
ISBN 978-7-5484-6267-5

Ⅰ．①乔… Ⅱ．①乔… Ⅲ．①中国文学－当代文学－作品综合集 Ⅳ．① I217.2

中国版本图书馆 CIP 数据核字（2021）第 180437 号

书　　名：乔光福诗文选．下
　　　　　QIAOGUANGFU SHIWENXUAN．XIA

作　　者：乔光福　著
责任编辑：韩伟锋
责任审校：李　战
封面设计：树上微出版

出版发行：哈尔滨出版社（Harbin Publishing House）
社　　址：哈尔滨市香坊区泰山路 82-9 号　　邮编：150090
经　　销：全国新华书店
印　　刷：武汉市籍缘印刷厂
网　　址：www.hrbcbs.com
E-mail：hrbcbs@yeah.net
编辑版权热线：（0451）87900271　87900272
销售热线：（0451）87900202　87900203

开　　本：880mm×1230mm　1/32　印张：14　字数：276 千字
版　　次：2021 年 12 月第 1 版
印　　次：2021 年 12 月第 1 次印刷
书　　号：ISBN 978-7-5484-6267-5
定　　价：88.00 元（全两册）

凡购本社图书发现印装错误，请与本社印制部联系调换。
服务热线：（0451）87900279

作者手迹《五彩缤纷的人生》

作者手迹

五彩缤纷的人生

父亲的银丝是一部闪着爱和辛劳成的历史。

母亲的皱纹是一支歌，一支古老而又悦耳的歌。

爱人的眼睛是一首诗，一首朦胧而又透明的诗，像孩子，像星星。

孩子的笑脸是诗，是歌，是花，是初升的太阳，照亮了我们的每一个细胞。

银丝，皱纹，眼睛，笑脸，不就是幸福的生命之花么？不就是五彩缤纷的人生么？

1988年4月15日

作者手迹《雨后初晴》

作者手迹

雨后初晴

雨后初晴。

阳光，暖融融的。

草，茵茵的，正盛；春鸟儿，鸣啾啾的，正欢。

踏着一路阳光，梅来了。

此时，梅就坐在我的对面——苗条的身材，袭人的秀发，白皙的瓜子脸，一双星光闪烁的眼睛。

梅去了，踏着一路阳光。

我望着绿的树，盛的草，听着鸟儿的歌声，心里想道——

据说，美是和谐。

1983年4月13日

作者手迹《温柔》

温柔

温柔是一种力量。可不是吗？春风在冻结的湖面上走过，坚冰竟然出现了裂缝。

温柔是一种感召。可不是吗？无私的友谊能让铮铮硬汉懊悔不已，乃至潸然泪下。

温柔是遏制暴风雨的阳光。

温柔是制止家庭战争的和平鸽。

星光是温柔的。她把清凉而又平和的银辉洒向人间，洒向人们被阳光炙伤的记忆。

花草是温柔的。她用芬芳的气质与碧绿的精神覆盖着大地的创伤，覆盖着与生俱来的骨子中的苍凉。

温柔与爱心手拉着手，轻盈地走在善良的行列之中。

注：此章散文诗于1997年先后发表在海南《特区卫生报》第167期与海南《文化大世界》五月号。

作者手迹《跋青山 涉绿水》

跋青山 涉绿水

　　詩歌，如山似水。
　　这山，奇伟得令人目眩；这水，深邃得令人神迷。
　　一群又一群的朝圣者脚底生风，手中弄斧与語言展开了激烈的搏斗。
　　搏斗的結局：到語言为止，到生命为止。
　　山高水長。
　　不到長城非好汉。
　　請看——
　　朝圣者们跋青山，涉绿水，留下了一路或浓或淡的春花！

诗的人生絮语
——《乔光福文选》序
湖南　李世俊

　　从邮局接到《乔光福文选》（手稿），厚厚的两大本，原计划十天半月看完，结果看的速度很快。从头至尾一篇不漏，看得心灵震撼，也看得轻松愉快，不到一个星期就拜读完毕，这对于我的确是一个例外。

　　记得20世纪80年代末，我在县里主持《书院洲》文艺的编务，乔先生在乡镇张九台中学教书，常有诗作寄卜供这个"园地"发表。一来二去，我就把他当作了知心文友，从此见面后就称他为"乔诗人"。后来，这位钟情于缪斯的诗人，在业余时间办起了《跋涉诗歌报》《蓝天艺术报》。虽说忙得团团转，但效果极佳，全国各地乃至港澳，诗篇像"席卷江南的杨柳"，又像"长空的雁阵"，先后汇集到这个水乡的诗之岛上。值此，"佛光的诗景"一直延绵至今。

　　如今，呈现在我眼前的这本《文选》，我认为就是"一座诗的平台"。这座平台由两根石柱耸立，其中一根名叫"奋斗"，另一根名叫"骨气"。它们的建筑材料都是用诗的原材料加工组装而成。因此，我从这个平台的"单元"里，隐隐约约窥见了魏晋的风骨、唐宋的遗韵；也欣赏到诗歌长河里的浪花、回旋九曲之上的生命历程以及那一段段历程中闪现的智慧之花……

　　君不见：《人生备忘录》，不就是乔先生熔铸的奋斗诗篇吗？少年时代，祖母像太阳般的温暖，引领他在澧水岸边的"苦旅"；

青年时代"苦中求乐"的两次务农；十二年"苦行僧"式的民办教师的修炼，不仅让我欣赏到了奋斗者成功的诗篇，更感觉到了弥足珍贵的在扼杀中挺起胸膛的强者形象。

君不见："论说文"单元里，不就是奇花异卉绽放的诗的百花园吗？感谢乔先生作为"诗的导游"，亲切而又热情地为读者介绍了众多的诗人和他们的名作，真正是美不胜收呵！那"一片冰心在玉壶"的诗人顾万久，使读者领悟到奉献者的人格；那《柔姿纱下》的诗人阿红，总是在诗的美学王国里开挖，思想的翅膀像工蜂一样忙碌，一次次奇思妙想，为读者酿造诗的蜜糖。著名的或不著名的诗人、诗花，在乔先生的诗评和诗论中，一一闪现着各自的神采、别样的风景，于是诗国的芳香向读者袭来，金色的阳光向读者涌来。

君不见："散文"和"散文诗"单元里，不就是诗的精灵在作潇洒的散步吗？那些人生的艺术的警句妙语，不就是美到了极致吗？在艺术王国里跋涉，他也有独自的发现和表现："我笔下的万物，全是人的象征。我正在苦心孤诣地追求那种天人合一的境界。"没有深邃的思想，没有高尚的品德，没有真善美的追求，就概括不出这样的艺术真经。老一辈的名诗人艾青，在他的《诗论》中有一句名言："给一切以性格，给一切以生命。"我一直奉为文学创作的圭臬。而今，乔诗人极其深刻地总结的这一写作经验，我想对有志于艺海跋涉的人来说，肯定会有醍醐灌顶之效。有位小说家说："在我的小说里，竹子也是人。"还有一位武陵诗人，他游了桃花源的方竹亭，写了一首诗，诗里说这儿的竹子方而不圆，也有陶渊明的性格。瞧，这就是创造性想象。乔诗人把这种想象早就运用到诗歌里，进而运用到散文和随笔里，因此，在他的笔下草木也通情，连石头也有了鲜明的个性，而且"佛光"普照，众生平等，展现着一片大和谐，真正达到了"天人合一"的诗境。

总览《乔光福文选》，我是这样看的：其主体部分就是由叙事诗和抒情诗组成，因为，他把散文、随笔、杂感——诗化了。不是吗？连他辑录的"日记"单元，都是运用诗的语言凝聚的智慧的火花。

写到这里，我联想到了印度著名诗人、哲人泰戈尔的一段论述，他曾把散文同诗作了鲜明而生动的对比。他说："诗像一条小河被两岸夹住，流得曲折，流得美；而散文就像涨大水时的沼泽地，不见边，沿着一片散漫，真如汪洋辟阖，仪态万方。"

我觉得用泰戈尔的妙比，来烛照《乔光福文选》的精气神，是再好不过了！

是为序。

2008 年 9 月 10 日于深柳书斋

注：李世俊，中国散文学会会员、湖南作家协会会员、常德市散文家协会顾问。著有散文集《江南随笔》《深柳赋》《绿韵》、故事集《猎奇俱乐部》、小说集《诗的星空》等。

爱的序言

2008年，父亲拟出版《乔光福诗选》时让我为他的诗选题序，我写下了未经风霜不谙世事的序言。时隔13年，当父亲再让我为他的文选题序时，我仍旧有些忐忑，但我更希望自己不辜负父亲的信任和期待。

如今我认为一个人来到这个世界上，是要用好自己的身体，探索自己的内心，去创造出点什么东西的。创造的来源，源于个人的人生经历。艺术家与一般人的不同之处，就是艺术家可以通过精湛的艺术表现将其所经历所领会到的东西以有形的方式呈现，让人揣摩领悟，作品和作者的精神能屹立于不朽的艺术殿堂。诗人也是艺术家，有意义的诗歌让人们对人生进行思考咀嚼，赞叹生活的苦辣酸甜悲悯顽强，从中获得美感并反思自我。

我的父亲是一位纯粹的诗人。父亲有一笔宝贵的财富那就是苦难。父亲在无望无常的世间拼命挤出一方土，哪怕这方土过于贫瘠，他依然用他的心血为之开垦浇灌，硬是建了一座属于他永恒的精神家园。写好诗歌，写好文章，将不矫揉造作有营养有精神的作品带给后代和世人，就是我父亲毕生最大的使命。父亲困苦的童年，艰难地求学，陶醉的爱情，感人的亲情，忘我地工作等人生的点滴，在这两本诗文选中都有所体现。这两本小小的诗文选，是父亲的大半生。我认为父亲这两本诗文选是经得起读者去体味领会能有所收获的好书。有些遗憾的是，有些好作品在几次搬家中被弄丢了。

我的父亲在我的世界里很闪亮很辉煌。我无意美化我的父亲，我的父亲平凡渺小，我的父亲鲜活真实，我的父亲伟大纯粹。我的父亲做了一辈子的人民教师，做了一辈子的诗人梦。一辈子两袖清风，这清风里带着他朝思暮想的诗歌和对成为大诗人的向往。谁知道父亲追逐梦想过程中的幸福与心酸，这在诗文选里体现得深刻。我的父亲是如此纯粹地追逐着他自己的梦，他如愿以偿地做着自己，努力地完成了他的梦想。如他在《我的诗人梦》里所说："这几行淡淡的墨迹毕竟证明我曾经以人的姿态奋斗过。是的，只要奋斗，岁月就会是欢乐的海洋；只要奋斗，人生就不会是毫无意义的死水。"毫无疑问，我的父亲为了梦想不畏艰苦坚定不移不遗余力永不放弃的精神，是我最好的榜样！父亲的精神，是我的强心针，是我的力量源泉！

　　有多少人知道，一个人一生一定要做的一件事情，就是成为自己。多少人浑浑噩噩，行尸走肉，得过且过？多少人不知道自己是谁？要做什么？要去往哪里？可以成为谁？多少人无法突破思想的牢笼，在是与非对与错好与坏、评论他人和被他人评论的纠结指责中沉浮，活在别人的世界里，荒凉了自己？我们该如何活着，度过这短暂的一生？成功本没有定义，是世俗的人们给其描绘了边框，界定了内容。我们可以选择自己想要的人生，而非限定于世俗的眼光。若是眼下的路你反复确定过，这就是你赴汤蹈火百死无悔也要去走的征程，那就跟随自己的内心毅然地去吧！就如我的父亲一样去追逐自己内心的声音和渴望！

　　一声爸爸，我已经叫了 34 年。当我真正体会到父亲对我的爱，我眼眶湿润，心里充满感动与力量。我的父亲的那种纯粹的精神，以及我的母亲咬牙坚持的不屈，早已成为我生命里最稳固最强健最牢不可破的基石，它确保我这一生，即使我没有做出大的成就，但足以给我强大的精神力量，促使我不断学习完善自我，成长为一个幸福的人，成长为一个能给他人带来幸福的人。思考如何活着这个大问题，我会倾听自己内心的声音，也一定不负自己的渴望！

此时，我想将我曾写给父母的一封信放在这里，来表达我对我父母的爱——

致我最亲爱的爸爸妈妈

我最亲爱的爸爸妈妈，时光荏苒，你们已经把我带到这个世界上 31 个春夏秋冬，我已经从呱呱坠地哭闹的小婴儿逐渐成长为今天两个小男孩的妈妈。

我看着我创造的两个小生命，看着他们俩一点一滴的变化长大，感受着他们身体从无到有，精神从无到有！我由衷感叹，生命真神奇啊！我很幸运，我没有投胎做一个任人宰割的动物；我很幸运地成了一个可以有更多思想与创造的人；我很幸运，因为我是你们的女儿！

谢谢你们赋予我最珍贵的生命，让我有幸来这人世间走一遭，去品尝作为人才可以品尝的各种酸甜苦辣、失望痛苦、快乐幸福……谢谢你们教给我善良、勇敢、坚持；谢谢你们节衣缩食供着成绩并不优异的我读完了大学；谢谢你们一生无私并竭尽全力为我点滴付出的爱和关心……你们已经给予我太多了，谢谢你们！你们所做的一切都是有意义的，过往所有的经历都会成为我力量的源泉，它会让我变得更好。你们永远都不会离开我的心中，我会努力地生活，用这样的方式表示对你们的尊重。

我已经 31 岁了，我创造的两个鲜活的小生命变成了我的觉醒天使，他们促使我这一年多自我学习探索，让我发现我是多么的无知。读书和各种学习把我引入到了一个光明的世界，使我的心越来越宽敞，我不再那么想去控制他人，我知道我能决定的只是我可以去做什么，我的痛苦不再有那么多，我的幸福也随之来得越来越多。我不再为以前荒废的时光后悔，也不会为未来过分担忧，我更专注地活在了当下，活在了此刻。

古人认为，君子有三种基本品德——仁爱、智慧和勇敢。孔子说："仁者不忧，智者不惑，勇者不惧。"也就是说人如果有着一颗博爱之心，有着高远的人生智慧，有着勇敢坚强的意志，那么他就必然会具有良好的心理和精神状态，从而心底宽广、胸怀坦荡。仁爱、智慧、勇敢，这三个看起来简单的词汇，涵盖了一个人需要具备的一切品德，这是我终生追寻的方向。

我最亲爱的爸爸妈妈，无须太为我担心，我感觉我正踏上我心的道路。我爱你们，希望你们的生活一切安好，保重好自己的身体！

你们亲爱的女儿
2018年3月1日23时35分

父亲的诗文更多地如涓涓细流般浸润着我的心房。受父亲影响，我偶有写诗。行文至尾，附上我之前创作的一首小诗作为结束，感谢我们的相遇，愿你我终活成一首清亮的诗，诗清如水。

愿诗清如水

生活是诗
如流水般
跳动着音符
敲打着节拍

它活泼可爱　快乐飞扬
它柔肠百转　情丝绵绵
它直抒胸臆　波澜壮阔
它历尽千帆　终归平静

如流水般
生活是诗
愿你我终活成一首
清亮的诗
诗清如水

乔梓

2021年4月19日写于湛江滨海花园德馨居

爬格子的乔光福先生

贵州　李乃瑞

爬格子的乔光福先生向我走来了！一个湘北的文人和一个黔中的学叟，因一种文字缘而相识了！

那是 2006 年春，先生同他的夫人从湖南老家几经辗转来到鲁屯，在铁匠街租了一个门面开了一个日化商店。房东的伯父张德昌与先生成了邻居。初来乍到，人地生疏，有书瘾癖而没有书读的日子，先生真感到寂寞难耐！

一天，先生向张德昌借了一本书。那是一本由我主编的散文集《鲁屯古镇》。读完此书，先生在文友张德昌的陪同下来到了我家。我们侃侃而谈：谈缪斯、谈散文、谈果戈理的《死魂灵》……与君一席话，颇有相见恨晚之感。我将拙著《樵叟·刈薪集》送了一本给他。从此，我们就开始了君子之交淡如水的往来。

2008 年春，光福先生回到湘北老家，将他的诗、文稿带到鲁屯来，嘱托我为他的文稿写一篇序言。于是，我得以拜读了《乔光福文选》。

读了他的叙事散文如《往事的浪花》《抹不掉的记忆》《在我取下民办教师这项"桂冠"的日子里》，我感到乔先生的命运与我太相似了：遭遇坎坷，处境险恶，我俩如出一辙！大可以说是相识满天下，同病仅两人——

我也是两岁失去母爱的人；

我也是修过地球的农夫；

我也是当过民办教师的；

我也有一个戏剧性的爱情故事……

是的！当我抚摸时光的裙褶追思往事时，我仿佛看到两棵生机勃勃的梅：一棵长在湘北；一棵长在盘江。在如著的风雨中，梅寂寞地开着，寂寞得一时还找不到欣赏它们的主人，但是它们依然如故地释放出一缕又一缕馨香！

乔先生在《人生备忘录》和《往事的浪花》中说：他的生辰是1954年3月14日。他的母亲是在1956年去世的，年仅二十二岁。那时，他才两岁。抚养他的重担，祖母挑起来了！在冬天里赤着脚走路的他，那时多么希望有一双胶鞋哟！他的祖母千针万线地做了一双棉靴，靴帮上涂些桐油，鞋底钉几颗鞋钉。这棉靴好！下雨时，他毕竟不会赤脚上学了！那时候，他经常挨饿，然而又害怕吃"饭"。这是一些什么样的饭啊？满锅的蓝花草子尖中露出星星点点的米。在这种困难的日子里，他的祖母很会体贴他：在他吃的饭中少拌点菜。

乔先生高中毕业后就在家乡当了半年农民。1972年8月，他接受复兴中学崔校长的邀请去当代课老师。1973年，先生无课可代了，"又只好站到原来的岗位上当农民。"那让人骨头都散了架的100天的日子，不仅是劳了他的筋骨、炼了他的心志的日子，又是他沉浸在爱河的日子。阳春十月。在一栋草房的东墙下，站着一个叫左先梅的纳鞋底的小姑娘。他用明快的诗句表达着那美好的憧憬："在一栋草房的东墙下／我发现一个粉红色的倩影／我发现了属于自己的粉红色的爱情——俏也不争春的花朵哟／你注定是我永生永世的情人"！诗意何其浓郁、潇洒、浪漫。

乔先生的散文诗《风花雪月》可谓佳作。其语言之凝练，结构之精巧，都达到了相当的艺术高度。请读《风》："碧绿的枝条摇出来的风／辉煌了我童年的目光／蓝天如洗／那朵圣洁的云／就是一颗幻美的心／心悠悠／云悠悠／皆作信天游。"这种婉约、明快的诗风，使你不得不想起李清照。

乔先生在《温柔》中这样写道："温柔是遏制暴风雨的阳光／温柔是制止家庭战争的和平鸽！"这些语言，既富于诗意，又富于哲理。诗如其人。当我走近他们时，他俩就成了我膜拜的模特儿——好一对温柔的情侣！

请读《雨后初晴》："雨后初晴／／阳光／暖融融的／／草／茵茵的／正盛／春鸟儿／鸣啾啾的／正欢／／踏着一路阳光／梅来了／／此时／梅就坐在我的对面／——苗条的身材／袭人的秀发／白皙的瓜子脸／一双星光闪烁的眼睛／／梅去了／踏着一路阳光／／我望着绿的树／盛的草／听着鸟儿的歌声／心里想道——／／据说／美是和谐／／"雨后初晴，万物苏醒。诗人沐浴在雨后的阳光里，自然是感到暖融融的。梅来了，梅去了！正值风华正茂的诗人，面对此情此景会如何呢？诗人把情感升华到强烈的高度，使作品的赋比兴等艺术手法天衣无缝地糅合在一起，让读者产生一种只可意会而不可言传的艺术效果。

乔先生曾在《火花集》中给自己的诗歌风格定格："我的诗是土与洋的结合；是传统与现代的结合；是现实主义与现代主义的结合。"是语，我深表赞同。

十年磨一剑。为了将诗歌写得更简洁，乔先生孜孜不倦地研究起我国的楹联艺术来。1996年，他参加了"陆港杯"第二期海内外大征联竞赛，获得了举人奖。

此期征联的出句是：风平浪静 九龙珠宝吐 龙飞凤舞升平世

他的对句是：水绿山青 四海赤花开 海语峰歌赤绿春

由此可见，他的诗外功夫也是很深的！

拜读了《文选》，我印象最深的是乔先生写的评论，共计20余篇。如《山城诗人顾万久》是先生为诗集《高举和平》所写的序言。该文的逻辑严密，六个分论点有力地论证了"山城诗人顾万久为诗坛写下了灿烂的一页"的总论点。

又如《〈爱的备忘录〉越读越舒服》《我跟随着李先生的笔尖》等评论，论点分明，有理有据，论证得严谨而又完整。

乔先生的《老天爷哭丧着脸》总共5200字，这是他创作的唯一的小说。以才华论，他完全可以创作出更多更出色的小说。他说：教学工作太繁忙了！"不误人子弟"是我工作上的行动口号。看了他的《人生备忘录》《一辆货真价实的救护车》和《无愧于良心的一年》等文，我不得不这样说：乔先生，为了你的学生，你付出得太多太多！这唯一的小说的人物形象丰满，个性特点迥异：温老师善良、敦厚；孙校长说话快得像打机关枪、走路如同风摆柳；苏支书很有派头很有魄力但办事武断。这些人物留给读者的印象是深刻的。这部小说的故事情节并不复杂但是却跌宕起伏。在动乱的年代里，双罗大队为了限制资产阶级法权，将教育局发给双罗学校老师们的五元生活补助款收归大队所有了。小说的故事情节便由此展开。

这部小说的简洁的环境描写令人拍案叫绝："锅底似的夜，隐隐约约地传来远处的雷声。""说话间，一道闪电撕破了黑压压的夜空。一片红彤彤的世界。""忽地，又一道闪电，抖下一滩红色的光辉，怒吼的雷声马上吓得它无影无踪。大雨倾盆似的降落下来了。"

纵观这本《文选》，有的具有历史价值，如《火柴》《求医》《往事的浪花》《张九台码头的历史变迁》等；有的具有审美价值，如《温柔》《雨后初晴》《跋青山涉绿水》《风花雪月》等。乔先生把《文选》编好嘱我写序。我自知才疏学浅，但难却盛情，只能勉力为之，未免贻笑方家。是为序。

2008年4月8日

注：李乃瑞，中国艺术家创作协会会员，中国书画艺术家协会会员，贵州省作家协会会员。他曾主编《鲁屯诗文选》、散文集《鲁屯古镇》，著有《樵叟·刈薪集》。

目 录

第一辑 论说文

一种新的和谐正在产生 ... 3
话说今昔妇女的地位 ... 4
骄傲论 ... 5
山城诗人顾万久 ... 7
金色的阳光向我涌来 ... 9
诗人的心是永远年轻的 ... 12
《爱的备忘录》越读越舒服 ... 14
我跟随着李先生的笔尖 ... 17
一朵开放的心灵之花 ... 19
微笑流露在自信的唇角 ... 21
湘北诗话 ... 22
星夜随感 ... 23
十月随笔 ... 24
跋涉者如是说 ... 25
缪斯的子民无愧于诗 ... 27
相当瑰丽的春色 ... 30
发自诗人心灵的天音 ... 31
我在读着奉献的人格 ... 33
关于表现自我且超越自我 ... 34
平中见奇 各有千秋 ... 36
好人总是占绝大多数 ... 37

《陈云诞辰一百周年》普通纪念币赏析.................38
《庆祝西藏自治区成立 20 周年》流通纪念币赏析.......39
云舒的诗歌《父亲》赏析.............................40
溪水清清的诗歌《雨声》赏析.........................43
尘海烟霞的诗歌《麻雀》赏析.........................45
月儿的诗歌《一曲无言的歌》赏析.....................47

第二辑　散文

往事的浪花...51
在我取下民办老师这顶"桂冠"的日子里................59
我终于有了一张存款折...............................65
货真价实的救护车...................................66
火柴...67
烟瘾、茶瘾、读书瘾.................................68
花草树木篇...69
求医...70
镜中我...71
灵魂深处的对话.....................................73
为每天的太阳整理风景...............................74
潇洒的李学文先生...................................77
诗歌艺术定会走向地老天荒...........................77
与诗为伍，老有所为.................................79
桥颂...79
张九台码头的历史变迁...............................80

第三辑　散文诗

- 捉星星 91
- 雨后初晴 92
- 五彩缤纷的人生 92
- 温柔 93
- 跋青山　涉绿水 94
- 风花雪月（四章） 94

第四辑　诗歌

- 路 109
- 人生 109
- 金钱 110
- 我只是一个香客 111
- 仿佛回到春天 112
- 斜对面的山头 113
- 一座大桥飞架东西 114
- 好一种口水诗 115

第五辑　日记

- 火花集 119

第六辑　书信

- 致萧瑶先生的一封信 125
- 致向威先生的一封信 126

致沈大师院顾云的一封信..................126
写给女儿的一封信..................127

第七辑　小说
老天爷哭丧着脸..................131

第八辑　自传
人生备忘录..................141

附　录
我的妈妈..................177
妈妈，我对您说..................178
致乔老师的一封信..................179

写在后面的话..................181

第一辑 论说文

诗人所创造出来的产品,不论是中品、上品,还是极品,理应清清楚楚明明白白,或讴歌真善美,或鞭挞假恶丑,最大限度地昂扬读者的精气神。

一种新的和谐正在产生
——读王兆军的新作《龙与蝌蚪》

我喜欢读王兆军的小说。近几天，反复阅读了他的新作《龙与蝌蚪》。我总觉得这小说有味，但总是说不出一个所以然来。"山重水复疑无路，柳暗花明又一村。"今天，总算理出了一个头绪，这头绪，不一定清晰。

先不厌其烦地说说《龙与蝌蚪》这篇小说的故事情节吧。退休的教育局局长和泥腿子烟筋爷爷各自放着不同的风筝：一是龙风筝，一是蝌蚪风筝。离职的教育局局长想找一点儿慰藉，来到了乡下，来到了自认为远不及他的人群里放风筝，一见到这小蝌蚪，他就立即感到了自尊心的满足，感到了那种居高临下的惬意和满足。一群天真无邪的孩子们玩着烟筋的蝌蚪，欲与巨龙试比高！怪事发生了！那一直向天上钻去的蝌蚪一下子栽了下来，正好缠在龙线上。烟筋感到羞愧似的一下就把蝌蚪线咬断了。蝌蚪飘飘摇摇落在河里，孩子们哭出声来，像是举行一场庄严的葬礼！孩子们围在烟筋的周围；局长的身和心被寒气浸冷了！局长先后几次收"龙"，然而他的"龙"都遭到一阵不谋而合的飞沙走石的攻击。一群小学生如此攻击教育局局长，这是多么严肃的幽默啊！然而烟筋又一次感到了自责："怨我没有教育好这帮小东西！"局长和烟筋本是同乡，一块儿长大的，最后，他怀着对泥腿子老乡的深情，扔下他的"龙"走了。一种新的和谐正在产生。

《龙与蝌蚪》这篇小说的思想内容是比较深刻的。渺小、卑微、可怜巴巴的蝌蚪悠悠然无忧无虑地飞翔着，象征着淳朴可爱的泥腿子及其后代。它的形象，使人想起春日里清澄澄的河水，想起那即将出世的青蛙、雨后夏夜的蛙叫和蛙叫中即将扬花的稻穗……雄壮、辉煌、华贵、摇头摆尾的巨龙悠悠然自得其乐地飞翔着，象征着世俗圆滑而又处处显得高人一等的精神空虚者、官僚主义者。

《龙与蝌蚪》这篇小说描绘了青绿如烟的农村风光，讴歌了泥腿子宽厚仁慈、淳朴可爱等品质，在鞭挞登不得大雅之堂的灵魂的同时，写出了灵魂的觉醒，值得一读。

看罢这篇小说，写了如上这些肤浅的见解，不过，我自信，这比没有见解的要好得多。

一九八五年四月十二日

话说今昔妇女的地位

我记得《三国演义》中的刘备说过这样的话：妻子如衣服，衣服破，可以再补；兄弟如手足，手足断，不可再生。在刘备的心目中，妇女只不过是"衣服"而已。

《怒沉百宝箱》中的杜十娘这个女人，在那些公子王孙看来，只不过是泄欲的工具。

《为奴隶的母亲》一文中的母亲，被贫穷和病魔缠身的丈夫典给有钱的"秀才"为妻，可悲可怜地充当着生儿育女的机器。

《祝福》中的祥林嫂，被罪恶的封建礼教折磨得精神失常，最后悲惨地死去。

以上四例中，我们可以看出：旧中国的妇女过着非人的生活，她们的地位是相当低下的。"一唱雄鸡天下白。"解放了，男女平等，男同志能办到的事情，女同志也能办到，说不定有时比男同志办得更好。请看——

报告文学《修氏理论和它的女主人》一文中的女科学家修瑞娟，攀登了微循环系统理论的高峰。

电影《李双双》中的女主人公李双双在家是个贤妻良母，在外是个大伙信得过的带头人。

深圳特区涌现出了许多杰出的女经理，她们被人们视为女强人。

我们还会看到这样的事实：在许多家庭里，往往是女人"执政"，而"男子汉大丈夫"却成了货真价实的"贤内助"。

妇女在我们这个国度里，真正成了主人，真正地顶起了半边天！我想，卓越的社会主义制度也许是女能人产生的重要原因之一吧。

历史潮流滚滚向前，妇女的地位在不断地提高。为此，我感到无比高兴。

一九八五年三月十四日

骄傲论

在现实生活中，被戴上"骄傲"这顶桂冠的人是不少的。

有的人，唯我好汉，老子天下第一。他们居高临下，用俯视的眼光看待一切人，流露出不可一世的惬意和满足：当今世界，舍我其谁也？这是一种典型的骄傲自大狂。

有的人，本事平平，借助于吹牛撒谎过日子，千方百计显得高人一等，以满足自己的虚荣心。这种人有时也被戴上一顶骄傲的帽子。其实，这种人应该排除在骄傲者之外，称他们为牛皮大王倒是比较适宜的。

有的人，觉得自己平常或是社会地位低下以至于产生自卑的心理，但他们又忍受不了别人的轻视，为了维护自己的尊严，于是也像别人一样目不斜视：你看不起我，我还看不起你呢。结果，他们也得到了一个"骄傲"的美名。

有的人，可能小有本事，因而觉得自己总是怀才不遇。他们随随便便地对待人生对待社会。他们认为：别人让我不高兴，我为什么要让别人痛快？他们把这种想法付诸实际行动，采取的措施之一就是与人唱对台戏。别人恼羞成怒之时，他们便得到了病态的满足。

有的人，心直口快，很容易在无意中挫伤别人的自尊心。如果这是一个很有本事的人，自尊心受到挫伤者就会说这种人骄傲。这是一种连骄傲者本身都还莫名其妙的骄傲。

有的人，没有丝毫的奴颜和媚骨，他们敢于坚持真理，敢于指出别人的弊端，敢于说出别人不敢说出的大老实话。心胸狭窄的人（包括权势者）哪里听得半点儿不同意见？于是敢提意见的正直无私者就获得了"目空一切，骄傲自大"的桂冠。与此同时，由于权势者的"青睐"，又穿上了一双双价廉物美、经久耐用的"小鞋"。

如此而已，不一而足！

我常常思索骄傲这个问题，形成了如上这些特有的认识。

一九八五年四月十四日

山城诗人顾万久
——序《高举和平》

山城诗人顾万久已正式出版发行了十五部著作,可以说为诗坛写下了灿烂的一页。

顾万久是一位堂堂正正的爱国诗人。他对祖国和人民的赤胆忠心,唯诗可鉴。《绿色诗丛》和《高举诗丛》就是这位诗人于20世纪末推出的两套高品位的诗集。《绿色诗丛》由十本诗集组成,即《绿色宣言》《绿色笛声》《绿色阳光》《绿色巨龙》《绿色微笑》《绿色情怀》《绿色功夫》《绿色祈祷》《绿色信仰》《绿色青春》;《高举诗丛》已出《高举中国》,第二本诗集《高举和平》由我作序即将由群众文艺出版社出版发行。读完了诗人十余部著作,我获得一个深刻的印象:绝大多数诗作都是高扬爱国主义的主旋律的。不信,敬请诸君欣赏一部分诗题:《我是中国人》《我与祖国心连心》《高举中国》《高高地举起中国心》《我们是人民的税官》《为国聚财乐天下》《龙种》《孙中山》《毛泽东》《邓小平》……诗人认为:"爱祖国 爱人民/是诗歌的灵魂与骨骼。"每位中国公民都应具备爱国立场,做人就"必须爱祖国 就像/热爱自己的双眼/必须爱人民 就像/热爱自己的血管"。是的,只要人人都献出满腔的爱,祖国就会变成幸福的乐园!

山城诗人顾万久品德高尚,胸怀宽广,具有豪侠之气、慷慨之风。这一点,世俗之人是难以理解的,更是难以做到的。请读《请不要挡住去路》:"我心中装的不是我/摘到了皇冠上的珍珠/一定分给你三分之三多。"读这首诗,我只想说一句话:一种精神如同电光石火般闪耀在字里行间。请读《气度》:"我不在乎别人的评说/评说 也许正是黄金的降落//别人掷来讽刺 或挖苦/我当它是芬芳的音乐//……别人捧来奉承 或鼓励/我当它是丰收的硕果"。读这首诗,四个昔人所造的字从我的脑海中跳到了纸上:君子之腹!

山城诗人顾万久的诗歌贴近生活,如同一面镜子,可以照出你的聪慧或愚昧、美丽或丑陋、真诚或虚伪、善良或邪恶。如《狗不理我》《猪也不理我》等诗歌发人之所未发,写人之所未写,痛快淋漓地鞭挞了现实生活中的蝇营狗苟、趋炎附势之辈。又如《猪狗致富》一诗将"七害"的丑恶嘴脸描绘得惟妙惟肖,将那些通过非法手段致富的蛀虫、硕鼠之类揭批得体无完肤!

山城诗人顾万久知识渊博、阅历丰富,认识事物深刻,分析问题全面。他的诗歌如同一个魔袋,袋子不大,却能从里面取出很多东西来。如一首题为《弄潮儿》的诗歌就包含了二十多个石破天惊的故事,读后令人百感交集,夜不能寐。

山城诗人顾万久的诗歌有理有据,有魂有魄,具有不可抗拒的感染力。《去何方》将会消除你的彷徨,帮助你确立人生价值的坐标。《再呐喊》会让你在颓废中奋起,从而一如既往地追求真善美。读罢《权力》《小偷》《历史社会》《时代病妖》《诗人桂冠的背后》《智者不会上当受骗》等诗歌,你的头脑将会变得更加清醒,你的为人处世将会变得更加稳重,你的人生之路将会越走越宽广。

山城诗人顾万久思维独特,表达独特。如《我愿意》《活着》《决斗》《求索》等诗歌便是最好的例证。请读《我愿意》:"只要能吃尽官僚主义/哪怕变成一只大狼狗/我愿意……只要能改变不正之风/哪怕变成苍蝇/我愿意。"由此可见,为了祖国和人民的利益,诗人不怕失去自己的名,也不怕失去自己的利。"一片冰心在玉壶"的诗人,实在令人敬佩。

1994年元月31日，我端坐于听风楼，端坐于诗歌之巅，用锋利的笔尖触着稿纸，推出了山城诗人顾万久其人其诗。他的一颗诗心可以百分之百地放在阳光下示众：质朴而真诚，透明而豪放！

1994年元月31日于安乡县听风楼

注：此文原载顾万久所著诗集《高举和平》。今收入文集，略有改动。

金色的阳光向我涌来
——读《柔姿纱下》有感

最近几年，我常读《诗刊》。在《诗刊》上，我知道了阿红的大名。读阿红的文章，我的感觉是：像夏天吃冰镇西瓜露，心里感到无限的舒服。不知不觉地，我被作为诗评家的阿红所折服了。

阿红，我并不了解，也从未见过面。不知怎的，一读阿红，阿红就成了我的兴奋剂。于是，在我的灵魂里，有了阿红。阿红，这个名字，我越念越响亮。我不知道，阿红究竟是天上的哪一颗星星。蓝天微笑，星星微笑，诗论与阿红在微笑，我的生活在微笑。我想，阿红可能是一位热情奔放、才华横溢的青年诗评家。

井底之蛙的歌唱在继续。去年冬天，我在《当代诗歌》月刊社邮购了一本《当代诗歌记事本》，有幸读到了阿红的《生命》。"燃烧的速度＝朽变的速度"。好奇特的诗句！当时的我，像吃橄榄，一遍又一遍地咀嚼，这是怎样的余味呀！这时的阿红，我用自己的心灵来仰视，变成了青年诗评家兼诗人。

在我的一生中，也有运气极佳的时刻。今年夏天，我得到了一本《柔姿纱下》，一本标标准准的阿红！当时的我，好激动啊！我翻开了诗集，看到了阿红的尊容，目瞪口呆——现实中的阿红并非一个青年！此时，我想起了湖南诗人肖汉初先生给我的题词："文学之树常青。诗人的心是永远年轻的！"我想，阿红，这一位真正的诗人，理所当然，有一颗永远年轻的诗心。于是，我释然了，欣然了！

《柔姿纱下》棒极了！在黄昏，在黎明，我手不释卷。

我经常听见有人说：良心，良心值几个钱？在精神有所滑坡的而今，我们的诗人说："我不能失去她／失去她／须连同我的呼吸"。可见，诗人的追求是多么执着，诗人的品德是多么崇高。

"暴雨浸泡了远行的路程／冰雹击落了含苞的希望"，此时，豁达的诗人"只淡然一笑"。这是怎样的一笑呀！诗人深深地知道："因为生活不是宴会"，"天地人都是复杂的／意外常伴随着期望。"哀莫大于心死。诗人的诗句，总是给人一种奋发向上的力量。诗人对生活对人生对社会的严肃思考，给读者以巨大的启迪。

《那夜那灯那呼喊》："我／没命地／奔去"。读到此处，我战栗了！为什么啊为什么？因为，"那灯亮／系着／生"啊！呜呼！"生路常有暗夜时／能得几回见此灯"！我，一介凡夫俗子，与诗人的感情发生了共鸣。

我理解《理解》。是的，"人心与人心之间的鸿沟／哪能没有桥／哪能只有古旧的桥／不，需要现代立交桥"。我佩服诗人相当奇特的想象，然而，我更佩服诗人发自肺腑的大胆的深切的呼唤。

"半个世纪不过一条沟渠／撑根长竿／就一跃而去"。在诗人眼前耸立的小学教师"恍如雾里蛾眉",是这位恩重如山的老师"搅醒了我的艺术细胞／惹起半生热恋",诗人愿献给老师一摞书,并请他批改,"倘使污秽了眼／就赏我几戒尺／把手心敲肿"你听,这些诗句说得多么机智,多么幽默。字里行间既洋溢着师生之间的深情厚谊,又洋溢着诗人毕竟有了一摞书敬赠老师的自豪之情。

读罢这本诗集,我深深地感觉到:在中国宏阔的改革背景下,《柔姿纱下》摆脱了题材的拘囿,将审美触角伸向了人们广阔的内心世界,大手笔地开掘了美好的情愫,淋漓尽致地鞭挞了假恶丑,作品在讴歌祖国的山川时,也能从物情物态极好地反映人情人态。独树一帜的《柔姿纱下》清清楚楚地告诉我们:诗人在开拓,在一往无前!

写到这里,我还要说:阿红的诗,清水出芙蓉。那些虹彩闪烁的意象凝聚着博大精深的内容,奇巧多变的诗歌技巧令人耳目一新,形式与内容达到了比较完美的统一。

阿红是一位坦诚的有血有肉的真正的诗人。

伟大的时代需要伟大的诗人,伟大的时代呼唤着真正的诗人。阿红的回声热情奔放,激荡在永恒的天宇。

我又一次翻开阿红的诗集,金色的阳光向我涌来,碧绿的波浪向我涌来。

1989 年 9 月 25 日

注:此文曾载于《跋涉诗歌报》1992 年第三期。

诗人的心是永远年轻的
——读《覆船山》有感

  1988年12月,肖汉初先生应县文联之邀来到我们安乡讲学。作为一名文学的狂热爱好者,我有幸目睹了他的慈祥与才华,并且承蒙他给我赠送了一本题为《覆船山》的诗集。在这本诗集的扉页上,肖先生挥笔给我写下了一行非常潇洒的文字:"乔光福同志留念。"《覆船山》为肖先生所著,装帧相当精美,由广州文化出版社出版发行。近一年多时间,我反复拜读了这本诗集。集中的好多佳作我已熟读成诵了。

  肖先生擅长于山水风景诗的创作。他的山水风景诗写得清新而又明快,具有音乐美和意境美。请读写于1956年的《月亮》:"今年八月十五的月亮/不像以前的那么孤单/有颗微微透红的小星/紧挨在下边跟她作伴。"这首诗歌音节跌宕起伏,具有很强的节奏感;物我浑然融为一体,充满了温暖和真情,显示出诗人对诗的敏感,流露出诗人所具有的天赋,折射出五十年代中期的人情世态。请读写于1956年的《荞花》:"那一片闪着露水珠的荞花/好像蓬蓬松松的一地雪呀!/在那顶着红珠的高粱面前/荞花恰如那娇嫩的女孩呀!"诗人挥洒彩笔,为我们描绘了一幅美丽而又动人的画面。荞花、雪、女孩、高粱等意象洋溢着青春的气息,辉煌了我们的肉眼,陶冶了我们的灵魂。我们的诗心变得空前的甜蜜与温柔。毫不夸张地说,像《月亮》《荞花》这样的诗歌在五十年代的诗坛是绝对不可多得的。

  肖先生的山水风景诗写得细致而又真切,具有自然美和哲理美。因为诗人能够得心应手地运用以景写人、以自然象征人的思想感情的手法，所以诗人笔下的自然美，已跨越了表现自然美本身这一界限，进入了更高的审美领域，增添了新的审美情趣。请读写于1955年10月的《致三门峡》："千里黄河中仅有的巨石／把咆哮的浊流分成三分／几千年来人们不敢碰你／惊叹你险恶的鬼神之门。"读到此处，我们真切地感受到了大自然的鬼斧神工与三门峡的雄奇险恶。尤其值得你惊叹的是：景是奇景，理是哲理，情是豪情。景、理、情如同水乳一般地交融在一起。久经离乱、人已中年然而诗心依然年轻的肖先生所写的山水风景诗可谓炉火纯青："三株紫楠，像手挽手的山妹子／就这样在山石上立定脚跟。"（《覆船山·三楠抱石》）诗人将自然景物人格化，突现了所写之景的诗情画意，具有妙不可言的哲理美。请欣赏《十七孔桥远眺》："像一把玉梳，／置于翡翠的镜台面／梳柔了知春亭的细柳／梳匀了昆明湖的涟漪／可还要梳姑娘们长长的发辫？"诗人的审美眼光是独特的。诗人的想象是大胆、奇特的，也是深远、合理的。比喻、拟人、对偶、设问等辞格的运用也是恰到好处的。诸君若能细细品味，便会如嚼橄榄。

  肖先生的山水风景诗还有一个特点：感情炽烈，气魄豪迈。诗人将客观世界的神奇华美变成了体现着主观性情的艺术精品的神奇华美，字里行间洋溢着诗人爱国爱人民的思想感情。请欣赏写于1982年5月的《青岩山放歌》："天造地设，天造地设／异山奇崖叹超绝！／突峰刺天贯千古／岩阵簇林幻明灭／神谋化力，光流激越／雄风浩歌唱彻。"面对着祖国的奇山异水，诗人的思想感情如同火山般地爆发了，一首讴歌祖国山水的力作便这样一气呵成了。我高声朗读着这首诗歌，朗读着诗人炽烈的感情与豪迈的气魄，朗读着诗人的一颗赤子之心。我敢断言：唯有热恋着人民、热恋着这片土地的诗人才会写出如此大气的作品。

  追求完美的肖先生总是在用迷人的缪斯点缀着瑰丽的人生。

诗人在不同时期所创作的诗歌,均能放射出夺目的青春的光芒。一本被我啃得滚瓜烂熟的泰戈尔的《新月集》,字里行间表明:诗人是人类的天才的儿童。肖先生曾经给我题词:"文学之树常青。诗人的心是永远年轻的!"一本《覆船山》,实在表明:肖先生具有一颗永远年轻的诗心!

注:此文写于1990年7月15日,发表于1992年6月10日出版的《跋涉诗歌报》总第二期。

《爱的备忘录》 越读越舒服

读诗集,我总是要首先认真看一看这本诗集的《序》和《跋》。这样做,无疑会有益于诗的鉴赏。然而,也有上当的时候。譬如说吧,有时读完一本诗集,得出的印象却与《序》《跋》所说的相去甚远。有的《序》,溢美过甚,失之偏颇;有的《跋》,自我膨胀,典型的布罗肯幻象。

读于沙的散文诗集《爱的备忘录》,我自然也不例外地首先欣赏了类似《跋》的《后记》。诗人在《后记》中说:"得心应手,痛快淋漓,是我的自约。即写作时舒服,写完了也舒服。不舒服,自作孽,何苦呢?自觉写散文诗,较易获得这种舒服,所以,还在写,还会写下去。"这几句话没有一点儿自我膨胀的味道,老老实实,随随便便,像是在与读者亲切的交谈。这才是真正的大手笔所具有的风范!出自大手笔的这本"写作时舒服,写完了也舒服"的散文诗集,读者是不是看时舒服,看完了也舒服呢?

就这样,我捧起了《爱的备忘录》。一捧起《爱的备忘录》,

我就捧起了灿烂的早晨，捧起了美丽的子夜，捧起了一个成熟的秋天！

妙哉，《爱的备忘录》！我不得不承认，这本散文诗集，越读越舒服，读完了也舒服，确实别有一种魔力。

于沙写的散文诗为什么会有这样大的魔力呢？笨拙的我思来想去，在我的脑海中蹦来蹦去的总是这样一个字：美！是啊，于沙的散文诗一揭开帷幕，就露出了世界所隐藏的美丽光辉。

于沙散文诗的一个重要特点是文辞优美。具体说来，诗人的语言多姿多彩，形象，生动，潇洒，自然，准确，凝练，节奏和谐。

于沙的散文诗的确写得形象、生动。请读《春之思》第一章的有关句子："在解冻的清流里游泳，在新垦的泥坯间徜徉，在翻飞的纸鹞上跳跃，在少女的酒窝中旋舞。春，是有形的，伸手便可以把她搂在怀里。"

这一章写得层次分明，抓住特征，寥寥几笔，准确凝练，将春勾勒得神态毕肖。这一章最精彩的就是捕捉了春的动态，好像一伸手就真的可以把春搂在怀里。诗人用"在解冻的清流里"这个状语修饰"游泳"，用"在少女的酒窝中"这个介宾短语修饰"旋舞"，有一种异乎寻常的形象生动的感觉，可谓传神之极！

于沙的散文诗写得潇洒、自然。请读《春之思》第三章的有关句子：

"岩上山泉的叮咚，檐前细语的滴答，梁上燕子的呢喃，土里种子的呓语，是春在倾吐衷情吗？春，是有声的。每一颗爱美的心，都是回音壁。"

这一章写得从容不迫，挥洒自如。诗人对春体会得那么深切，带着特殊的感情，缓缓道来，像是和春恳切交谈，自然中流露出潇洒，让人读后觉得余味无穷。

"诗人的语言多姿多彩，节奏和谐。请欣赏《绿叶之歌》第一章：

"一片绿叶，一个复苏的生命。一树绿叶，一伞爽心的荫凉。

"一路绿叶，一条生机勃发的阵线。满眼绿叶，染绿了一个夏天。"

这章散文诗不但运用排比递进句式抒写了诗人真挚的感情与深刻的思想，而且读来声调铿锵，节拍分明，变化中有整齐，整齐中有变化，珠落玉盘，流转自如，具有音乐美。

写到这里，我想起了高尔基的一句话："只有合适的优美的外衣装饰了您的思想的时候，人们才会听您的诗。"诗人于莎深得此中三昧啊！

于沙散文诗的另一个重要特点是情感优美。我们知道，诗的情感美是诗的灵魂。如果胸中本无所及，眼前又无任何感触，只为赋诗而"强说愁"，道永恒，叹孤独，爱得你死我活，这种为文而造情的创作是缺乏灵魂的，而于沙的散文诗总是因情而发，合情而又合理。诗人胸中之意，久经沉思，激荡着奔突的情感，命笔于愤然、郁然、戚然、欣然，即为情而造文。是的，情感是诗美的创作之水。在于沙的笔下，既有激情的奔涌，又有情绪的表现，还有心境的流露。鄙人不敢冒昧，略举几例。

譬如说《从春到冬》吧，便是一种心境的流露。一泓秋水，平静明澈而又汪洋不见边际。日月照临，灿然一派明辉。诗美，情醇。诗人体验生命和人生的哲理大而且深。

譬如说《爱的备忘录》吧，便是一种情绪的表现。这种情绪，产生于激情的强烈爆发之后，是一种激情的余绪。它朦胧而摇荡，可感而不甚分明。此种类型的散文诗，其味隽永。《瑞丽风景画》由五章散文诗组成，一章题为《泼》的散文诗就泼出了激情。它泼得热烈，如火方炽。结末，诗人满怀豪情地写道：

泼吧，尽情地泼。

把一个节日,泼湿!

把一个民族,泼湿!

综上所述,不难看出:诗人的优美文辞、优美情感和优美意境如同水乳一般交融在一起,充满了艺术趣味。

让我们为《爱的备忘录》,干杯!

1990年10月31日写于安乡莫愁阁

注:此文原载于1992年3月10日《跋涉诗歌报》创刊号。原题为《一本越读越舒服的散文诗集——读<爱的备忘录>有感》。

我跟随着李先生的笔尖
——漫话《江南随笔》

去年夏天,湖南省作家协会会员李世俊先生向我透露了一个信息:他的散文与散文诗结集《江南随笔》由于沙先生作序即将由一家出版社公开出版发行。当时,李先生透露的这一信息,犹如春雷,震得我心花怒放。我想:新中国成立以来,我们安乡文坛还没有一位作者出版过一本专著。李先生的《江南随笔》,尤疑填补了安乡文坛的一块空白。随后,视李先生的事业为我的第一要务的我,不时打听着这本书的出版进展情况。好事多磨。今年夏天,这本由颇负盛名的百花文艺出版社出版的精品集,终于摆在了我的眼前。

我拜读着李先生的大作,仿佛听见了开犁的声音,那是他的笔尖触着稿纸发出的声音。我跟随着他的笔尖,欣赏着一幅幅奇山异水的画卷,品味着他艺海跋涉的艰辛,倾听着他动情的歌唱,感受着他纯净而又崇高的思想境界。李先生的大作感应着时代的脉搏,负载着历史的重托,显示着独特的审美方式,透视出深刻的哲理,抒发了对祖国对人民的热爱。

好书啊好书!此书中的好就好在创作题材相当宽广。法国大雕塑家罗丹说:"美是到处都有的,对于我们的眼睛,不是缺少美而是缺少发现。"李先生就具有一双发现的眼睛。奇妙的张家界,神秘的三峡,山水甲天下的桂林,洞庭峭壁黄山头,屈原的行吟阁,盛产珍珠的珊珀湖,撩人心意的芦苇荡,吃娃儿糕的诗人,断了翅膀的鸟,用绿叶改造荒芜的蒲公英,等等,如同颗颗珍珠,浓缩着李先生"感情的圣水和思想的亮光"。毫不夸张地说,读者在欣赏文学美的同时,认识到了生活美,且得到了思想美的熏陶。

李先生具有丰厚的学识与卓越的识见。就体裁而论,他的作品有抒情散文、叙事散文、写景散文、文艺随笔、散文诗等。他的作品就意蕴上来说,具有深厚的文化氛围与强烈的思辨色彩。如抒情散文《行吟阁抒情》融历史与现实于一炉,文采斐然,深沉凝重,具有厚重的文化意识和深邃的历史感。又如写景散文《一山独秀洞庭边》,融写景、叙事、议论、抒情于一炉,全方位地展示了洞庭峭壁黄山头的形象美、气质美以及黄山头人的人情美、生活美。又如文艺随笔《编辑的远见》《巨匠的启示》《文学家的眼睛》等发人之所未发,信笔写来,潇洒自如,别具一格,能够让读者在获得真知的同时得到深层次的文化启迪。

李先生诗思如潮,总是脉脉地流。他的作品语言清新、凝练,表现灵活,手法多样,充满了哲理,具有人情味和自然美。他的散文诗的代表作有《漓江二题》《索溪二题》《小鸟的印象》《在生命的田野上》等。肖汉初先生有一句名言:"诗人的心是永远年轻的!"读了李先生的作品,你便会觉得这话一点儿也不假。在《索溪二题》中,作者写道:猫儿眼似的潭里"泼刺"一声。一个胖家伙出来了。娃娃鱼?!"我不分是真是假,说罢就要下溪去捉。我是想捉回我的童年啦!"这些文字写得多么轻松活泼,写得多么机智幽默!你读过《漓江二题》吗?在桂林,作者独具慧眼,发现大自然一年四季"正举办着山的展览会":"身材颀长的'青峰妹妹'将自己的身影投映在漓江中,显得多么纯洁无瑕;'老人山'真的返老还童了,头上的白发真的变成了青丝;还有那'书童山',好像正陪着什么人读书……"作者对桂林山水观察得何等细致,体会得何等深刻,带着特殊的情感,带着几分幽默,或拟人、或比喻、或排比,将其描绘得神态毕肖。

《江南随笔》自身的厚重显示了艺术作品的精致和独创,成为安乡文坛的一座丰碑。止笔之际,我想说:每一位创造者都是孤独的。孤独是一种不可言说的美。太阳的美,是一种最孤独的美。太阳,每天都是新的。但愿每一位创造者都能为每天的太阳整理风景!

1992 年 8 月 15 日写于安乡紫云洞

一朵开放的心灵之花
——《关于五四断想》的断想

一首好诗无疑会辉煌读者的眼睛。韩霆的《五四断想》就是这样:不仅辉煌了我的肉眼,而且辉煌了我的心眼。这种辉煌,像是在大海沐浴了一夜的太阳腾空而起时的辉煌;湿漉漉的,沉甸甸的。这种沉,又沉在哪些方面呢?沉在对历史与生活的思索,沉在感情的凝重,沉在意象的内涵的张力。

韩霆对历史与生活的思索无疑突破了习惯思维。在《五四断想》中，诗人站在历史的高度来进行观照："自那面历史的巨钟，在阴冷的天幕，被无数愤怒的拳头砸响，新世纪的路便从此蜿蜒踏出。"请看，诗人采用超现实的手法写历史，写得多么机智！

韩霆能够按照自己的感情逻辑和想象逻辑，有意对文字进行破坏性建设和陌生化处理。请读这样的诗句："冷漠春秋的孤傲早沉大海。既然阳光普照大地，你我就应勇敢地携手走进温馨的太阳雨。"这些诗句就是一个突破，叫作突破习惯语言。这样做，不仅需要大智，而且需要大勇。写到这里，我仿佛看见：一位坚强有力的诗人正在与语言展开搏斗。而诗人呢却被语言撕扯得精疲力竭。

韩霆还着力于突破习惯意象。这种突破，看来是自觉而又得心应手的。那些经过诗人二度变形后的意象充满了暗示性与象征性；"一个伟大的幽灵，在神州大地普度众生。""拿起五四的镰刀和斧头，我们开山去！"

我们知道，情感是诗美的灵魂，是诗创造的生命之水。韩霆那凝重的感情就蕴藏在优美的文字之中。对于这一点，我就不想多说了。

最后，我想说，韩霆给我的印象似乎是一位内向诗人，一位思想型诗人，但这位内向诗人的心灵之花却时刻在向人民开放，向祖国开放，向世界开放。

1991年5月24日写于安乡豁达楼

注：此文曾载于《蓝天艺术报》1996年第一期，原题为《关于〈五四断想〉的断想》。

微笑流露在自信的唇角

近一周时间，饭后课余，我再一次欣赏了《湘北诗丛》总第六期。我的习惯是：读完了一首诗歌，总要写下几个字的体会。因而，一张诗报读完，就汇成了几百个方块字。

王新民的散文诗写得不错。在《桥》中，作者赋予桥以人一样的思想感情、行为举止，赞颂了平凡而又伟大的像桥一样的人。顾城说："让万物归于生命是我的工作，也是我的答案。"王新明在这个方面做了一次成功的尝试。

《在男人的车间里》是首好诗。这是作者星星采撷的一朵生活的浪花，一朵诙谐、幽默的浪花。坦率地说，读这样的诗，微笑会流露在你那自信的唇角。

鄢义芳献给亡妻的《月夜》，无一字不从肺腑流出，写得迷茫，写得凄凉。这首诗抒发了作者撕心裂肺般的感情："是我迟钝 / 没察觉 / 浑水般泻入你眼波的病历 / 没听到 / 那一阵凄凉的风 / 已叩响了我的门窗"。在此，我寄语作者：人生最大的遗憾与不幸已成过去。深望节哀顺变，一路走好。

冷昭先生的《缅怀母亲》写得情真意切，引起了我感情的共鸣。当我只有两岁的时候，我的母亲便撒手人寰，奔向了西方极乐世界。我的心战栗了："陨石啊，/ 您划了一道美丽的弧线 / 终止在二十二光年 / 太短暂！"

好诗，是感官和心灵的陶醉剂。我由衷地希望读到诗友们更加优秀的作品。

1989 年 1 月 10 日

注：此文曾载于《蓝天艺术报》1996 年第一期。

湘北诗话

《湘北诗丛》总第 10 期,我爱不释手。掩卷沉思,想说的话很多。

阿罗具有独特的审美眼光,想象驰骋,平中出奇。《那幅画,我完成了》就是如此。"只有让泪珠中的满月／在江边的草中一颗一颗的熄灭。"我敢断言:阿罗的诗一定会走向成熟与经典。

我喜欢《戴草帽的老头子》:"花白的头发／不知不觉／一根一根／生出来／吱吱的声音／也不时地传出"。这首诗娴熟地运用夸张手法写白发的与日俱增,写得何等传神!

宋淑庆的《五月的情绪》,深刻地反思了历史与生活,抒发了对先贤不尽的思念。"目光轻轻旋转／粽叶紧裹着思念"。造句新颖,构思别致。

冷昭的《国魂颂》我过目不忘:"若无忧患怜三楚,哪有诗歌动九州?"古韵新声,实实在在,令人深思。

此外,古墨的《青春岁月》燃烧着激情的岁月,拨响了少男少女喜怒哀乐的琴弦。朱刚的《渔家女》虽然取材不新,但是构思精巧,充满了活力。

湘北诗坛的诗友们正在辛勤地耕耘。我相信,在不久的将来,定会读到大家更具有阳刚之气或更具有阴柔之美的作品。

1988 年 11 月 20 日

注：此文曾于1989年载于《湘北诗丛》总第14期；1996年出版的《蓝天艺术报》转载了此文。今收入文集，略有改动。

星夜随感

《湘北诗丛》总第11期推出了较多好作品。我忍不住自己的激情，打开了话腔的匣子。

熊兴炎的《诗四首》写得不错，我最爱读的是《春日·踏青》："魂留芳草地，情满两心扉。"这两句诗看不出一点儿斧凿的痕迹，十个汉字，五双珍珠，有机地串联在一起，那是情人脖子上的项链。《咏古四首》的作者章绍君有较深的古典文学的修养，运用传统式的框架，抒写了现代人的感受。熊兴炎、章昭君等人的作品并成一块，堪称楚骚遗风。

刘定中的两章散文诗完全是本期推出的力作，这首诗的意象嫁接得天衣无缝，构成了比较完美的艺术意境，既具有空白美，又具有空间美。龚道荣的散文诗《无题》，比较成功地运用了象征兼比喻的写法：一老一少，两个开路先锋，披荆斩棘，一往无前，给人留下的印象是深刻的。

罗先华的《本报启事》，很有些幽默感，但又不失庄重，也许讲的是诗歌应该注重陶冶效应吧。宋淑庆在生活中摄取了一个好镜头：《妈妈的背影》。这首诗的意思逐层加深，刻画了一个平凡而伟大的妈妈的形象，字里行间流露出对妈妈的浓厚感情。找要强调的是：很多人写过背影，但这首诗是创造。看罢张维中所写的《蚊子》，我只能说：讨厌的蚊子！这样的蚊子比比皆是，何时才能绝种呢？

说到这里，我突发奇想——湘北诗社一定会长成一棵参天大树！

1988 年 12 月 31 日写于张九台中学

十月随笔

案前摆着《湘北诗丛》总第 14 期，足以打发这美妙的时光。《跑马岗与子龙村》出自冷昭之手，写得既明朗又朦胧。这样的诗，我是最喜欢读的。我想：诗，如果只有诗人自己懂的话，那是相当可悲的；诗，如果连驴子也懂的话，那就更糟了。可见，冷昭深谙此理。在《跑马岗与子龙村》中，韵律的严格是不消说的，言辞的优美也是不消说的。我认为最可贵之处就在于：大跨度的时间感和超现实的空间感给读者一个崭新的人生、社会、历史的透视。

不要说现实生活没有诗意，熊兴炎的本领，正在于他有一定的智慧，能从惯见的平凡事物中，挖掘引人入胜的本质。在《路》中，作者运用对比、拟人等手法，以历史唯物主义的眼光，得心应手地剪辑路的几个镜头，写出了路的巨变。诗末，作者以最美好的心在做最愉快的记录：在这"坦荡宽阔的大路"上，"凯歌一曲更比一曲欢／丰碑一座更比一座高／人如潮／福如流……"读后，使人深深感到：社会主义大道充满了阳光，越走越宽广。

马不野，难成千里之驹；诗不野，难成压轴之作。韩霆的《你别转过身去》写得很"野"，这种"野"，正是甩开传统思路的那种大胆的野性思维。此诗的字里行间流露出来的感情是那样的凝重而深沉："你别转过身去／我怕影子／怕影子拖长我的旅程；""你别转过身去／月光把路照得很黑很黑／托不起你的忧郁；""你别转过身去／夏天正逐渐长大／夏天没有失落。"那么，转过身去又将怎样呢？"海突然出现在你面前／双桅船突然出现在你面前！"在这里，作者运用的美妙的语言就好比果壳，深刻的思想就如同果肉。作者的思想就深深地蕴藏在果壳之中。

本期的好诗还有一些，难以一一言表。纸短话长，暂且止笔。

1989 年 10 月 27 日

跋涉者如是说

（一）

诗歌，如山似水。这山，奇伟得令人目眩，这水，深邃得令人神迷。山高水长。不到长城非好汉。请看——朝圣者跋青山，涉绿水，留下了一路或浓或淡的春花！

（二）

蓝海文的《圆月》（载《跋涉》总第三期）出手不凡："上帝一伸手／就拉起／一座山脉／而你是山脉上的一座／亭亭玉立的

处女峰／爱是被你画圆／被你贴在／天花板上的相思。"此诗典雅、纯净、自然，且以高度的想象与绝美的形象相结合，发人之所未发，写人之所未写，达到了特殊的意境，具有独特的审美价值。

人类的智慧、思想、精神，毫无疑问地承受了比"十月怀胎"的肉体生命悠远千百倍的孕育。当《圣贤啊！我何时能面对你们》（载《跋涉》总第三期）从周碧华的灵魂中分娩到我们的眼前之际，我们便会发现人类有太多的臭皮囊太多的行尸走肉，而真正的人类的思想者却用痛苦的缄默，孕育出火山般的爆发："经典被权杖修改／被鲜血点缀／圣贤在庙堂中享尽孤独／与愁苦"，"圣贤啊我茫然四顾／举步维艰／怎样修史　怎样善身／我何时能面对你们／洗耳恭听？！"不难看出，周碧华的这些文字凸现出成熟的刚毅和凝练，凸现出人类理性所具有的永恒的进取精神和开拓精神——走向崇高，面对圣贤！

在向罗生的案头，堆着两摞书：一摞数学，一摞诗歌。这两座山峰，静静地对峙着。而善于想象想象再想象的他终于在一个晚上在一股梦幻般的氛围中，用近似代数的思维方法，通过逻辑思维，重建了得到未央、李元洛等老前辈充分肯定的诗歌基本理论（见载于《湖南师大学报》的向的论文《诗歌的数学分析》）。向罗生创作的诗歌亦是值得称道的：不仅能够娴熟地运用意象组合法等技巧，还特别注重着魇的情感效应。一棵小草，一只青果，一闪即逝的微笑，外祖母的回眸，均是他的生命中最深情的部分，均是他的生命中最温柔的部分。谁这样写过母子之间的离别："系船的索一解开／仿佛我的脐带又断了／船拉着我离去／岸推着您走远"（载《跋涉》总第三期）。

陈礼云不仅是操散文的能手，而且是操诗的能手。《午夜的诗人》（载《跋涉》总第三期）。以一种与常规迥异的方式和自己对生命的深刻体验，小桥流水似的向读者袒露着一种痛苦的幽默:"关上破败的门窗／把痛苦不堪的黑夜／拒之门外／碧云坐在灯下／铺开稿纸／把一只白色笔／握得痛不欲生","碧云喝一口冷茶／伸一伸手臂／把折叠整齐的诗句／放在口袋里取暖"。这些诗句,追求技巧而不见技巧,可谓浑然天成。

董秀珊的《猎海人》(载《跋涉》总第四期)无疑有悖于既定的审美经验。此诗的成功在于采取了意象的隐喻、哲理的暗示、闪念的跃动等表现手法。此外,张露群的《月夜》、牛童的《龙舟竞渡》等,均各有其审美意义上的发现——世界原本就是彩色的嘛!

(三)

一群又一群的朝圣者脚底生风,手中奔雷,与语言展开了激烈的搏斗。搏斗的结局:语言飞到了您的心上。但愿如此!

1994年6月10日写于安乡县听风楼

注:此文原载于《蓝天艺术报》1994年第一期。

缪斯的子民无愧于诗

(一)

我怀着虔诚的心情,从九三年四期《跋涉》中选出了十位诗人的十首诗歌。

（二）

在一首题为《陈韶华》的诗歌中，我这样写道："你用燃烧的手掌／洒下一江春花／或是一道灵光／于是我们的视野／变得金碧辉煌。"为人作嫁衣裳的陈韶华，自个儿写起诗歌来理所当然地得心应手："把这竿紫竹栽下去／连同半生传奇／生死荣辱"，"笛王啊　请收我终身为仆"。（《竹笛》载《跋涉》总第七期）。读罢全诗与作者的另一些诗歌，读者便会发现一种痛苦的豁达精神，便会发现作者对客观认识价值的超越。作者的诗歌在文字之少和内涵之大这两者之间造成中间地带，既融汇有生活跃动的激流，也留出了可供鉴赏者想象的天地。陈诗，可谓大气与经典。不知读者以为然否？

刘巨星郑重其事地将《一条蛇》（载《跋涉》总第八期）放在了阳光与诗歌的面前："一条蛇／沿着残缺的记忆／向我滑来"，"我杀死了那条蛇／它的罪过令我惊悸和战栗／抑或它的神秘使我防范"，"被杀死的蛇不知从哪条／草缝里钻了出来"，"我等待报复／蛇却从我的头上缓缓地滑了过去"！这是一条怎样的蛇呀！在作者真实的灵肉里，这条蛇传达出深隐与高超的人生体验，放射出荒诞与空灵的诗美之光。

吴清分的《作家们》（载《跋涉》总第七期）能够突破习惯性的思维与感情的模式，让求异性艺术思维与感情体验得到非一般化的审美表现："都是一些狠心的人／用邂逅的语言与历史交谈／日子不算光辉但还过得去／灵魂如麻独奏现实／且孤独且沉默且滴血"，"面对滴血的风景／心灵残存的瞬间凝视／也被送上人类成熟的祭坛！"诗的字里行间隐藏着作者从历史演变生发出来的对人生际遇的感慨和抗议。当然，仁者见仁，智者见智；读诗的极境是解即不解，不解即解。

梁智华的《来到舞厅》由四个排比递进段落组成，一泻汪洋般地展示了当代人的主体精神，令读者耳目一新。高家村的《摘石榴》写得忧伤而又美丽，读来有如听雨，淋湿了我思维的触觉。《醉酒》一诗出自成名诗人萧星明之手，写得极有力度。何谓力度？广度与深度。该诗最大的特色之一便是意象的隐喻和哲理的暗示。顾万久是一位疾恶如仇、热情奔放的诗人。他在《高高地举起中国心》一诗中，抒发了足以感天动地的赤子之情。冬菱的《采玫瑰的小姑娘》最值得称道的地方便是意象的组合浑然天成。其意象的虹彩袭击了所有睁开的眼睛。在《爱鸟的女孩》一诗中，王力军以看似轻松实则伤感的笔调抒写了一个凄艳的爱情故事。该诗具有生活的残缺美和艺术的空白关，实在耐人寻味。《在冬天的夜里行走》显示出秦安华对诗的敏感与天赋，字里行间洋溢着可贵的童真。

（三）

诗歌，并不是小菜一碟。从草稿到作品，一条跪着走完的路。唯有如此，我们才有资格说，缪斯的子民无愧于诗！

1994 年 6 月 12 日

注：此文原载于《蓝天艺术报》1995 年第一期。

相当瑰丽的春色

——致郭志南先生的一封信

拜读了您的诗歌，总想与您面谈一些什么。面谈一些什么呢？我又总是理不出一个子丑寅卯来。虽然我是个教语文的，常同语言文字打交道，但我发现我并不是一个出色的谈匠。哈哈！说到底，我只能配当一名孩子王。如此而已！

本来，我是应该登门讨教的，然而由于琐事缠身，只能在信中就您的大作谈一点儿个人的感想了。此时，面对您的大作，我的心情是相当激动的。

您的大作题为《庆贺鲸沙柏油公路通车》，发表在《湘北诗丛》总第九期上。"白杨作被天作帐，十里彩车歌声扬。"这是诗的首联，大意是：郁郁苍苍、精神奕奕的白杨生长在鲸沙柏油公路的两旁，仿佛是覆盖着路面的蓬蓬松松的被子，那湛蓝湛蓝的天空仿佛是大地的一顶天然帷帐。就在这新修的公路上，车水马龙，好不热闹，歌声飞扬！"白杨作被天作帐"，这个比喻句，妙！绿色的白杨，蔚蓝的天空，飞扬的歌声，流动的车辆，由静到动，美不胜收！

"鲸沙油路添春色，万民欢欣庆辉煌。"这是诗的颔联，大意是：鲸沙柏油公路通车了，它为神州大地又增添了无限春色：万民欢欣庆鼓舞，庆祝这辉煌的胜利。"辉煌"一词，本来是个形容词，在这里，您将它活用为名词，意即"辉煌的胜利"。由此观之，您对古汉语是有颇高造诣的。这首诗中的"春色"是相当瑰丽的。我想，这春色，不正是我中华民族实行大刀阔斧的改革所带来的吗？！

"昔日黄尘迁客愁，而今玉龙载君忙。"这是诗的颈联，大意是：昔日不堪回首，黄尘满天，来来往往的行人，愁容不展；而今天光艳丽，各种车辆风驰电掣，男女老少，无不来也匆匆去也匆匆！一个"忙"字，极力赞颂了平凡而又伟大的劳动者：工人、农民、知识分子……正是他们的忙碌，创造了和创造着中国的历史。

"改革之花结硕果，致富路上任翱翔。"这是诗的结联，大意是：改革之花结出了累累的硕果，人们在致富的康庄大道上八仙过海，各显神通。这两句诗的含义是深刻的：既是说鲸沙柏油公路是改革的战绩，又是说改革带来了各行各业的巨变。在科教兴国、勤劳致富的当代，将会人才辈出，奏出时代的最强音！可见，结联起到了画龙点睛的作用。至此，主题深化了，境界扩大了。

总之，我认为您的这首诗的确值得一读。愿您站在现有的高度上写出更多更好的诗文！

1988年1月6日写于张九台中学

注：此文原载于《跋涉诗歌报》1993年第一期。

发自诗人心灵的天音
——致刘菲先生

刘菲先生：

《世界论坛报》第0002109号已拜阅。坦率地说，我拜阅得极认真的是该报副刊《世界诗叶》第80期，是您的大作《红海边教堂》。说您多才多艺，我觉得一点儿也没有夸张。瞧您，既是编辑家，又是诗歌创作家；既是摄影家，又是诗歌活动家！

您的《红海边教堂》，简直是浑然天成。"没有钟声／没有偶像／没有壁画／没有可兰经的圣言。"您娴熟地运用排比句式，一气呵成地给读者留下了一个又一个悬念，十分富有戏剧性！这儿究竟是一个什么样的世界呢？"只有跪拜的地毯／在红海边／它是最庄严神圣的教堂！"十分感谢诗人，既为我们摄下了沙乌地阿拉伯吉达市红海边教堂的肃穆的外景，又为我们奉献了精美的如同圣言的食粮！请听——"又是黄昏了／祈祷的呼唤传扬／千灯亮起辉煌／阿拉的子民统统下跪／整个城市静静地／只有祈祷声／感恩声"。若不是大手笔，怎能如此逼真地描绘出此等情景！且听一听发自诗人心灵的天音："我非回非基督非天主／我是观世音失落的走卒／静静地坐在红海边／看夕阳下的海水粼波／思念故乡的亲人／红海／我不属于你"！正因为"我是观世音失落的走卒"，所以我才"思念故乡的亲人"啦！

　　诗歌，究竟是什么？我敢断言：诗歌绝对就是《红海边教堂》！

　　刘菲先生，问您学习！

　　祝一生平安！

乔光福敬上
1994年8月8日写于安乡听风楼

　　注：①《发自诗人心灵的天音》曾以《诗人书简》为题载于2000年10月30日出版的《世界论坛报》。

　　②1994年8月27日至31日，在台北召开的第十五届世界诗人大会上，《红海边教堂》同时用中英文朗诵，获得与会四十余个国家的诗人的热烈掌声与赞美，一致认为是好诗。

我在读着奉献的人格
——致刘菲先生

景仰的刘菲先生：

您于六月二日从新店邮局发出的大札，我于六月二十日午时妥收并拜阅。

对于您与《世界诗叶》，我怀有一种特殊的感情。您先后几次报道过我主编的《跋涉诗歌报》；您先后几次推出过我的作品。今年五月二十九日，在《世界诗叶第三百期特辑》中，您又一次推出了拙作《一棵大树》。您为我所做的一切，全属善举，怎一个"谢"字了得？

我主编的《跋涉诗歌报》，仅出版了十期；其后主编的《蓝天艺术报》，亦不过推出了四期。作为一个民间报人，办报的酸甜苦辣，真是一言难尽！有何胜利可言？挺住、坚守就意味着一切！您与您的支持者便是坚守诗歌阵地、营建缪斯宫殿的典范！因此，读《世界诗叶》我是在读着奉献的人格——思想与精神、追求与崇高！在此，我怀着虔诚的心情，向顶礼膜拜于诗歌艺术的人们顶礼膜拜！

您所倡导的社会性古体新诗，得到了陈永峥、兰吟、向策等文朋诗友的鼓励。您所倡导的古体新诗，强调的是社会性。何谓社会性？时代性与人间性。诗人乃是滚滚红尘中的凡夫俗子，不是不食烟火的君临浩宇的神仙。诗人所创造出来的产品，不论是中品、上品、还是极品，理应清清楚楚明明白白，或讴歌真善美，或鞭挞假恶丑，最大限度地昂扬读者的精气神。洋为中用,不可等闲视之;古为今用,前景大为可观。

敬颂编安!

乔光福拜上

2000年6月21日

注:此文曾载于台湾《世界论坛报》副刊《世界诗叶》第316期,2000年9月25日出版。

关于表现自我且超越自我

《我的诗歌观》发表后,几位文朋诗友来信说:"什么叫表现自我且超越自我呢?敬请指点迷津。"指点迷津,实不敢当;若说些见解,则不成问题。

诸君知道,五十年代和六十年代,大多数诗人既没有"风",又没有"雅"。他们在干什么呢?颂,争先恐后地颂,颂的热情能够煮沸三江水。他们所写的假、大、空的"颂"迷失了本性;迷失了本性的东西便是一堆语言的垃圾。改革开放后,众多诗人登台亮相,诗坛流派纷呈。江山代有才人出,各领风骚好几天。是时,诗坛有胆有识者树起了一面旗帜:表现自我。在这面旗帜下,不可否认的是极个别精英确实写出了大气与经典之作,但大多数诗人制作的诗歌均是劣等品。这些劣等品都是以自我为中心以个人主义为半径画出来的大小不一的圆。有的貌似象征主义,有的貌似表现主义,有的貌似超现实主义,有的貌似后现代主义,如此等等,不一而足。然而他们的风格一致:平庸与浅薄。于是乎，诗歌普遍成了妇人般的毫无意义的唠叨，诗人成了时代生活的累赘。

面对着贫血的诗歌，面对着冷漠的读者，面对着媚俗的批评，面对着压迫高贵的艺术的现实，作为一个虔诚的诗歌爱好者，我期望更加接近真正的诗歌，更加接近大气与经典的诗歌。我想：真正的诗人和真正的诗品，应具有君临浩宇的气度，其人其诗均要浑然融为一体，近似于一种全然全方的超级宗教。

当前，诗坛的模式陈旧，既有从《诗经》移来的当代诗，又有从西方搬来的现代诗，因此，我们呼唤着一种全新的而又具有可塑性和再现性的诗歌文本的出现。

值得肯定的是，诗歌正在发展，审美意识正在变革，不少诗人正在运用现代意识和多维视角拓展形象思维的空间。我也在走我的路：表现自我且超越自我；回归自然且超越自然；走向生命且超越生命；追求技巧且不见技巧。

实践告诉我：表现自我且超越自我的诗歌文本比较具备可塑性与再现性。如拙诗《庄子》《垂钓者》《回忆萝卜》《中国象棋》《我相信梦》《搓草绳的三爷》等便是。我手写我心，或鞭挞假恶丑，或讴歌真善美，最大限度地昂扬读者的精气神。

1998 年 5 月 26 日

注：此文曾载于《安乡文艺》2000 年第一期。

平中见奇 各有千秋

《蓝天艺术报》总第十三期开辟了一个栏目,名为《书坛三人行》。此次,行于书坛的三人是湖南省硬笔书法家协会主席陈友训先生、湖南省硬笔书法家协会副主席蓝鸟先生、黑龙江知名度颇高的诗人重阳先生。

这三位名家的书法作品均做到了平中见奇,化寻常为不寻常,然而又各有千秋。重阳先生的墨宝为"佛光远在前方",体现了运动和静养的较完美结合。静以养神,动以练形。运笔之前,书家借理顺毫锋之机,凝神静思,酝酿字形,做到了胸有成竹,意在笔先,这就是静;运笔之时,手心结合,运气丹田,以静带动,以意运神,整幅作品一气呵成,这就是动。这幅作品的创作过程,动中有静,静中有动,动静并施,因而笔力惊艳,力透纸背,入木三分,形神俱妙。陈友训先生的墨宝为"精于勤",其线条跨越了抽象和模仿的界限,是一种独特的空间造型艺术形式。虽不闻声响,却有音乐的节奏;虽为静止的造型,却有舞蹈的飞动。蓝鸟先生的墨宝为"战地黄花分外香",其笔飞墨舞,功力深厚,具有玄妙的哲学含义、人生内蕴、社会风貌和时代精神。

当代书坛,书家如云。我由衷地希望《书坛三人行》不薄名家厚新人,为读者继续奉献书法艺术的精品。

1996年6月4日写于安乡听风楼

注:此文曾载于1996年8月10日出版的四川中江《星星信息》第三、四期合刊。

好人总是占绝大多数

只要会说话的孩子，就会用好人坏人的标准去评价一个人。今天，我依然用好人坏人的标准来评价一下曾经生活在与现在生活在我周围的人吧。

当我从金龟学校调到亿中学校的时候，我请张礼顺老师随我到金龟学校去把行李拉回来。他没说二话，就顶着夏日的酷热往返二十余里累了这一趟。在此，送上我深深的谢意！

当我开口说出我那待嫁的诗稿还静静地躺在那儿的时候，我的同事崔湘女士尽管工作很忙，然而她毅然决然地伸出了热情的双手，为我无偿地在电脑上打出绝大部分诗稿。仕此，致以我同志式的敬礼！

当我在云南的病床上苦思医疗费的报销毫无着落的时候，远在几千里之外的张方元等人为我跑县医保办，妥善地处理好了这一棘手的问题。在此，敬请接受我的一鞠躬！

当我在思想上一度苦闷而愁眉不展的时候，任必武校长语重心长地开导我，使我认准了一个目标，朝着一条宽阔的道路迅跑。仕此，献上我发自肺腑的感激之情！

写到这里，有一句话自然而然地凝聚于我的笔端，这就是：好人总是占绝大多数！

2010 年 10 月 31 日

《陈云诞辰一百周年》普通纪念币赏析

《陈云诞辰一百周年》普通纪念币于 2005 年 6 月 13 日由中国人民银行发行。

该枚纪念币直径 25 毫米，与光荣下岗的伍分铝镁合金硬币的直径仅相差 1 毫米；材质和现行流通 1 元硬币一样，均是钢芯镀镍。但它却是通过更高的要求设计、更严的计划程序审定、更密的高新技术打造而成。

就拿正面图案来说吧。初看只有国号、年号、陈云故居、面额，但仔细观赏就会发现：陈云故居是何等的经看、耐看、看不够。原来币面采取了一系列高新技术：镜面抛光，并在镜面底面上采用激光雕刻和均匀喷砂。于是，我们便看到了一幢普通的层次极为分明的砖木结构的房子——陈云故居。内缘上方弧形刊上"中华人民共和国"字样，中下方刊上"壹圆"和"2005"字样，故居前门额上挂着一块牌匾，牌匾刊上阴文"陈云故居"四字。小小画面共安排了 20 多个字，巧妙地使用了行书、宋体、方正姚体、黑体四种字体。

该枚纪念币背面主图案为陈云同志在改革开放时期的右侧肖像，内缘上方刊"陈云诞辰 100 周年"及"1905—2005"字样。和正面一样，币面经过镜面抛光，然后在镜面底面上激光雕刻和均匀喷砂，因此，陈云同志的音容笑貌逼真地展现在我们面前，特别是镜面上喷砂的效果好像是在肖像上面覆盖了一层薄薄的嫩竹衣。透过竹衣在光亮的不同角度下看，又像是一幅汉白玉浮雕肖像。该枚纪念币如此精心打造，我们能够说它普通吗？！

欣赏该枚纪念币，陈云同志仿佛回到了我们身边。他以人为本，求真唯实，时时、事事、处处把人民的利益放在第一位。由此可见，中国人民银行发行陈云同志诞辰一百周年普通纪念币，为的是更好地学习、研究陈云，与此同时也是对老一辈无产阶级革命家的最好纪念。

2005 年 9 月 12 日

注：此文原载湖南《泉友》总第五、六期，2005 年 11 月 1 日出版。

《庆祝西藏自治区成立20周年》流通纪念币赏析

中国人民银行继首发《国庆35周年》流通纪念币获得社会各界一致好评之后，于1985年9月1日又发行了流通纪念币之二——一套名为《庆祝西藏自治区成立20周年》的流通纪念币。

该套流通纪念币共计一枚，面额1元，发行量 261.2 万枚。它的材质为铜镍合金，直径 30 毫米，9.32 克，由上海造币厂精心打造，该币的正面图案为"中华人民共和国"国名，国徽和"1985"年号；背面图案为西藏自治区最著名的建筑之一——布达拉宫、"庆祝西藏自治成立20周年"汉藏主题文字和"1元"面额。

该套流通纪念币在视觉效果上给人以非常恢宏大气的感觉。就背面图案来说，设计者在极其有限的空间内，以远景和写实的手法，将迄今已有1300多年历史、上下共有13层楼、高117.19米、东西长360米、总面积13万平方米的布达拉宫表现得气势轩昂、格外壮丽。在画面的下沿部分，设计者以汉藏两种文字突出了所要表现的"庆祝西藏自治区成立20周年"的主题。布达拉宫始建于7世纪，意为"佛教圣地"，先后曾居住过9位藏王、10位达赖喇嘛。布达拉宫不仅具有藏汉结合的辉煌建筑成就和丰富珍贵的历史文物，而且在西藏历史上具有特殊的宗教与政治地位。新中国成立后，国家对西藏特别关爱，布达拉宫经多次维修整理，已经成为旅游胜地。

该套流通纪念币的发行量比首发的《国庆35周年》减少了87.20%，尽管如此，然而由于当时全社会对流通纪念币的收藏、欣赏价值尚未有一个全面的认识，其结果是该套流通纪念币面市之后，其中的相当部分已经沉淀到流通领域。目前，各地集藏市场上的《庆祝西藏自治区成立20周年》的数量屈指可数，然而其市场价却不及发行量206.8万枚的《人民银行》的十分之一。由此可见《西藏》币的价值被市场严重低估，广大钱币投资者理应予以关注。

2005年9月14日写于安乡读雨阁

云舒的诗歌《父亲》赏析

一、文本

父亲

婴儿时
父亲是那样雄姿英发

我总是欣喜地等待
把我高高抛过头顶的双臂
和那逗我傻笑的胡楂儿

少年时
父亲是我心中的大侠
你总是笔挺着硬朗的身板
承担着生活的种种艰难
让我们的生活千变万化

青年时
父亲是我人生的灯塔
我迎着那父爱的光辉
坚定地寻找着我的梦想
不管是春秋与冬夏

中年的今天
父亲已佝偻着身躯满头银发
你把智慧和机敏留在了我的心间
那就让我做你的"父亲"吧
让你满脸的褶皱笑颜如花

二、赏析

《父亲》共为四节。

第一节：写雄姿英发的父亲用双臂将"我"高高地抛过头顶和用胡楂儿扎"我"的脸惹得"我"笑个不停的情景。

请读：婴儿时／父亲是那样雄姿英发／我总是欣喜地等待／把我高高抛过头顶的双臂／和那逗我傻笑的胡楂儿。

"抛"与"逗"写得是那样传神！

第二节：写父亲用硬朗的身板承担着千变万化的生活。

请读：少年时／父亲是我心中的大侠／你总是笔挺着硬朗的身板／承担着生活的种种艰难／让我们的生活千变万化。

在少年的心目中，风中、雨中，父亲总是一往无前！"大侠"一词用得好！

第三节：写在父爱的沐浴下"我"对知识和梦想的追求。

请读：青年时／父亲是我人生的灯塔／我迎着那父爱的光辉／坚定地寻找着我的梦想／不管是春秋与冬夏。

"灯塔"，光芒万丈！用得好！

第四节：写父亲把智慧和机敏留给了"我"；"我"责无旁贷地要让父亲安享晚年。

请读：中年的今天／父亲已佝偻着身躯满头银发／你把智慧和机敏留在了我的心间／那就让我做你的"父亲"吧／让你满脸的褶皱笑颜如花。

"让你满脸的褶皱笑颜如花"，写到这里，主题深化了，境界升华了！

这首诗歌表现的是人间最神圣最伟大的感情——父爱！

溪水清清的诗歌《雨声》赏析

一、文本

雨声

文/溪水

今晚
响起雨声
清脆悦耳
像钢琴上的音符跳动

来到窗前
看见霓虹
俯身潜入雨中
拾起久违的橘色之梦

一对儿恋人
撑伞在雨中漫行
生硬的城市
有了片刻温润的表情

不知道今晚
有多少窗口醒着
会醉了

多少人的倾听

二、赏析：全诗共四节

第一节：下雨。盛夏，烈日炎炎。可是，今晚却下起了雨！今晚 ／响起雨声／清脆悦耳／像钢琴上的音符跳动。

喜欲狂！

第二节：赏虹。请读：来到窗前／看见霓虹／俯身潜入雨中／拾起久违的橘色之梦。

写得那么生动，那么形象！

第三节：所见。请读：一对儿恋人／撑伞在雨中漫行／生硬的城市／有了片刻温润的表情。

"生硬""温润"用得相当好！

第四节：所思。请读：不知道今晚／有多少窗口醒着／会醉了／多少人的倾听。

想象得合情合理！

由此可见：溪水清清具有审美感悟！我敢断言：除了这个条件，还有什么称得上诗人才华的试金石呢？！

尘海烟霞的诗歌《麻雀》赏析

一、文本

麻雀

文/尘海烟霞

都叫你家贼
你是否委屈
——鸟儿?

红宝石一样
满树枝的枸杞子
沉浸在
微风演奏的乐曲
晶莹地摇曳

几工夫
神不知鬼不觉
没了一粒踪影

家贼呵——
我的劳动果实

全被你偷光

藏进你的口袋里

二、赏析：

　　我与尘海烟霞的交往，仅限于博客。在博客中，我有幸读到她的一首又一首诗歌。

　　她的诗歌，写得好。语言干净，一点儿也不拖泥带水；意象清澈，有如透明的玻璃鱼；意境高远，恰似我们瞧见的蓝天白云。请欣赏《麻雀》：

　　第一节：麻雀，在人们的心目中，的的确确，没有一点儿好印象！叫它"家贼"，这是恰到好处的称呼。

　　第二节：枸杞子如同红宝石一样的耀眼！

　　第三节：可是没几天时间，却无踪无影！

　　第四节：原来是："家贼呵 ——/ 我的劳动果实 / 全被你偷光 / 藏进你的口袋里 /"。

　　由此可见，作者所抨击的是不劳而获的家伙！

　　我说：尘海烟霞，的的确确是诗歌创作的高手！

月儿的诗歌《一曲无言的歌》赏析

一、文本

一曲无言的歌

让我
为你演奏一曲无言的歌
你不用 不用开口唱
你只要看着我 看着我
不要把你的眼睛离开
看着我 望着我
我就听得到你心里的歌

让我
为你演奏一曲无言的歌
你的双眼就是一首歌
我们之间不需多言多语
静静地 默默地
听着这首无言的歌

二、赏析

我与月儿,都是写诗的。
在博客上,一见到这首诗歌,我就非常喜欢。

喜欢的理由有三：

1. 清新、活泼、明快的语言。有的人写诗，晦涩难懂，不知所云；月儿的诗，纯净、透明，没有一点儿语言的阻隔。这叫什么？平易。这是最难做到的！

2. 真挚的抒情。诗歌是抒情的艺术。请听："让我／为你演奏一曲无言的歌／你的双眼就是一首歌／我们之间不需多言多语／静静地　默默地／听着这首无言的歌"。两情相悦！

3. 幽远的意境。月儿的诗歌形象优美，意境深远，言有尽而意无穷，为读者提供了联想和想象的天地！

第二辑 散文

　　历史的车轮滚滚向前,时间将会收割一切。真正的诗歌将会被视为哲学与宗教的来源而备受尊崇。因此,除了一如既往地跋涉之外,我别无选择!

往事的浪花

夏历二月初十日,我徐徐地翻开了又一页崭新的日历。

这新的一页,似乎告诉人们:我是由二十四小时组成的。我的基本单位是秒。时钟"嘀嗒",是我催促有志气的人们前进的号令,也是我向混时度日者的一次又一次的警告!

这新的一页,似乎还告诉人们:我时光老人每天无私地奉献出八万六千四百粒金子。这对于有志气的人们来说是何等宝贵!他们,争分夺秒地工作,没有辜负我的一片诚心;混时度日的人、懒汉懦夫者把我献出的每粒金子视如粪土。我为他们感到惋惜,惋惜之时常有怨言:碌碌无为的草包,不值一谈的笨蛋!

当我翻开又一页崭新日历的时候,猛然记起了今天是我的生日。

啊!时间的浪潮又把我推向了人生的第二十六个春天。

这时,往事的浪花汹涌澎湃,一浪又一浪向我迎面扑来……

生在春天里

历史的车轮,滚到了 20 世纪 50 年代的第四个春天。

温暖的春风啊,吹绿了大地,吹绿了闪着粼粼波光的澧水。

奔腾不息的澧水啊,源源流淌,直奔前方。澧水两岸啊,万马战犹酣!

我的家乡——亿中村,就坐落在澧水东岸。它是伟大的祖国的一角。这儿地势平坦,土地肥沃,一望无垠。

这年春天。早晨八九点钟的太阳放射出夺目的光辉,我荣幸地降临在人间。

娘，飞向了缥缈的自由王国

亲爱的读者，你可知道，一个活泼天真的孩子，失去了母亲该是多么不幸啊！你是否看到这种情况：一个刚刚上学读书的孩子，当他放学后回到家中，往往会一头扎到母亲的怀里，咿咿呀呀地向母亲诉说一天的学习情况。这时候，母亲会轻轻地抚摸着娇儿的头，微微地笑着……

然而，不幸得很！对于母亲的温暖，我享受得太少了。1956年，年仅二十二岁的母亲就被万恶的病魔推向了"黄泉"！

听祖母讲，母亲发病突然，开始就呈现出急切的病容。若扶她起床的话，脖子硬邦邦的。只有七天，她的灵魂就飞向了缥缈的自由王国。哎呀！我的上帝，只有七天啦！一直到现在，对她的病情，谁也说不出一个子丑寅卯。

听祖母说，当母亲下葬时，两岁的我，从鸡窝里拿出一个热乎乎的鸡蛋，摇摇摆摆地走到母亲的跟前，说："妈妈！"我晃了晃手中的鸡蛋，"妈妈，拿蛋去！"

妈妈不理睬！

我蹒跚着朝前踏了一步，又清脆地叫了一声："拿蛋去，妈妈！"

妈妈不作声！

写到这里，我仿佛听到有人在说：可怜的孩子！是你的妈妈不愿理睬你吗？你是娘身上的肉，娘的一切就在你的身上！此刻，泪水模糊了我的双眼。稍停片刻，我又承上启下了。

"拿蛋去，妈妈！"我鼓足气力，把蛋举得高高地，对准我的母亲——我躺在地下的母亲，砸了下去！蛋破了，人们的心碎了！这就是我对母亲的祭奠。

多么撕人心扉的场面！多么痛断心肠的一幕！

我被祖母搂在怀里，紧紧地。

祖母，温暖了我的身心

祖母，有着春风般的心肠。她的脸上布满了深深的皱纹。飞来的横祸使她老人家脸上的皱纹更多了。这每一条皱纹里，都似乎填满了她人生的酸甜苦辣的泪水。

抚养我的重担，祖母挑起来了！

光阴似箭，日月如梭。

我该上学读书了。

那时，我亲爱的祖国正处于最困难的时期，我们的家庭也正处于最困难的时期。生活寒酸得很啦！祖母特地给我缝了一个浅蓝色的帆布书包，我哪里管它呢？很高兴地背着它上学了！下雨了，我的伙伴们穿着崭新的胶鞋在泥泞的道路上不管三七二十一。瞧他们那得意模样儿！到了这种鬼天气，我呢，就该倒霉了！只好赤着脚走路。吃"盐鸭蛋"不是新鲜味。我多么希望有那么 双胶鞋哟！

祖母看见我下雨时赤脚上学，内心就像有无数只毛毛虫在咬。她老人家也真会想办法：千针万线地给我做了一双棉靴，靴帮上涂些桐油，鞋底装几颗鞋钉。这棉靴好！下雨时，我毕竟不会赤脚上学了！

那时候，我经常挨饿，然而又害怕吃"饭"。这是一些什么样的"饭"啊？满锅的蓝花草子尖中露出星星点点的米。在这种困难的日子里，祖母很会体贴我：在我的饭中少拌点儿菜。为了这，她和父亲又勒紧了多少回裤带呢？！

我读小学时，祖母生怕我迟到而影响学习，没有哪一天不是和启明星一道开始工作的。老师经常表扬我"到校早"，可是他哪承想到：这全是我的祖母加班加点的功劳啊！

我读书，勤奋地读书；我学习，刻苦地学习。每当我从学校里领到奖品时，祖母总是对着奖状看啊，看啊；摸着我的头又是笑啊，笑啊！她把我的奖状端端正正地贴在墙上，每过几天，就用抹布在上面抹抹。祖母的心啊！

祖母是个闲不住的人。她这种闲不住的习惯也许对我起了潜移默化的作用。读小学三、四年级时，早晨我带着一个用细竹织成的撮子上学，放学回家时就拾满了一撮子鸡粪。读小学五、六年级时，早晨带着一担粪筐上学，放学回家就拾满了一担猪粪。这些事情，现在倘若说给学生听，他们会相信吗？他们会有些什么想法呢？

祖母，温暖了我的身心；祖母，教会了我勤劳……

往事的浪花，仍然不停歇地向我扑来。我要写的东西很多很多：写我的父亲、写我的爱人……一言以蔽之，我要按本文序言的意图继续写下去，写不完啦，写不完！

1979年阴历二月初十日深夜草于家中

抹不掉的记忆

过去的事，好多，好多，多淡忘了。可有些说不清理还乱的事却偏偏记得。我想，这是我永远都会抹不掉的记忆。

一、桃师招生让我空欢喜一场

1972年2月的一天，我听到了桃师招生的消息。刚刚高中毕业的我，成了招生的重点对象之一。这怎么不叫人高兴呢？我写了一篇文章和一份自传交了上去，怀着甜滋滋的梦想，在家静等好消息的到来。没想到，石沉大海。我们这些人都被愚弄了一番。后来，据说是桃师取消了这次招生方案。

二、陪我的同学参加了一次常德农校的招生考试

1972年的冬天，常德农校招收了一批学生。亿中大队党支部和革委会推荐我与我的同学宋叔喜两个人去参加考试，但农校只能从两人当中录取一人。常德农校举行文化考试的地点是在大湖口中学，这次只考两门学科，一门语文，一门数学。语文只考一篇作文，题目是《我为什么要上农校》，我得八十五分；数学考试我得九十八分。体检是在当时的大湖口地区医院进行的，检查结果是我一切正常。政治审查这一关过得怎么样呢？我不知道。后来，宋叔喜读农校去了，我从心底里向他表示祝贺。说实在的，对上农校我是不感兴趣的，因此，我对没被农校录取，也就采取无所谓的态度了。

三、"工农兵大学生"的桂冠轮不到我的头上

1974年的夏天，亿中大队党支部和革委会又推荐我上工农兵大学。那时，年满二十岁的我在社会上扑腾了两年多的时间，已经深知"朝中有人好做官"的诀窍了。对上大学我并不抱十分乐观的态度，虽然感谢基层一级推荐了我。我家祖祖辈辈都是忠厚老实的种田人，压根儿也不会替我去运筹帷幄。我也未能如愿当上"工农兵大学生"。

四、恢复高考制度后的第一次考试

"四人帮"倒台后的第二年也就是去年恢复了高考制度。我参加了高考，但名落孙山。这次高考，给我留下了哪些教训呢？

第一个教训是我不该报考文科而放弃理科的优势。话说远点，读中学时，我特别喜欢数理化，尤其是酷爱数学。记得读初二时，一位小学老师在数学老师那儿看了我班的作业之后，指着我的数学本说："这个叫乔光福的，今后蛮有前途。"读高中时，我的数学成绩优异，数学老师常常对我另眼相看。我的数学作业也做得很认真，有一次，这位老师还特地将我一人的作业发给学生们轮流观看。我的物理成绩也很好。我还清楚地记得在张九台中学参加过一次物理考试的情况：三个班同考一套物理试题，打及格分数的只有两个人，其中有一个就是我，而且得满分。我的化学成绩也是好的，每次考试，总在八十分以上。一次考试"高分子化合物"，我得了九十八分，错了两分的小题，为此我还难过了好几天。高中毕业走入教育战线以后，我也是同数理化打交道。在复兴中学任教时，我教的是数学、物理、化学。在张九台中学任教时，我教的是化学、物理、数学。可我却报考了文科，放弃了理科的明显优势。

这是鬼使神差吗？回答是有一点儿但不尽然。我永远也忘不了这一次谈话。在一边忙于教学一边忙于复习的紧张阶段，我到县城去就医。当我办完事情在街上随便走走的时候，碰到了在我公社双同学校任教的一位下乡知青，他非常客气地邀请我到冰室去坐一会儿，我没有推辞，与他并肩步入了冰室。我俩都是握笔杆子的，投机的话题总是有的，后来话题不知怎么转移到了高考上。他是一个粗嗓门，瓮声瓮气地问："听说你准备报考大学，机会难得呀！你是报考理科还是文科呢？"我老老实实地回答道:"报考理科。""哎呀!你这个出类拔萃的人才去报考理科,真是活见鬼!理科毕业后,同图纸和数字打交道有什么出息?文科毕业后,有幸当上记者,周游全国,别提有多神气!你谈的,写的,我看你是个百分之百的文科人才。"他的过奖之词,并没有使我飘飘然,我知道自己地理与历史这两门学科知识的贫乏。但是他的一番话说得我心里痒痒的,因为我本来就想当一名记者或作家。于是,回到学校后,我咬了咬牙,报考了文科。此时,高考已指日可待了。现在想来,那时如果没碰到"粗嗓门"的话,我一定是报考了理科;对于本来就想当一名记者或作家的我来说,他的那一席话在客观上无疑起到了我报考文科的催化剂的作用。

第二个教训是我不该只填报清华、复旦而不填报一般大学。去年,我二十三岁,正"少年心事当拿云"。再者,我第一次填报志愿,也不知道填报志愿的重要性。当时认为只要成绩考得好,即使清华、复旦不录取,其他院校也会录取的。基于此种认识,我没填一般大学,只填了清华、复旦。虽然这次考试自我感觉还可以,但是领取通知单已经是别人的事情了。现在想来,那时的所作所为是多么幼稚、多么荒唐!

这次高考还给我留下了什么呢?还在我心中留下了一种深深的遗憾,一种负疚感!

要知道,我是家中的独生子。母亲早逝,祖母一手将我抚养成人。祖母希望我早婚早育,最好在十六岁结婚,然后给她添一个白胖白胖的曾孙儿。我不是一个百分之百的贤孙,没有按照她的意愿去做。进入去年的我,已经二十三岁的人了。我想,祖母望了一年又一年,我不能继续让她失望了。因此,我同意我家在夏历八月十五日按照本地的传统习惯,履行了"报日"的礼节,确定了结婚的日期。

在确定结婚后的夏历九月,我听到了恢复高考制度的消息。

听到这个消息后，我的心里就像是十五只吊桶打水——七上八下。实话说吧，我梦寐以求的就是能够给我参加高考的机会。现在机会来了，可我却确定了婚期，况且这结婚的日期与高考的日期离得是那样近。怎么办呢？机不可失！我还是打定了参加高考后再办婚事的主意。祖母听说我要考学，一个劲儿地反对，暗地里还不知流了多少泪。祖母的心是好的，我完全能够理解。眼看高考的日期已经逼近，眼看结婚的日期也已逼近。这时，我自己来到女方家坐下来协商更动婚期的事，女方一定会是通情达理的，但是当时，我未见他人确定了婚期又更动婚期的先例，况且又没有半个人给我出更动婚期这方面的意见；我家里的人也少了一点儿在这种特殊情况下的应变能力。于是，到了娶亲嫁女的这一天，本来应该是门庭若市的女家却沉浸在一派委屈难堪的气氛中。

五、恢复高考制度后的第二次考试

失败了，爬起来。该冷静头脑了。我仔细地考虑了第一次高考失利的原因，这就是我在前面所讲的两个教训，此外，我还得出一条结论：文科招收的人少些，理科招收的人多些。我想，高考制度已经恢复，有了第一次，还将有第二次。我仍然坚信："天生我才必有用。"我还年轻，我才二十四岁，我的血是热的，我的心没有死。于是，走下考场，我就捧起了数理化，展开了为时半年之久的持久战，再一次走进了考场。

这次考试，按理应该是马到成功了，但事与愿违了！怎么说呢？我这里只讲讲两堂考试的情况吧。先讲政治考试，做第一道题的时候，文思泉涌；做第二道题的时候，一挥而就；可做第三道题的时候，身体却出现了故障，心动过速，胸口像针扎一样的难忍，突然，眼前金星乱冒，顿时一片漆黑……过了一会儿，待我的意识清醒，我才发现自己伏在座位上……在这种情况下，我仍然准备用数理化的优分来弥补政治考试的意外。考化学时，我摆正化学试卷，快速地浏览了一遍，当时的感觉是：太好做了！正当我笔走游龙、得心应手的时候，突然胸口……纸上红红绿绿的，脑袋中似乎是一片空白，连乙炔的分子式都不知道了。自然，这次考试也失利了，不过，我绝对不承认自己是低能儿！

结束语

我是苦命人。这个"苦"字，有一部分是自己写成的。
我不怨天尤人，因为，没有这个必要。
不管别人怎样看我，我将走我自己的路。
我仍然坚信：
"天生我材必有用"！

1978 年 12 月草于亿中学校

在我取下民办老师这顶"桂冠"的日子里

诗云：雪压竹头低，低下欲沾泥，一轮红日起，依旧与天齐。
连日来，我激动的心情总是不能平静：过去的我，一直过着窝窝囊囊的生活。现在，我扬眉吐气，真恨不得向世人呐喊：我要过一般人所过的生活了！

一、捧着一张"高中毕业证"步入了社会

中学阶段的学习生活，是一言难尽的。我是在张九台中学读完高中一年级的。记得我们这个班仅有十七名男生，班主任老师也是个男的，有的人戏称我们为"十八勇士"，有的人戏称我们为"和尚班"。受"文革"的影响，"和尚班"没法上课，解散了，各奔东西了！

我转到了安福东方红中学。好一个动听的校名，东方红！这是一个非常适合潮流的名字，那个时候，只差一点儿就快把白纸当作红纸来称呼了！这东方红中学，就是如今的大湖口中学。

一进大湖口中学，就上了一堂难忘的体育课。高个儿李委托一位学生给我们结结巴巴地念了一通报纸。记得当时我在一页纸上写了又画，画了又写，翻来覆去，只不过写了三个字："静坐课！"哎呀！东方红也无非是如此。

该上数学课了。进来的是一位颇有学者风度的老师。看上去约莫三十岁吧。我觉得他的课讲得很好。经打听，他叫朱善之，学历是大学本科，还是我的家乡人。

我先前就喜欢数学，现在又遇上了一位好老师，我学习数学的兴趣更是与日俱增。我先从有理数看起，在早晨，在午休，在晚上。实数、虚数、正弦定理、圆锥曲线、高次方程……我乐在其中！可不是吗？每当我计算出一个题目时，就好比夏天吃西瓜，心中有说不出的舒畅。

有一次，老师布置了几道数学题，竟然只有两个学生做出来，其中有一个就是我！当时，我也喜欢其他课程。我所写的作文在班上算一流水平。我的物理和化学成绩也很好。

结果是，我领了一张"高中毕业证"，怀着莫名的惆怅和希望，告别了母校，步入了社会。现在想来，这是一张残缺不全的

毕业证。因为，读中学时学校没有开设的课程就有：历史、地理、植物、动物、美术。况且，我们所学过的课程也绝非系统化、正规化。

我要诅咒！可该诅咒谁呢？

二、代人说了一通酸、碱、盐竟然决定了我的一生

我从小屋走向田间，又从田间走向小屋。一天又一天繁重的原始的体力劳动，压得我喘不过气来。我精疲力竭，盼望天黑，落个轻松；我神不守舍，盼望天亮，摆脱噩梦。

我们这个地方全是庄稼人，连一本书都借不到。寂寞与空虚无时无刻不充斥着我的整个灵魂。我有时也来点儿传统的精神胜利法：前途是光明的，道路是曲折的。我有时也写点儿直抒胸臆的诗句："路，崎岖不平鬼见愁。叹命运，泪河滚滚流。"泪水流得够多的了，道路够曲折的了。然而，我的一丝光明又在哪里呢？

大概是天无绝人之路吧。1972年秋，复兴中学的崔伏宝校长听说我读书的时候成绩不错，决定请我去当几天代课老师。听到这个消息，我能不高兴吗？管他代几天呢？我正愁无用武之地，和尚撞钟，得过且过吧！

学校领导给我安排的主要课程是物理和化学。说真格的，这两门课程我还勉勉强强。不过，要我上讲台，去给那些同我年龄差不多的少男少女们讲课，我的心情是够紧张的了。

第一堂课是化学课。我在材料纸上写得密密麻麻的，写了整整六张。我虽然是第一次上讲台，但是这个道理我还是清楚地知道的：备好课是上好课的前提，不能打无准备之仗。我壮着胆子跨进了教室，开始了酸、碱、盐的教学。学生们都望着我笑，笑得我满脸通红，笑得我大汗淋漓！一打下课铃，我就迫不及待地溜进了寝室!

我像做了亏心事一样,侧耳细听外面的动静,说笑声不时荡入我的耳膜:"这个高个子老师真有趣。他的话快得像打机关枪一样。""他的课讲得真有味。比苏眼镜儿的课讲得带劲!""这个人真神气。我真愿意听他讲课!""听说他的年龄跟我们差不多,我们有的同学比他的年龄还大些。他为什么这么聪明?"听到学生们的七嘴八舌,我心中悬着的一块石头总算落地了!就这样,我代人说了一个月的酸、碱、盐。不久,我又戴上了一顶民办老师的"桂冠",开始了历时将近十二年的民办老师的生涯。

三、"希望你能上能下,要经得起考验"

窝囊的人说不尽的窝囊话儿。我还是打开话匣子说几件窝囊的事儿。

1975年下学期,我从金龟学校调到了亿中学校。我满怀信心,准备在亿中更出色地工作。然而,没有想到,主管文教的大队党支部委员却对我说:"现在我校的老师已经超编,文教办和大队党支部决定让你解甲归田,希望你能上能下,要经得起考验。据文教办讲,你的主要问题是骄傲自满。"当时,我什么也没有说,什么也说不出来。我只知道山一样的沉默:论教育教学能力,凭我在学生和家长中的威望,不说比留校的各位民办老师强的话,也可以与他们中的任何一位相比。但是,他们均属于一群可怜的人!我的"解甲归田",与他们又有什么相干呢?

果真老师超编吗?不!这只能责怪我说了真话,得罪了文教办的那个姓李的!我想发泄满肚子怨气,但克制住了。结果是自己劝自己:人在矮檐下,怎敢不低头?在我"归田"后不到一月的时间,我又回到了可爱的学生们的身边。其原因很简单:中学班的数学和物理没人教,缺老师!我想笑,又想哭,然而笑不起来，哭也没有眼泪。呜呼！我的光辉形象就是一尊可怜的泥人儿！不过，让我感到欣慰的就是：我毕竟是一个有用之人！

1979年下学期，我在张九台中学任初二（22班）的班主任，教语文和政治课，工作成绩总的说来是比较突出的，但1980年上学期文教办根据中学主要负责人的反映，将我调到双同学校。这位中学负责人对我说："我校超编，将你调到离家较近的双同学校，对你是有好处的。"我在心里说："我对你给我的好处将终生难忘！"这位负责人官不大，架子可不小，我曾当面说了关于他的真话，于是就出现了上述情况。呜呼！一尊可怜的泥人儿就是我的光辉形象！但是，我铁了心，准备说一辈子的真话，努力完善自己，做一个有真才实学的人，做一个有骨气的人！

四、"你们参加革命工作的时间从今年十二月算起"

今年十二月，我参加了县教育局组织的民办老师转正考试。这是一次退休补员考试，我获得了语文九十二分的成绩，在这次所有应试者中，我排在第二。上县开会时，教育局的卜宗山同志对我们说："我向你们祝贺！请注意：在你们填写'参加革命工作的时间'这一栏目时，要填写1983年12月22日。"实际上，照我的理解，我参加革命工作的时间应该要从站在讲台的那一天算起，卜宗山同志所讲的"参加革命工作的时间"是我取掉民办老师这顶"桂冠"的日子。不管怎么说，我转正了，我想：这个日期同1970年9月28日我入团的日子一样，是值得纪念的！

结束语

记得我的一位学生在给我的信中说："您桃李满天下，可您自己还在吃'背销'。我多么希望您名正言顺地取消'背销',成为公办老师啊!"

现在,我可以向我所有的学生宣告:你们的老师要过一般人的生活了!

1983年写于亿中学校

附录:

诗人曾经是园丁

—— 读诗人乔光福《在我取掉民办老师这顶"桂冠"的日子里》

文/远航小诗

你的脚印
留在三尺讲台,
你用汗水
浇灌着绿树红花;
你用爱心、责任、
丰富的知识,
满足学生饥渴的眼神;
几十年默默耕耘,
学生记住了你
深情的目光,
如今你已桃李满天下。

往后的日子,
新浪博客将留下你
无限风光。

2010 年 12 月

我终于有了一张存款折

我终于有了一张存款折。捧着这张存款折,我想了许多许多……

儿时的我,穿着祖母给我做的"雨靴",一点儿也不自卑地在淤泥中行走,我觉得比同伴们的胶鞋还要防滑,有时禁不住露出一点儿自得的神情:我这"雨靴"就是好!

少年的我,靠带一瓶咸菜度过一星期的寄宿生活。祖母每星期给我五角钱交伙食费,这五角钱还是省吃俭用攒的啊!每一分钱我都把它看成比月亮又大又圆。我不断积攒,竟然凑成了一个整数:两元!然而不幸的事情发生了:这钱不知何时不翼而飞了。我哭了,不知哭了多久,连眼皮都哭肿了。

青年的我,步入社会,兢兢业业地工作,可是与钱没缘。做一个民办中学老师,每月生活津贴不过十元,还不够抽烟的。然而,我连这十元也不能全得到:大队干部紧跟形势不掉队,要我们与贫下中农画等号,将"资产阶级法权"限制到了我们的头上,硬是将十元的一半充公了!这时的我,吵得最凶。通过领导的"教育",我敢怒不敢言,思想上"通"了。

正当而立之年的我,来了一个有生以来的重大转折。今天,我有了一张不到三位数的存折。捧着这张存折,我的心醉了。

1985 年 3 月 8 日

货真价实的救护车

今天,我班的张佑珍同学病了。学生一得病,我就急得不行。我借了一辆自行车,送她回家去。她家住在夹洲,离校大约七里路吧。我想:送她到家后,我就马上返校上课。

雨后初晴的田野,空气新鲜,风光明媚。我用力地踩着自行车,朝着目的地飞奔。这条公路常有拖拉机跑来跑去。那些深深的车辙就是最好的证明。我骑自行车的历史有十多年了,算得上是位老师傅了。一路骑来,七弯八拐,总算畅通无阻。没想到,就是我这位老师傅,在一眨眼的工夫就发生了一次令我终生难忘的车祸——

自行车的轮胎忽地在车辙里打滑,龙头不听使唤,向右拐去,我急忙刹车,可不管用!自行车将我"请"到田里,把我从座位上抛到三脚架上。我几乎是用飞的速度跳下车。我的学生怎么样呢?在轮胎打滑的一刹那间,她就从车上跳了下来。

我还得继续为我的学生服务。自行车的轮胎在缓慢地旋转。这时,我有一种异样的感觉:会阴处疼痛难忍。怎么搞的?好像排了一滴尿,又排了一滴尿……难道是泌尿系统碰出问题来了吗?

——怎么还在滴尿?

又骑了一截路!我用右手在下面一摸:血!有幸看到我的散

文的朋友们，要知道，我穿的衣服是不少的：内裤、毛绒裤、西服呢裤，里外三层，厚厚的。这血，实实在在地浸透了里外三层的衣裳！

我对这位学生说："你下去，坚持一下，走到前面等我。"她说："前面不远就是我的家了。"待她走远，我打开裤子一看，这可不得了——小便流血了，就像拉小便一样！与此同时，我的三万六千根汗毛都挺得硬邦邦的，我的三万六千个毛孔都涌出了激流，我的三万六千个细胞都在跳着交际舞！

我用手帕缠好生殖器，咬紧牙关，推着车子来到了这位学生的家里。谢天谢地，好在离她家就只有这样几步路！我把受伤的情况告诉了家长。他们找了一位年轻人，用我来时的车把我送到了医院。

去时，我用这辆自行车护送病了的学生回家；来时，别人用这辆自行车护送受伤的我上医院。呜呼！好一辆货真价实的救护车！

1985年3月19日

火 柴

一盒火柴，三分钱，微不足道。可是，在那动乱的岁月里，火柴是凭计划供应的，实际上是凭关系供应的。

时间倒流到1975年的春天。车水马龙的武汉长江大桥附近。龟山下。我的烟瘾来了，摸了摸钱包，狠狠心，买了一包香烟。我想顺便买一包火柴，但神气十足的营业员冷冷地说："火柴不卖，凭计划供应！"我抱着碰碰运气的想法，又走了一家商店，得到的是同样的答复。我仍不甘心,看见一个小经销店,里面坐着一个肤色苍白的老太婆,面容似乎很慈祥。我恭恭敬敬地开口了:"老太太,请您帮忙给我买一包火柴。"老婆婆朝我望了一眼,冷冷地说:"凭计划供应,不卖!"

朋友,知道了吗?在那动乱的岁月里,人类稀里糊涂地大动干戈,互相残杀,岂止是几个营业员冷冰冰的呢?在那荒唐的岁月里,胆子大的就造反,胆子小的就背钓鱼竿,岂止是火柴买不到手呢?

1986年7月20日

烟瘾、茶瘾、读书瘾

我喜欢抽烟,成了瘾。怎样理解"瘾"这个词语的含义?我可以用举例的方法来加以说明。一个星期天,我在岳父家休息。我的烟抽完了。去买烟吧,外面正下着大雨;况且,我又没穿雨靴。这时,我坐也不是,站也不是,只觉得喉咙痒得难受。妻弟于斌回来了,给我敬上一支烟。我暗想:真是天无绝人之路,好一支及时的烟!我狠命地吸着这支烟,三两口就把它消灭了。

我喜欢喝茶,成了瘾。家里人喝的是"一匹罐"。这茶的味道浓郁,我喜欢喝。我尤其喜欢在开水中放点茉莉花之类的茶叶,虽然不是名茶,但把它泡得浓浓的,好喝极了。饭后课毕细细地品味着,使人觉得生活都是芳香的呢!

我喜欢看书,成了瘾。这瘾究竟有多大?我只觉得一餐饭不吃可以,一天不看书就闷得发慌。我曾设想过这样一种情景:假设要把我与世隔绝,即使让我天天吃山珍海味,倘若没有书看,也许只消一个星期，我也会得精神分裂症的。有一回，我在一户没有书籍的亲戚家做客，恰好那天我没有带书，我便觉得十二万分的无聊。我无意中在这家的鸡窝旁发现一张旧报纸，像遇到了救星似的拿在手中一口气看下去。当时的我，那个惬意劲儿，简直无法形容！

毫不隐晦，我有着这样三大瘾：烟瘾；茶瘾；读书瘾。

1985 年 3 月 12 日

花草树木篇

而今，我对栽种花草树木很感兴趣。这种兴趣，由来已久了。

1971 年是我高中毕业的一年。那一年，我班学中草药的同学特别多，尤其是有一位姓徐的同学在这方面可以说是达到了入迷的程度。我也弄了不少草药栽在庭院里。那个时候，我很想做一名医生，先后买了不少医学书籍。因此，1977 年我在县人民医院住院的时候，很多医生都误认为我也是个医生，受到了他们的特殊照顾，想来实在好笑。那个时候，我栽种的草药，有二十多个品种，后来大都被祖母锄掉了。现在幸存下来的，只有石蒜等三个品种了。

1982 年上半年我在张九台中学教学的时候，在三十四班的教室前面开辟了一个小花坛。但其他班上的学生从花坛上面走来走去。不到一个月时间，花草全都夭折了，可惜得很！

1982 年冬季，我的新屋落成，可无钱买瓦。八三年春季的一场大风，刮倒了我的只有盖油毛毡的灶屋。于是，引起了我对植树的高度重视。几年来，我的房前屋后栽了不少树木。看到树的蓬勃长势，心中实在高兴。

今年，我又迷上了花草。家中目前的品种不多，仅十来种。已经开放的春兰花，在绿叶的衬托下，似闪烁的星星。

我认识到：花草树木构成了生命的颜色；没有花草树木的世界，将是一个不可思议的世界。

而现今世界上，许多人对这红的花绿的树还认识不足。

1986 年 5 月 16 日

求 医

儿时，我看到医生，就怕得要命，这是因为我害怕医生打针。那时，医生在我的心目中，是最坏最坏的人。

读小学的时候，我得了"闪筋流气"，一病就是半年。给我治病的是乡间的一个土郎中。他每次到我家去，总是先看一看我的病，然后照例发一点儿草药。谁知道是真药还是假药呢？但有一点我知道得最清楚：他啃我家的鸡腿确实很有两下子。那时，医生在我的心目中，是最大最大的骗子。

1978 年，我得病后，走了不少医院，见了不少医生。一个又一个漫不经心的人，一张又一张冰冷的面孔，使我对他们失去了信心，产生了有生以来的最大的反感情绪。

譬如说吧，我经人介绍，好不容易见到了某医院的一位内科主治大夫；当时，我恭恭敬敬地给他递上一支烟，可他却语气生硬地说："不要！不要！"因为医生一般是不接病人的烟的，这我想得通。只听他恶狠狠地说:"你哪里不舒服?"我马上诉说自己的病情,刚开口他就打断了我的话:"看你的面色,没有什么病。去做个运动实验吧!"一边说,一边就转身走了。弄得我的那位熟人(一位在该医院实习的医生)很难为情。

又譬如说吧,我得了急性扁桃体炎,需要手术治疗。我到公社卫生院检查,医生要我到县人民医院动手术。我到县人民医院去治疗,医生又说没有床位。要知道,我的扁桃体炎是相当厉害的。在我六岁左右的时候,一次,我的喉咙痛得厉害。当时,一位在我家做木工活的姓陈的老木匠说是什么长蛾子,硬是用烧红的纺纱的铁锭子刺穿了我的扁桃体!从此以后,一遇伤风感冒,扁桃体就会发炎,并且伴随着化脓!这一次,我确实疼痛难忍,无可奈何,不得已又跑到了津市人民医院。这所医院的医生约了我五次去动手术,我去了五次,往返跑了五六百里路,然后,五次都被他们以正儿八经的理由拒之门外!

1986年7月21日

镜中我

看你,三十来岁了。满脸的皱纹。盼盼曾经将你的胡子说成"头发",可见,够长的了。"毛长嘴尖"这个词语不知道《现代汉语词典》里有没有?管它有没有,反正用在你的身上很合适。你的天庭不饱满,地阁也不方圆。说你浓眉大眼,挨不着边儿;说你眉清目秀,早就过了时。像你这个年纪,正是长得挺俊美的时候,究竟是什么原因弄得你早衰蒲柳呢?看你,那眼睛,总是看不到一丝笑意，只是当牙齿露出来的时候，别人才会感觉到你在笑。你本来是用友好的目光望着别人，可别人不买你的账，总觉得你的目光是冷冷的。

　　看你，总是走路昂着头。难怪有人说你骄傲。我是了解你的，咱俩是真老庚：同年同月生，同性别，同爱好，同志趣。你看不起奴气十足的人，你看不得世上的不平，你看不得官僚主义，你看不得没有本事而又喜欢卖弄自己本事的人，你简直是骄傲至极！

　　你的性格，我了解：平静中有风雷；自信，有很强的自尊心。有时热情直露，高谈阔论，妙语连珠；有时沉默寡言，结神凝想，心潮澎湃。有时含蓄幽默，令人捧腹；有时直率爽朗如儿时的天真。有时合伴，有时孤僻……

　　你的爱好，我晓得：烟瘾，茶瘾，读书瘾，栽种花草树木瘾。单说你的读书瘾吧，就有好大好大。我猜想，一定是书中有着无限的乐趣吧！

　　看你，至今都未作出显著的成绩，你是一个最平凡不过的人。当你不在讲台站的时候，当你不在家庭中消磨时光的时候，谁也感觉不到你的存在，但你热爱生命，热爱生活，你对学生的爱有时好像胜过爱自己。老朋友呀，不是我奉承你，正是由你这样一些普通的人构成了社会，创造了并创造着历史！

　　老朋友，我奉劝你今后在读书的时候，既要博览，又要精读。还有一点，不要悲观，要坚信：天生我材必有用！切记。

　　镜中的朋友，再见！

1986 年 5 月 12 日

灵魂深处的对话

灵魂深处的对话开始了。

"我准备恢复到原先的状况：你敬我一尺，我敬你一丈；不让我高兴的，我也让他知道烦恼的滋味。为了维护我的人格，我的尊严，我将不顾一切！"

"这样，你会得罪一大批人。"

"是的，可这怪不得我。因为是别人首先得罪我，而不是我首先得罪别人。"

"请你冷静些！不然的话，你的有些事情就会得不到解决。"

"管他！先闹他个满城风雨，让别人也觉得我不是好惹的！"

"这样，你会前功尽弃的！"

"什么前功后功的？我也谈得上有前功吗？谁不知道我得罪过的人是恨我的，可以说恨我恨到了咬牙切齿的地步！我的一切，他们都看不顺眼。"

"是的。你这个人，工作兢兢业业，真没说的！就是没有学会拍马屁，连一点儿奴性都没有。所以，请你吃不了兜着走！"

"承蒙你的直言。拍马屁，我家没有这个祖传；奴性，在我的身上连一个这样的细胞也找不出。"

"看来，你的人格是伟大的。可是，有些事情，虽然是别人的不对，但你忍一下不就过去了吗？"

"好。让我学会忍耐吧！"

灵魂深处的对话又开始了。

"我想做一枝带刺的玫瑰。"

"这话说得不错。谁都知道,玫瑰是美的象征。它热情奔放,红得鲜艳,令人赏心悦目。至于你想做带刺的玫瑰,人们是否喜欢,这又要另当别论了。"

"我想做一棵仙人掌。"

"好的。仙人掌也是美的象征,人们将它无论栽在什么地方,它都会无忧无虑地茁壮生长。要想在人生的道路上做个强者,不能不学习仙人掌的精神。"

"你的独特而精辟的分析使我获益匪浅,备受鼓舞。太感谢了!"

"别客气。我要敦促你:办事,就要拿出人的气魄来!因为你是一个活生生的人,拥有人的一切!"

"对。我要做一个有血有肉的人!"

1986 年 5 月 26 日

为每天的太阳整理风景

1996 年,我的选择依然是梦的王国。我屹立在梦的边缘,沉重地抚摸人生,为每天的太阳整理风景。太阳,每天都是新的。

一、九家报刊的老总屈尊请我出山

1996 年 6 月,山东《齐鲁散文诗刊》与《散文诗天地报》总编桂建军先生聘请我担任友情编委;1996 年河南《朋友通讯》总编魏歌德先生聘请我担任编委;广东《中国诗歌选萃》编辑部聘请我担任编委;安徽《诗家》总编陈韶华先生聘请我担任友情主编；1996年11月福建《今日诗刊》主编唐吉勇先生聘请我担任编委；1996年11月湖南《潇湘文学沙龙》总编李红尘先生聘请我担任编委；1996年11月26日江西《诗航》主编万胜荣先生聘请我担任友情主编；上海《秋宇文学报》聘请我担任编委。九家报刊的老总屈尊请我出山，作为文坛尤其是诗坛的跋涉者之一，在被金钱腐蚀的若干灵魂远离诗歌的世纪末，我没有理由不为神圣的诗歌事业摇旗呐喊！

二、胶印的《蓝天艺术报》总第十三期在阳光下猎猎招展

出版了十期的《跋涉诗歌报》已改名为《蓝天艺术报》。此报自1992年3月10日创刊以来，仅收到赞助650元，其中安凝修防会赞助400元，安凝乡教育办赞助200元，张九台中学赞助50元，其艰难拮据之状可想而知。1996年，我节衣缩食又出版了《蓝天艺术报》总第十三期。坦率地说，办报，不仅需要大智，而且需要大勇。在当今社会，除了虔诚的精神家园营造者，又有几人能做到？我曾经做过这样一个美梦：好多的单位，好多的仁人志士纷纷为《蓝天艺术报》捐款！胶印的对开《蓝天》如同旗帜在阳光下猎猎招展！

三、十四家报刊为我总编的《蓝天艺术报》鸣锣开道

我用心血营造的《蓝天艺术报》得到了台湾《世界论坛报》、香港《世界散文诗作家》、广东《华夏诗报》等百余家报刊的提携。1996年，《齐鲁散文诗刊》《散文诗天地报》《华夏诗报》《晨风》《上海集报》《诗潮》《朋友通讯》《世纪风》《艺苑》《诗家》《今日诗刊》《潇湘文学沙龙》《诗航文学报》等十四家报刊有的转发了本报的作品，有的转发了本报的启事，有的宣传了本报总编的事迹。作为《蓝天艺术报》总编的我，每每念及此事，内心深处便会涌起一种甜蜜的感觉!

四、十一家报刊与两本诗集发表了我三十二件作品

1996年,十一家报刊发表了我二十九件作品。具体情况是:海南省《特区卫生报》发表了我十件作品,如该报总第111期发表了拙诗《黑巴德啤酒世界的菊》,总第115期发表了拙诗《水做的你》,总第117期发表了拙诗《白色的情思》,总第120期发表了拙诗《圣洁的点缀》,总第130期发表了我的散文《捉星星》,总第137期发表了拙诗《庄子》,总第142期发表了我的三章散文诗即《跋青山涉绿水》《雨后初晴》《五彩缤纷的人生》,总第146期发表了拙诗《垂钓者》;黑龙江《艺苑》总第87期发表了拙诗《伴萍而行》;河北《建设报》总第74期发表了组诗《屋顶上的诗人》与诗歌《奔向忘我的天堂》;山东《散文诗天地报》第总9、10期发表了四章散文诗即《风》《花》《雪》《月》;湖南《猛犸诗报》创刊号发表拙诗《猫耳洞》;福建《今日诗刊》总第十三期发表了拙诗《蓝蓝的梦幻》;江西《诗航》发表了拙诗《鸟音》与《花语》;湖南《潇湘文学沙龙》复刊号发表了拙诗《如雷的鸟声》;四川《星星信息》发表了书法评论《平中见奇,各有千秋》;《蓝天艺术报》发表了五件作品;广东《春风》发表了拙联《四海赤花开》。此外,诗集《凌霜傲雪》辑入拙诗《顾万久》;诗歌、诗评集《千里共婵娟》辑入书法作品《八字评》与《观雨》。

结束语

历史的车轮滚滚向前,时间将会收割一切。真正的诗歌将会被视为哲学与宗教的来源而备受尊崇。因此,除了一如既往地跋涉之外，我别无选择！

1996 年 1 月 31 日

潇洒的李学文先生

岁月易逝，风流难存。

蛰居书室爬格子，九死一生不回头。这便是他的精神。

爬过十年好辛苦，爬出了额头上的皱纹，爬出了《黄昏的天边》《离开本土的遗憾》两部长篇小说和其他作品。

不因手头拮据而赧颜；不因孤独求索而灰心。

是的，人生有限，作品永存。

他说：我没有另一种意义上的潇洒感觉！

1993 年 12 月 28 日

注：此文曾以向东流的笔名载于《蓝天艺术报》1994 年第一期。今收入文集，略有改动。

诗歌艺术定会走向地老天荒

1992—1994 年，我耳闻目睹且亲自参加了发生在诗坛的不少诗歌事件。为了加深人们对今日诗坛的了解，今略举几例。

今日的诗坛，民间诗歌报刊如同雨后春笋一般纷纷破土而出。在诗坛引起较大反响的有:《跋涉诗歌报》《风火墙诗报》《白鸟诗歌报》《北方诗报》《江南诗报》《江花》《仙人掌诗报》《中国校园诗报》《扬子鳄诗报》《民间》《地平线》《柔情文学报》《空房子诗报》等。为了营建崇高的缪斯宫殿,民间诗人们奉献出了理应奉献出的虔诚与才华。有何胜利可言?挺住、坚守就意味着一切!

  对于破土而出的民间诗歌报刊,官办诗歌报刊并没有冷眼相看,而是热情有加、鼎力相助。1992年,安徽《诗歌报月刊》十月号隆重推出了"92年中国民间诗歌报刊暨自选诗集专号。"1993年,广东《华夏诗报》连续不断地以整版的篇幅选登了民间诗歌报刊的佳作。其中《跋涉诗歌报》由于沙题写的鲜红报头、编委简介和乔光福等人的诗作就占去了近半个版面。1993年,北京《中外诗星》总第7期以16个页码推出了"中国民间诗群体"。其中,《跋涉诗歌报》主编的作品就占用了近3个页码。官办诗歌报刊所采取的一系列强有力的措施,毫无疑问地增进了外界对中国民间诗坛恢宏景观的了解,激发了民间诗人们空前的创作热情。

  今日诗坛,流派纷呈,气象万千。然而,面对着冷漠的读者,面对着挤压高贵的诗歌艺术的现实,有人担心,这是不是诗坛的一种回光返照现象?我的回答是斩钉截铁的:否!只要有人类,便会有诗歌艺术;只要是金子,便会闪光。神圣的诗歌艺术一定会走向地老天荒!

1994年5月15日

与诗为伍，老有所为

与诗为伍者，不乏其人。

退休工人与诗为伍，且老有所为，在当今诗坛却是一大佳话。

我有一位远在黑龙江佳木斯市的诗兄，尊名姜明，笔名重阳。退休前，他是黑龙江省前进农场的工人，业余时间撰写诗歌和新闻等。退休后，他来到了佳木斯。1986年12月，姜明诗兄正儿八经地创办了东风诗歌爱好者协会及其会刊《艺苑》。自1994年开始，《艺苑》每月一期，从未间断。诗报如何发行呢？自掏腰包寄赠给全国各地诗友。在我的藏品中，就有姜明诗兄的十几封诗文和《艺苑》报百余份。近年来，美明诗兄先后在《诗人世界》《蓝大艺术报》等报刊上发表诗文百余件，在全国性的诗赛中多次获奖。现已出版《看明月》《千里共婵娟》两本诗文集。他的事迹曾被《三江晚报》等报刊所报道。

老有所为者，不乏其人。

我将时时刻刻倾听着你们那来自平凡生活的不平凡的歌声。

1999年4月8日

桥 颂

我见过各种各样的桥，其中有独木桥，有石桥，还有双曲拱桥……

桥，没有航船那乘风破浪的英姿，也没有车辆那呼啸奔腾的气势。在有的人眼中，桥也许是那样的微不足道。然而，每当我看到人们从桥的赤裸着的胸膛上走过的时候，每当我看到车辆从桥的赤裸着的胸膛上碾轧而过的时候，就不能不为桥的品格所折服，直到内心感到敬佩而发出由衷的赞叹！

我心目中的桥啊，无论是红日初升，还是夕阳西沉；无论是雪花飘飘，还是烈日炎炎，你总是默默无闻地给去也匆匆的人以顺利，给来也匆匆的人以方便。你就是这样生活着的，你还将继续这样生活下去。我常想，你那任劳任怨、无私奉献的品格与人民教师是何其相似！"一桥飞架南北，天堑变通途。"此时，我仿佛看见了一支庞大的教师队伍神奇地化成了一座又一座现代化的公路桥，一座又一座气势雄伟的大铁桥。

朋友，当你大展宏图"手持彩练当空舞"的时候，请不要忘了给你以方便的桥；当你醉心于彩虹一时受到挫折的时候，请想一想脚踏实地的桥。

1990 年 3 月 18 日

张九台码头的历史变迁

一、仓九台

在松滋河的支流与澧水的合流处，有两个四面环水的小沙洲：东面的叫作橘子洲，西面的叫作杨树洲。东面的橘子洲就是原来的张九台码头——仓九台。

清朝初期，仓九台与而今的张九台大堤紧密地联系在一起，其间没有松滋河的支流相隔。此时的仓九台面积不到一平方公里,自西向东,形如一条大鱼,三面环水。它北倚保凝垸大堤,地势高而平坦,越过大堤,便是而今的园艺场;南面,与而今的安丰乡铁路湾隔水相望;西面,沿河北上一里左右,便是二水合流的桃木港。此时,如果屹立于仓九台,便可一睹澧水之上的孤帆远影的佳景。凡是两水合流的地方,便会诞生出比较繁荣的城市与码头。生活在十年九溃垸时代的老百姓,纷纷把目光盯准了地势高而平坦的仓九台。仓九台渡口一天比一天热闹起来,几家小商铺应运而生。仓九台的名字缘何而来呢?清朝末年,为了把保凝垸内的粮食等农副产品运往各地,当时的统治者在保凝垸的高而平坦的外洲上修建了九间粮仓。有一年,澧水肆虐,粮仓被冲毁,仅剩下九间台基。一位私塾先生见此情景,便摇头晃脑道:"仓九台!"从此,仓九台的名字便流传开来。

二、张九台

位于洞庭湖区的保凝垸,百姓勤劳,土地肥沃,盛产稻谷、棉花、红薯等农副产品。仓九台码头地理位置优越,水上交通十分便利:上可通津市、澧县;下可达常德、长沙。码头上,常有米估尚船停靠。有的是为收购垸内的农副产品而来,有的是前往长沙等地经商的过客。为了方便行人,餐馆、客栈等便应运而生。来此定居者与日俱增。此时的码头也慢慢地变成了不成形的隶体"一"字似的街道。民房、店铺等全是清一色的茅草房。在定居者中,姓张的特别多,尤其是地主张文斗、张文斌、张廷拔三父子横行码头,不可一世。仓九台慢慢地被人们咬牙切齿地叫成了张九台。土地革命前夕,在张九台码头定居者仅60多户,300多人,拥有纺织、竹木、餐馆、食宿、铁铺、酿酒、杂货、戏院等多种行业。尽管如此，但张九台码头留给人的印象依然是：如同一条遍体鳞伤的大鱼，饱经沧桑，满目悲凉。

三、桃木港与张九台

民国时期，由新剅、自治局、双同、亿中、大罗等构成了五合垸；由金龟、夹洲、小港、姚家、东堤等构成了夹洲垸；由望槐、渔口、天福、重阳、东安、团洲等村构成了保凝垸。五合垸、夹洲垸、保凝垸三水合流处，人们称之为桃木港。由于垸多垸小，河道多而狭窄，河床偏高，几乎是十年九溃垸。1945年，五合垸又一次溃决。饱受洪魔之苦的人民痛定思痛，东堵复兴口，西填夹洲口，南截桃木港，于是小垸合成大垸，三垸合一，后来被称为安凝垸。截流后的桃木港不久便成了一片沙洲。昔日的港口已不复存在。

1956年，党和人民政府考虑到绝大多数人民的利益，兴建了前无古人、规模宏大的洞庭湖区治理工程。工程的主要任务之一就是将河道裁弯改直。因此，松滋河的一条支流将要笔直地穿过张九台码头的街道。金秋十月，十多万民工从常德、临澧调来了；安乡、澧县的十多万民工上阵了。二十多万民工发扬愚公移山的精神，夜以继日，奋战在湘北大堤上。仅在张九台工段，就自西向东开凿了一条长2公里左右、宽200米的河道。此后，松滋河的支流便畅通无阻了。然而，张九台码头却被抛入河心，形成了一个四面环水的小沙洲。后来，人们在这个小沙洲上种了不少橘子树。橘子洲的名称便由此而来。

洞庭湖区治理工程动工后，张九台码头的89户居民、439人便搬迁到了桃木港。从张九台到桃木港，仅隔一堤之遥。原来的桃木港，而今的张九台。

四、搬迁后的张九台

1956年，搬迁后的张九台码头进入到一个不断发展壮大的时期。一栋又一栋砖瓦结构的房子如同雨后春笋般地生长了。安凝人民公社所在地选在了张九台；随后邮电所、信用社、中学、卫生院、电管站、手联社、修防会、农机站等也在此落脚。尤其值得一提的还有50年代修建的高耸入云的工业烟囱，那时，便是张九台码头的象征。1984年，码头的格局已经初步形成：南北向的两条纵街，东短西长。此时，码头上已经兴办了5个企业；码头上的人口也由搬迁时的439人发展到1000多人。此时的码头，夜不闭户，路不拾遗，安静而又祥和。一届又一届的码头党支部和居委会在码头的建设与管理等方面立下了汗马功劳。第一届居委会党支部书记兼主任的是颜克如。

五、改革开放后的张九台

改革开放后，特别是80年代末90年代初，码头面貌焕然一新。此时，既开通了张九台码头至津市、澧县、安乡、常德的班车，也有津市至安乡、长沙的大型客轮中途停靠。交通的发达，带来了码头经济的空前繁荣。码头规模不断扩大，一栋又一栋钢筋水泥结构的楼房拔地而起。1992年，安凝乡党委和人民政府站在开发张九台、振兴安凝乡的高度花巨资修筑了一个占地150多亩的安全平台。此举，既为人民群众在洪水泛滥时解除了后顾之忧，又为码头的持续发展奠定了坚实的基础。1997年，乡党委和政府投资40万元修建了长2公里、宽10米的高标准水泥街道。1997年，投资60万元改造了原有的自来水厂，日供水达500多吨。1998年，设计建造了40多个铺面的工贸市场；多方筹集资金兴建了50多个摊位的农贸市场；兴建了张九台车站，此时，码头上已形成了四条主街：南北向的两条主街，东短西长；东西向的两条主街，北长南短。迄今为止，码头居民已发展到了500多户，2000多人。今天，工业烟囱已不复存在，高耸入云的电信塔便成了张九台码头的象征。

六、张九台码头的经济与文化

如今，张九台码头已发展成为安丰乡、官垸乡、安凝乡三乡的商贸中心，成了安澧大垸的南大门，成了安凝乡的政治、经济和文化中心。

1. 企业健康发展

1997年，改造后的自来水厂，日供水500多吨，码头居民全部用上了达标的自来水。1999年秋，安凝乡油厂拍卖成功，使濒临倒闭的企业起死回生。2000年，连年亏损的芡头厂顺利改制，呈现出一片欣欣向荣的景象，其产品远销日本。2001年改制的安凝乡红砖厂，正以一个全新的姿态展现在人们的面前。

2. 市场不断扩大

码头上的工贸市场，人流熙熙攘攘，各种商品琳琅满目，凡所应有，无所不有。在农贸市场上，荤的、素的、香的、辣的，会让你乘兴而来，惬意而归。在南北向的三里长街上，更是热闹非凡。街上车水马龙，人们川流不息。街道两旁商铺店面林立，经营项目样样齐全。据统计，码头上共有工商户100多户，从业人员200多人，年交易额近2000万元，50万元以上的5个个体大户已脱颖而出。

3. 居民的生活质量大大提高

随着码头经济的发展，人们的衣、食、住、行得到全面改善，居民的生活水平显著提高。码头居民全部用上了达标的自来水；80%以上的居民装上了程控电话；30%以上的居民拥有手机；200多户居民看上了有线电视；彩电、冰箱、空调、电脑进入了寻常百姓家。

4. 教育事业得到了空前的发展

民国初年，张九台码头建起了第一家私塾。新中国成立后的1955年，码头上建起了张九台完小。1966年秋，张九台完小改建成了张九台中学。在深化教育改革，全面推行素质教育的今天，张九台中学的面貌焕然一新。只要你一踏进该校的校门，就会给你一种很舒服的感觉。这是一所花园式的学校。科教楼、教学楼装修一流，设备先进，配有功能完备的电脑室、语音室、实验室、图书馆、阅览室、音乐室、美术室、卫生室、体育馆、会议室等；还建有250米长的环形跑道、高标准的水泥篮球场等。该校现有教学班20个，教职工80人，其中专科以上学历56人，中级职称28人，常德语协理事1人。该校素质教育硕果累累：在各级报刊上发表的论文共有50多篇；在各级教学比武中共有15人次获得等级奖；在全国性的奥赛中，共有20多名学生获得等级奖，其中有8名学生获得国家级一等奖；在1987年的中考评估中，刘学灼任校长的该校名列全县第一；在1998年的中考评估中，陈少东任校长的该校名列全县第一；在2001年的中考评估中，李绍明任校长的该校名列全县第一。张九台中学的教育事业不断发展，为高一级学校输送了一批又一批合格的人才。

5. 文学艺术已走出低谷

新中国成立之前，张九台码头的文艺创作几乎是一片空白。要说有的话，也只是限于口头的文艺创作。十一届三中全会以后，张九台码头的业余文艺工作者坚持文艺要为人民服务、为社会主义服务的方针，在县文联的指导下，成立了桃木港文学社，且由乔光福牵头多方筹资主办了《桃木港信息台》、十期《跋涉诗歌报》和四期《蓝天艺术报》，其影响遍及海内外。在文学领域，湖南省硬笔书法家协会副主席、中国乡土诗人协会会员、常德市作家协会会员乔光福在《世界论坛报》《中外诗星》《华夏诗报》《湖南文学》等100余家报刊发表了散文、诗歌、通讯等300余件，在全国性的文学大奖赛中获奖30余次。1994年他被河北《洋河诗报》评为最受欢迎的十位诗人之一，同年被山西运城地区诗歌学会授予"1994中国民间桂冠诗人"荣誉称号。他的诗歌《一张巨大的犁》荣获1994年中国鲁迅奖。他的业绩曾在《中国文艺英才辞典》《当代民间名人大辞典》等书刊介绍。张正序在省、市、县三级共发表文学作品30余件。他的童话《鸡弟弟》和散文《湖中情》深受作家李世俊的好评。在书法艺术领域，世界书画家协会会员黄忠舜创作的软笔书法作品多次在市、县两级参展；湖南省硬笔书法家协会会员韩永执的硬笔书法造诣颇高，深得行家的好评；湖南省硬笔书法家协会副主席乔光福的硬笔书法作品在"芙蓉杯"硬笔书法大赛中荣获全省二等奖。在绘画领域，毕业于清华大学的刘萧萧所创作的作品超凡脱俗，别具一格。音乐方面取得的成绩有：在安乡县中小学纪念抗日战争暨世界反法西斯战争胜利五十周年歌咏会中，由张九台中学老师编排和表演的文艺节目，荣获全县三等奖。由张九台走出去的湖南音乐家协会会员胡炳玉在省、市级报刊发表了不少歌曲。张九台码头的文学艺术已走出低谷。

6. 体育事业突飞猛进

民国时期，码头上的居民所开展的体育活动不外乎是：操起棍棒抵力；抱在一起摔跤。这种场面一旦出现，往往是挤得水泄不通。其时，码头上的居民生活在吸血虫的重点疫区，不少人都挺上了"大肚子"，因此，这种场面在一年之内也难得见上几回。新中国成立后，码头居民和张九台中学响应党和国家的号召，"发展体育运动，增强人民体质"，开展全民健身活动，加强学校体育工作，迅速提高了竞技体育水平。据统计，自1971年以来，在县级单位所组织的运动会中，安凝乡先后有21次名列前茅。1971年与1972年，在全县运动会中，张九台中学均获得了高中组篮球、排球、乒乓球三个第一。1978年，在全县农民运动中，以码头居民充当主力队员的安凝乡排球队名列第三。1985年，张九台中学的体育达标率名列全县第一，并被评为市级达标先进集体。1986年，刘德春任教练的张九台中学女子排球队力挫群雄，获全县初中组女排第一名。1987年，曾贤武任教练的张九台中学男子排球队越战越勇，获全县初中组男排第一名。1998年上学期，在全县第八套广播体操比赛中，该校获得团体第一名。

7. 卫生事业稳步发展

新中国成立前，张九台码头的医疗卫生条件很差，人口死亡率高，平均寿命短。新中国成立后，码头的卫生事业稳步发展，居民的健康水平有了很大的提高。1956年农业合作化的大潮，催生出了由民间闲散中医药人员入股的张九台联合诊所。1961年，安凝人民公社联合诊所正式命名为安凝公社卫生院，由石鹏程任第一任院长。此后，安凝卫生院步入了良性发展的轨道。1969年，随着农村合作医疗的全面推行，建立和健全了县、社、队三级防疫网，且在每一个生产大队成立了卫生所。20世纪80年代，以黄中槐医师为首的"肿瘤专科门诊"享誉三湘大地。省内各地病人慕名而来。原保靖县县委副书记贾青茂因患肝癌也就诊于此。2000 年，张九台卫生院与出口洲卫生院联合办院成功。合并后的卫生院设置了内科、儿科、外科、妇产科、口腔科、骨科、中医科等专科门诊；应用了生化检测、B 超、心电图、X 光摄片等先进诊断技术；成功地进行了多例腹部外科手术。目前，该院拥有在职医务人员 26 名，其中中级职称 3 人。

七、张九台码头的新世纪展望

安凝乡党和人民政府紧跟加快小城镇建设的步伐，牢牢抓住我乡平垸行洪、移民建镇的大好机遇，绘制了发展码头的宏伟蓝图：以南北向的三里长街为基础建造一个比较繁华的五里商业长街；自安全台向西续筑安全台，建立居民小区；水、电、路设施配套；集生产、加工、贸易于一体。

我们坚信：在党和人民政府的正确领导下，张九台码头的未来不是梦。

注：此文收入 2004 年出版的《安乡文史》。

第三辑　散文诗

　　印象随时光流逝。风摇出了碧绿的枝条,摇出了姹紫嫣红的春天。于是,我悟出风是值得报答的,神秘的大自然是值得报答的。

捉星星

我和三岁的女儿望着星空。

女儿天真地说:"爸爸,天上的夜火儿怎么不飞呢?"

我说:"婷儿,那是星星。你要不要呢?"

女儿答得挺干脆:"要!"

我做了一个捉星星的手势,说:"婷儿,星星太高了,爸爸捉不到。"

女儿的确小得可爱:"爸爸,你捉不到,就用一根蛮长蛮长的棍子给我拨下来呀!"我无言可答。

可小女儿却说开了:"爸爸,天上的星星会飞下来的,一飞下来就会变成夜火儿的。你去给我捉夜火儿!你去给我捉夜火儿!"

我只好服从女儿的命令,开始给她捉地上的星星。

这时,小女儿在一旁亮开了银铃般的嗓子:"夜火儿,夜火儿,你拢来,我跟你打一瓶酒来!"

注:

1. 夜火儿:湘北地区的人们称萤火虫为"夜火儿"。

2. 此文原载于 1996 年 8 月 22 日出版的《特区卫生报》第 130 期。

雨后初晴

雨后初晴。

阳光，暖融融的。

草，茵茵的，正盛；春鸟儿，鸣啾啾的，正欢。

踏着一路阳光，梅来了。

此时，梅就坐在我的对面——苗条的身材，袭人的秀发，白皙的瓜子脸，一双星光闪烁的眼睛。

梅去了，踏着一路阳光。

我望着绿的树，盛的草，听着鸟儿的歌声，心里想道——

据说，美是和谐。

1985 年 4 月 13 日写于张九台中学

注：散文诗《雨后初晴》原载于 1996 年 11 月 4 日出版的海南《特区卫生报》第 142 期。

五彩缤纷的人生

父亲的银丝是一部用春夏秋冬写成的历史。

母亲的茧花是一支歌，一支古老而又优美的歌。

爱人的明眸是一首诗，一首清新而又透明的诗，体积小，容量大。

孩子的笑脸是诗，是歌，是花，是初升的太阳，照亮了我们的每一个细胞。

银丝、茧花、明眸、笑脸,不就是幸福的生命之光吗?不就是五彩缤纷的人生吗?!

1985年4月15日写于张九台中学

注:此文曾载于海南《特区卫生报》第142期,1996年11月4日出版。

温 柔

温柔是一种力量。可不是吗?春风在冻结的湖面上走过,坚冰竟然出现了裂缝。

温柔是一种感召。可不是吗?无私的友谊能让铮铮硬汉愧悔不已,乃至于潸然泪下。

温柔是遏制暴风雨的阳光。

温柔是制止家庭战争的和平鸽。

星光是温柔的。她将清凉而又平和的银辉洒向人间,洒向人们被阳光炙伤的记忆。

花草是温柔的。她用芬芳的气质与碧绿的精神覆盖着大地的创伤,覆盖着与生俱来的骨子中的苍凉。

温柔与爱心手拉着手,轻盈地走在善良的行列之中。

注:此章散文诗于1997年先后发表在海南《特区卫生报》第167期与海南《文化大超市》五月号。

跋青山 涉绿水

诗歌,如山似水。

这山,奇伟得令人目眩;这水,深邃得令人神迷。

一群又一群的朝圣者脚底生风,手中奔雷,与语言展开了激烈的搏斗。

搏斗的结局:到语言为止;到生命为止。

山高水长。

不到长城非好汉。

请看——

朝圣者们跋青山,涉绿水,留下了一路或浓或淡的春花!

注:散文诗《跋青山 涉绿水》原载于1996年11月4日出版的海南《特区卫生报》第142期。

风花雪月(四章)

风

碧绿的枝条摇出来的风,辉煌了我童年的目光。

蓝天如洗。那朵圣洁的云就是一颗幻美的心。心悠悠,云悠悠,皆作信天游。

印象随时光流逝。风摇出了碧绿的枝条,摇出了姹紫嫣红的春天。

于是，我悟出风是值得报答的，神秘的大自然是值得报答的。从此，懂得报答的灵魂中流动着一股热情洋溢的风。

花

金黄色的南瓜花，绯红色的棉花，开在我天真的视野中。

硕大甜美的南瓜，雪白温柔的棉絮，全是花的伟绩。

于是，我成了花的守护者。凡践踏花朵的人与动物，我皆视之为大敌。

后来，在我的心目中，花儿更具有了不同寻常的意义。没有花的世界将不可思议。

人类啊，对花，要倍加爱惜！

雪

雪花，从神秘的世界中降下来。人间，变样了，粉妆玉砌。

我们南国的孩子可不管这些。我们只管堆雪人。堆雪人好过瘾啊好过瘾，可以堆出一尊美丽的童真。

还有，一旦结了冰，我们这些孩子就会呼朋引伴，倾巢而出。童年溜冰的乐趣妙不可言。

而今，雪的欢畅，梦里品尝。

梦醒，权且让童年的冬天屹立在我雪白的诗笺上。

月

月是童年的梦。

晴朗的夏夜，繁星闪烁，月光如水。

我边走边望着月儿，月儿边走边望着我。此时，一种神秘而又奇妙的感觉自镶满宝石的天空落入我的心海：我是月儿，月儿是我。

月儿变幻莫测，时而像村姑的梳子，时而又像村姑的明镜。有时，我竟然觉得：月儿的半边脸在哭，哭得是那样凄美；半边脸在笑，笑得是那样妩媚！

没有月儿的瞬间是令人生痛的！

今夜，我要寄语明月：童年浪漫，童年从容。

而今的一切，依然洁白如梦。

注：《风花雪月》原载于1996年12月出版的山东《散文诗天地报》。

附录：《风花雪月》诗评

用纯净解读生活
——读乔光福的散文诗《风花雪月》
河北　张冰

看到听到"风花雪月"四个字，脑子里反应的是情深深、意切切的缠绵，是唯美的景观，是心底最浪漫的那一丝情怀。"风花雪月"历来深受文人墨客的宠爱,入诗、入画、入文、入景频率之高,无论是描写自然景物,还是借以抒发爱情之事,抑或暗讽花天酒地的荒淫生活,都给人暧昧的感觉。

乔光福的散文诗《风花雪月》却给人耳目一新的感觉。他以《风》《花》《雪》《月》单独成章,用一颗如婴儿般的纯净透明的情感解读自己对风花雪月的感受,把绿色的原生态之美呈现在读者的眼前,让人的心灵和情感随着他对风花雪月的描述而宁静。

在他的眼中"风摇出了碧绿的枝条,摇出了姹紫嫣红的春天。"于是他悟出"风是值得报答的,神秘的大自然是值得报答的。从此,懂得报答的灵魂中流动着一股热情洋溢的风。"风在他的笔下唤醒了一颗颗感恩的心。

他的花少了些许妩媚,但并不缺少艳丽,他没有写那些倾国倾城的牡丹,也没有描述摄人心魄的玫瑰,他撷取的是大自然中最平凡最朴实的花。"金黄色的南瓜花,绯红色的棉花,开在我天真的视野中。"当你笑他不解风情时,他告诉你"硕大甜美的南瓜,雪白温柔的棉絮,全是花的伟绩。"在他的眼里最美的应当是这些造福人类的花。

雪对南国的孩子是那样的珍贵,也是那样的神秘。"雪花,从神秘的世界中降下来。人间,变样了,粉妆玉砌。"堆雪人、溜冰,南国孩子在那个白色的世界里的欢畅、美好雕刻在记忆深处,长大后仍固执地"屹立在我雪白的诗笺上。"

"月是童年的梦。晴朗的夏夜,繁星闪烁,月光如水。"月应当是小小少年最浪漫的事了,暗自揣度,那最初的诗人情怀,月应当是始作俑者了。"我边走边望着月儿,月儿边走边望着我。此时,一种神秘而又奇妙的感觉自镶满宝石的天空落入我的心海:我是月儿,月儿是我。"谁说月儿清冷无情,是月点燃了诗人的梦想,是月燃烧了诗人的激情。

乔光福的散文诗是出自自己童年最真切的对自然、对生活的印象，在蓝天白云下，在青青的草地上，清新明丽，少了过多的修饰和华丽的堆砌，让你在诗意中感觉生活的真实可爱。

2009 年 7 月 22 日

附录：《风花雪月》诗评

我读乔光福的散文诗《风花雪月》有感
文/房企助

一、读《风》有感

当我面对着诗人乔光福《风花雪月》散文诗组章时，首先"风"给我的感觉，实在是太抽象了。在我的印象中，大自然的风是很难用文字来表达的，风只会给人带来种种强烈的反差和对比，人们只能去感受风的种种神通广大的威力。《风》在人们的眼中，实在充满了太多不为人知的神秘的力量，令人惊叹不已。

只有在寒冷的早春，春风会给人带来百般轻柔而又温馨的感觉。而冬天的风，又显得无比的豪放而又十分寒冷。是啊，每一个季节的风，都是独特的，都会给人带来四季分明、迥然不同的感受。由于"风"是一个抽象的概念。风只能通过其他的事物体现和感觉它的存在。而风的种种变幻莫测的性格和它所具有的独特的魅力，大家都有目共睹。

现在我们看诗人乔光福是如何写作《风》的。首先他选择了自己童年时的眼光来构思和表现风的形象。请看首句："碧绿的枝条摇出来的风，辉煌了我童年的目光。"诗人采用从小在家乡经常见到的柳树,作为体现和映衬春风的一种具象。于是,一株株在河里倒映着的柳树成了诗篇"风"中的主角,风又恰到好处地表现了柳树轻柔而又飘逸的性格。在温暖的春天里,柳树活跃在阳光下,迎风招展,姿态优美,轻盈地飘逸在河边上,柳树的一根根洒脱的枝叶,处处映衬出春风所具有的一种唤醒大自然万物神秘的魅力和独特的风采。

在《风》的诗篇中,只见春风轻轻舞动飘逸的衣袖将柳树婀娜多姿,富有万种风情的形象一一推到了我们大家的面前,令人眼花缭乱,目不暇接。然后,诗人的笔锋一转,运用了奇特的想象力,含蓄而又生动地描绘出了春天所特有的温柔的风的种种魅力。在《风》的第一句诗里,诗人透过柳树以及诗人童年时的眼光,不断涌现出一些丰富多彩的具象。这是大自然给予人类特有的充满春天魅力的春意盎然的景象,风、太阳与柳树一起,以及旷野中的花花草草,共同构成了一幅富丽堂皇、绚丽多彩的美丽画卷。诗篇语言含蓄生动,耐人寻味,给人留下了宽广丰富想象的余地。

风是属于大自然的,它与日月同辉同生,长期以来,成了历代诗人吟诗歌咏的题目之一。大自然给诗人童年时代的心中,留下了无数的奥秘。诗人童年心中的天空是如何?请看:"蓝天如洗。那朵圣洁的云就是一颗幻美的心。心悠悠,云悠悠,皆作信天游。"天空在诗人童年的记忆深处,是一片蔚蓝而又纤尘不染的。如同清水洗过一般,捕捉不到一丝一毫的杂色。瑰丽多彩的大自然养育了诗人的心田,并给予了诗人诗情画意的想象力。童年时代,诗人的心中,也不断飘荡着一朵洁白的云彩,他的思绪,就像一朵朵白云一样,不断随风飘逸,飞翔在蓝天上,无边无际地幻想、遨游着。诗人采用形象化的语言,描绘出了时间不断轮换的过程,其中浓缩着诗人自身从童年到成人的全过程。第三句诗描绘了春天美丽的景象:"印象随时光流逝。风摇出了碧绿的枝条,摇出了姹紫嫣红的春天。"诗人随着童年时代对大自然产生的种种幻想和探索慢慢消失了,他自己也渐渐长大了。而日月星辰和春风依然年年灿烂奔放,风依然温柔地年年吹绿了柳树,吹出大自然一派万紫千红的繁华的景象。

这时,诗人意识到了大自然与人类之间存在着一种互相同存、不可分割的关系。同时,两者之间,又具有哲理性的关系。于是,诗人最后写下两句诗:"于是,我悟出风是值得报答的,神秘的大自然是值得报答的。""从此,懂得报答的灵魂中流动着一股热情洋溢的风。"诗人在《风》的诗篇中,诗人自身和童年时的形象一直在不断地探索大自然、宇宙所具有的独特的风韵和深幽的奥秘。于是,诗人的心在温柔的春风的吹拂下,激情勃发,写下了他自己内心深处的种种感触,从而形成了一句句内涵深刻而又富有哲理性的诗句。

最后,当诗人的笔触又转到自己的心中时,诗人从对大自然的不断探索中,深切地感悟到了,大自然的一切千变万化皆天机时,诗人的心中也源源不断地洋溢起一阵阵温柔的春风,从而启迪和激发了诗人的心,诗人的心中顿时激情勃发,一首首诗歌从他的笔下纷纷脱颖而出。

二、读《花》有感

诗人乔光福在散文诗《花》的诗篇中,首句"金黄色的南瓜花,绯红色的棉花,开在我天真的视野中"。诗人依然采用从小在自己家乡农田里常见的农作物,南瓜和棉花的花朵作为诗篇的具象,以及他自己的童年,一个富有爱心的形象进入了我们的视野,并贯穿在整首诗篇中。当我们阅读时,一个天真烂漫、可爱的呵护花卉的儿童的形象,就会生动活泼地出现在我们的面前,给人一种新鲜感。

看在诗人的笔下,那南瓜金黄色的五瓣花和棉花绯红色的五瓣花在诗人童年的眼睛里,它们的形象显得多么的亮丽多彩啊。这些在农村常见的花朵给予了诗人童年美好的想象空间和丰富的生活感受。诗人善于在身边一些极其平常普通的农作物身上发掘出它们发光和发亮的一面。真是一方水土,养育一方人啊,诗人在家乡的广阔天地成长,家乡是诗人取之不尽,用之不竭的创作源泉。诗人从家乡的土地上吸收了丰富的生活感受和营养,家乡又赋予了诗人文学创作的灵感。

诗人是一位有心人,他十分重视植物开花之后的种种丰功伟绩。紧接着,请看诗句"硕大甜美的南瓜,雪白温柔的棉絮,全是花的伟绩"。诗人从小就知道南瓜、棉花开花结果后,就会给人类带来丰厚的回报。因此,仜诗人童年的记忆里,南瓜和棉花是当时人们生活必需的食物和物品。假如农田里的南瓜和棉花没有开出金黄色和绯红色的花时,那么,就意味着一家人的生活会遭遇危机的可能?他们一年四季辛勤耕作,是为了养家糊口。种植南瓜,是为了一家人有美味可口的食物,种植棉花可以给一家人带来温暖和经济收益。同时,农村里一年四季种植的农作物,都首先要具有实用价值。然后,才会产生欣赏美的价值。人们在现实牛活中,首先必须要解决温饱,然后,才会有产生对美的事物欣赏的可能。

诗人的童年当时正处在物资贫乏的年代。于是,他们从小养成了对食物的爱护和需求。从而产生了诗人对南瓜和棉花极度的重视和珍爱。这样一种爱惜和保护意识集中体现在这两句诗中"于是,我成了花的守护者。凡践踏花朵的人与动物,我皆视之为大敌。""人类啊,对花,要倍加爱惜!"南瓜和棉花,这两种植物又一直贯穿在诗人童年的生沽中,并伴随着诗人成长。因此，这两种植物对诗人来说，都具有意味深广的内涵和深刻的现实意义。于是，诗人在最后两句诗中写道:"后来，在我的心目中，花儿更具有了不寻常的意义。""没有花的世界将不可思议。"诗人从小就知道花与人类同存，两者之间存在着相互依赖，共同生存的一种哲理性的关系。

"南瓜花和棉花"在诗人童年的记忆里。我们可以看到，这两样农作物在当时人们的心目中占有着多么重要的地位啊，它们仿佛是一家人生活的重要支撑啊。因此，诗人童年时代的他一直非常爱惜和保护这一些看似平常而又富有实用价值的花啊。因为，它们是全家人生活的来源和经济支柱。在诗人乔光福的心中，花与人类又有着休戚相关的种种联系，花本身的存在，也对人类具有非常重要的意义和实用价值。

在《花》的诗篇中，诗人自己童年的形象作为护花使者一直贯穿其中。诗人在诗篇中表达了他自己童年时代对花的亲身感受和感悟。《花》的诗篇，让我们对诗人童年时代幼小的心灵世界有所了解和触及。关于这一点，我们都可以从《风花雪月》四篇散文组诗中，窥见一斑。

散文诗《花》的语言质朴而又充满童稚味，画面色彩强烈，构思新颖，内涵深刻，给人耳目一新的感觉。散文诗中一直洋溢着一种天真烂漫的儿童的气息和语言。诗篇生动地刻画了儿童传神的心态和神情，仿佛一位可爱而又认真的护花使者的形象在我们的眼前呼之欲出，令人深思。

三、读《雪》有感

当寒冷的冬天来临时，洁白的雪花从天而降，漫天飞舞，给大地万物，披上洁白的新装。当一个崭新洁白无瑕的世界呈现在我们的面前时，我们大家也和诗人童年时代一样，快乐地年年伴随着雪花不断飞舞,而欢欣鼓舞跳跃,一群天真而又充满稚气的儿童在雪地尽情玩耍、打雪仗。然后,又堆起一个个洁白无瑕的雪人来,这一切情景,对孩子们来说,是一件多么快乐的事啊。于是,每年一到冬天,孩子们的心中都天天盼望着下雪。当我们成年以后,雪花带给人们童年的快乐,都沉睡在人们的记忆深处。诗人的《雪》的诗篇,仿佛在有意无意之中,又唤醒了我们大家沉睡已久的记忆,又让我们重温了下雪的美好往事。

每年洁白的雪花总是会给一个漫长的冬天,增添一份惬意和意外的惊喜。诗人和我们大家一样,雪花给他的童年生活增添了一种充满快乐的娱乐活动。请看:诗人《雪》的首句:"雪花,从神秘的世界中降下来。人间,变样了,粉妆玉砌。"每当白雪皑皑的大地出现时,就会给诗人的童年带来了无穷无尽的欢乐。紧接着一句诗是"我们南国的孩子可不管这些。我们只管堆雪人。堆雪人好过瘾啊好过瘾,可以堆出一尊美丽的童真"。只见他们一个个用娇小的双手互相竞争地纷纷塑造出一尊尊洋溢着天真无邪气息的雪人,当一尊尊洁白可爱的雪人出现在他们的面前时,他们的心中就会升腾起一种无比幸福和自豪的感情。

在南方的冰天雪地里总是会出现一群可爱而又淘气的孩子们,他们总是无忧无虑地与雪人相处、玩耍。他们每逢下雪天,都会一呼而出,争先恐后地跑向雪地。他们快乐地享受着大自然带给他们的乐趣。诗人在下面的诗句中,写出了自己童年的亲身感受:"还有,一旦结了冰,我们这些孩子就会呼朋引伴,倾巢而出。童年溜冰的乐趣妙不可言。""而今,雪的欢畅,梦里品尝。"在诗人的笔下,呵,他们仿佛一个个小精灵似的在冰天雪地里一呲一滑地行走着,互相前俯后仰地大笑着,不停地玩耍,前进。他们一个个不知疲倦地在雪地里互相追逐着,一路上洒下了一串串欢声笑语,回荡在山谷和旷野中,又不断飘逸在孩子们一个个充满甜蜜幸福的梦中。

  最后一句诗,诗人说明了写作的目的。"梦醒,权且让童年的冬天屹立在我雪白的诗笺上。"是啊,每年洁白的雪花带给了诗人童年时代一个个丰富多彩而又充满快乐的记忆和美梦。也同时,丰富了诗人童年的想象力。诗人将童年时代美好的梦记录在一篇雪白的诗篇中,又将童年时代快乐美好的种种回忆铭刻在他自己的诗句中,诗人的心中永驻着童年时代的雪花带给他的乐趣和天真烂漫的童年风貌,诗人的心,真的是童心未泯,让人羡慕啊!

  散文诗《雪》,语言简洁明快,生动活泼,富有浓厚的生活气息和感受。诗篇中洋溢着一群天真烂漫、活泼可爱的儿童们的身影。我们在情不自禁中,仿佛也进入了冰天雪地与一群充满稚气的孩子们一起玩耍、陶醉在洁白的雪花之中,不能自拔。

  四、读《月》有感

  每一个人在成长过程中都会对大自然的日月星辰等,产生好奇和无数的猜测。诗人乔光福的童年也不例外。诗人的童年是与月亮紧密相连的,请看首句"月是童年"。然后,诗人又描绘了自己与月亮之间的一种亲密关系:"晴朗的夏夜,繁星闪烁,月光如水。""我边走边望着月儿,月儿边走边望着我。此时,一种神秘而又奇妙的感觉自镶满宝石的天空落入我的心海:我是月儿,月儿是我。"以上这几句诗,分别讲述了在一个月光如水的夜晚,好奇心一直伴随着诗人童年的脚步不断向前行走,月亮在他童年幼小的心田上,洒落了漫天的星光灿烂,每年的月亮中都有诗人童年的影子在不断出现和摇晃着,诗人童年的心中也有一个明镜般的月亮。于是,一个亮晶晶的月亮永驻在他的心中,一直伴随着他成长。

大自然的月亮随着时间的推移不断轮换变化着，诗人童年时的他对月亮产生了许多的感触：请看诗人对月亮的种种描绘："月儿变幻莫测，时而像村姑的梳子，时而又像村姑的明镜。有时，我竟然觉得：月儿的半边脸在哭，哭得是那样凄美；半边脸在笑，笑得是那样妩媚！"以上一段诗句，详细地刻画了在诗人童年心中拥有关于月亮的各种形象和表情。在诗人童年的心中，月亮就像一位多愁善感的农村姑娘和姑娘手中常用的木质梳子、镜子一样。有时，月亮的脸又显得多愁善感，像在默默无声地哭泣着，在诗人童年的眼里，月亮具有凄凉而又冷艳的美。当弯弯的月亮微笑时，月亮又显得无比的美丽动人。月亮在诗人童年幼小心灵中的形象是很丰满而又具体的，只见月亮时而又像一面圆圆的镜子似的，洋溢着一种欢天喜地的喜庆的色彩。在诗人童年的岁月中，月亮带给了他无穷无尽的想象空间，并给予了他种种美好的感受。

诗人对月亮的喜怒爱乐同他的童年的感受紧密结合在一起。于是，诗人紧接着写道："没有月儿的瞬间是令人生痛的！"于是，当天空中一轮月亮消失时，就会给他幼小的心灵带来沉重的打击，仿佛他的想象力也随着亮晶晶的月亮而去似的。这一句诗记录了诗人童年时对月亮消失后，产生的一种刻骨铭心的痛苦的感觉：

是啊，月亮是诗人童年想象的浪漫的天堂，月亮赋予诗人丰富的想象力和种种创作的欲望。请看最后两句诗："今夜，我要寄语明月：童年浪漫，童年从容。""而今的一切，依然洁白如梦。"诗人童年随着月亮赋予的种种丰富想象力，而变得更加自信坚强了。到现在为止，诗人童年的形象一直贯穿在诗篇当中。诗人童年时的月亮依然一直伴随着他。一轮洁白如水、亮晶晶的月亮仍然会经常在诗人甜蜜的梦中出入。

《月》的散文诗的语言优美华丽、委婉动人。诗篇刻画精细、惟妙惟肖地采用农村姑娘天天使用的木质梳子等具象，作为比喻，并采用拟人化的手法，生动地描述了月亮所具有的喜乐忧愁的情绪和心态。

　　诗篇通过诗人童年时天真烂漫的眼睛和丰富的想象力，精雕细刻地表现了月亮的各种各样的情态。于是，月亮具有阴晴圆缺、喜怒哀乐的不同心态的形象缠绵往复地涌现在我们的面前。诗篇语言质朴，带有童真的感觉。比喻别致而又贴切自然，带有浓郁的乡土情调和色彩。

2011 年 2 月 9 日

第四辑 诗歌

我和你一样
倒是希望
佛尢时不在无处不在
这样你我就可以
在佛光的普照之下
做着五彩缤纷的梦

路

路，
崎岖不平鬼见愁。
叹命运，
泪河滚滚流。

1973年8月

人 生

人生好比一出戏，
悲哀喜乐万种意；
人生好比一桌菜，
酸甜苦辣一起来。

1980 年 1 月

注：此诗原载《跋涉诗歌报》总第四期，1992 年 12 月 10 日出版。

金 钱

你活跃在流通领域里
具有永不衰竭的生命力
然而
为了你
剥削者从劳动人民的身上敲骨吸髓
为了你
几位当权者丧心病狂地与魔鬼为伍
为了你
几位风骚的少女向老头儿
敞开了胸脯

试问
那几阵腥风是你刮起的吗
那几场血雨是你降下的吗
这种古老的罪恶延续至今
你和人类的那一类
究竟谁是黑手呢

1980 年 5 月

注：此诗原载《跋涉诗歌报》总第五期，1993 年 12 月 10 日出版。

我只是一个香客

我不是佛
我只是一个香客
我烧了大半辈子香
我拜了大半辈子佛
香烧了一些
佛拜了不少
却未做一个圆满的梦

我只是一个香客
我不是佛
我和你一样
倒是希望
佛无时不在无处不在
这样你我就可以
在佛光的普照之下
做着五彩缤纷的梦

1982年3月

注：此诗原载《上海烟机报》总第24期，1995年8月5日出版。

仿佛回到春天

这里是河西乡
属于高寒山区
在山区
的确是高处不胜寒
昨夜 风高霜结
今晨 滴水成冰
当太阳从东南那座山峰
露出笑脸之时
你仿佛又回到了春天
有时甚至是夏天

2008 年 10 月 28 日写于云南省兰坪县

斜对面的山头

今早我一打开店门
一阵冷风便扑面而来

天空雪花纷纷扬扬
地上却不见雪花半片

九时左右阳光洒满了地面
你的感觉是温暖得像春天

瞬间　我们这边的老天爷哭丧着脸
可斜对面的山头却阳光灿烂

2008年12月25日写于云南省兰坪县

一座大桥飞架东西

店门一打开
便可望见对面的南山
山脚下有几座房子
如同几位弱不禁风的老人

东面山麓是一个小小的村庄
那是人烟集中的地方
前不久吹吹打打嫁入城市的新娘
正是那山窝里飞出的金凤凰

西面是依山傍水的河西主街
其所傍之水是流向北方的通甸河
每逢赶集的日子
河西街便沸腾起来了

一座大桥飞架东西
桥头便是我们的商店
诚信至上　微笑服务
于是　我店的商品
便走向了千家万户

2008年11月20日写于云南省兰坪县

好一种口水诗

在冬天
我解读了《冬至》
解读了朋友的一片冰心

冬天的阳光如同春天般的灿烂
温暖着《冬至》的每一个页码

一行义一行的口水诗
辉煌着我的肉眼和心眼

好一个碧云
好一本《冬至》
好一种口水诗

2008年12月28日写于云南省兰坪县

第五辑 日记

好多人都怕鬼。愚昧,荒唐!
鬼在哪里?鬼在天上,鬼在人间!

——《火花集》

火花集

1980年至1990年，我刚好写了十一本日记。这二十余万字的日记，无什么价值可言。在烧毁之前，我决定保留几行能够醒世警人与自勉自励的文字。于是，便有了值得诸君烧毁的《火花集》。

一

为人"十不"：不要好高骛远；不要得过且过；不要胆小如鼠；不要小肚鸡肠；不要随波逐流；不要信口开河；不要阿谀奉承；不要损人利己；不要远离群体；不要把诚实的目光献给了狡黠的眼神。

二

世界上确实有货真价实的变色龙。

三

在你我的身边，就有嫉贤妒能的小人。小人的小鞋多着呢！穿小鞋的滋味如何呢？你我只能够意会而不可言传。

四

人总是要讲点良心的。昧着良心说话的人，不凭良心办事的人，在我的心目中，他已经不齿于人类。

五

对于口蜜腹剑之人，未可全抛一片心。

六

我们要培养人才，不能培养人渣。敬请为人父母者三思。

七

蜜蜂和花儿打交道，得到的是蜜。

八

好多人都怕鬼。愚昧，荒唐！
鬼在哪里？鬼在天上，鬼在人间。

九

磷火为什么不在白天抛头露面？它害怕阳光嘛！

十

慷慨的人不一定是在援助他人。何以见得？有你为证。

十一

吃别人嚼过的馍馍，只有小孩子觉得又香又甜。

十二

诗是所有文学作品中要求最严格的一种体裁。诗所表现的是人类精微细致的优美感情。

十三

诗是语言的精华。它体积小,容量大。

十四

诗,应该是心灵的闪光。

十五

审美感悟是诗人才华的试金石。

十六

有些诗,意象的虹彩闪烁只能掩盖思想和情感的贫血。

十七

诗歌创作离不开想象,想象是思想的翅膀。

十八

我的诗歌是土与洋的结合,是传统与现代的结合,是现实主义与现代主义的结合。

十九

我笔下的万物,全是人的象征。我正在苦心孤诣地追求那种天人合一的境界。

二十

我追求咏物诗的理趣美。没有理趣的咏物诗,只能是出语言堆砌起来的垃圾。

二十一

拙诗《不想公开的日记》,既是颂歌,又是哀歌。这种亦颂亦哀的复调艺术所表达的思想感情是非常复杂的。

二十二

即使命运冷落了我,诗永远是我不可改变的信仰。

二十三

为每天的太阳整理风景。

二十四

太阳,而今而后,总是红的!

1980—1990

第六辑 书信

> 这一天,是一个标志:你将从少年时代跨入青年时代,你将从幼稚走向成熟!从这一天开始,我便视你为成年人!成年人的头脑,将会变得更加清醒;成年人的为人处世,将会变得更加稳重;成年人的道路,理应越走越宽广!
>
> ——《写给女儿的一封信》

致萧瑶先生的一封信

萧瑶先生:

尊体近安!

昭示着新昭示着美昭示着力的软工程,正在花枝招展地雄赳赳地向着我们走来,向着二十一世纪走来。我们欢呼,二十一世纪没有理由不欢呼!

《软工程》一号我读得极认真,坦率地说,无一字逃脱我的眼睛。《总裁备参》可谓二十世纪末的《隆中对》;《打油杂诗》中,作者的豪侠之风、阳刚之气展现得淋漓尽致;《狂草的中国》真的是狂草,狂得可做压轴之品;《我是匹马》给人的感觉是腾飞的马……

衷心地祝愿萧瑶兄"借得雄风三万里/便绝云气负青霄"!

敬祝新年好!

佛光于听风楼

1994年元月2日

注:此信原载广西《软工程》试刊号。

致向威先生的一封信

小舅：

给您一鞠躬！

此时，电灯发出喜人的光辉。隔壁一位老师的房间不时传出一阵又一阵的说笑声。还有那悦耳的歌声不知从什么地方飘来。行人走路的声音也是这般清晰。随我读学前班的盼盼进入了甜蜜的梦乡。

好宁静的夜！

安凝乡，安宁之乡！

此时，又怎能不叫我想起远在宝岛台湾的小舅！

小舅，对于您的归来，我们无时无刻不在翘首盼望。早也盼，晚也盼，望穿双眼！

请您代我向舅妈请安！

并祝才俊弟弟学习上进！

您的外甥：乔光福拜上

1990年2月18日夜写于张九台中学

致沈大师院顾云的一封信

顾君：

你好！

读罢你七月五日的来信，我的感觉是：顾君到底是中文系的学生!

可不是吗?读你的惠书,如同读一篇美的散文。如:"谢谢!这很重要,因为它能让一个人还有信心活下去,而且永远惊奇地发现:阳光真好!世界真美!"

还有,读你的惠书,会让人永远年轻的。你在信中说得好幽默,好机智:"也感谢您的远方祝福!今夜会有一个好梦!虽然昨夜闯进的是一个吓死人的梦境,也许是您的祝福还没到吧。"

坦率地说,你的来信,无疑对我是一个鼓励。

顺祝笔健体康!

乔光福上
1990年8月2日

写给女儿的一封信

乔梓:

学习忙!

再过两天,就是2004年11月9日了!对于我家来说,尤其是对于你来说,这是一个特别值得纪念的日子。因为,这一天,是你的生日,是你年满18周岁的生日。这一天,是一个标志:你将从少年时代跨入青年时代,你将从幼稚走向成熟!从这一天开始,我便会视你为成年人;成年人的头脑,将会变得更加清醒;成年人的为人处世,将会变得更加稳重;成年人的道路,理应越走越宽广!

乔梓,你与哥哥,两个人均在长沙读书。两个人的学杂费与生活费，对于双职工的家庭来说，均是一个不小的负担。何况，你的父母，实事求是地讲，只是相当于一个半人拿工资。一个月的工资，哥哥用去了450元，你用去了450元，我们的手里就只剩下700来元了。若父母节衣缩食，这剩下的700来元也顶多只能给你们抽出50元。你们的生活费就真的只有这450元，再没有一个多的子儿了！现在的问题是：这450元，你们兄妹俩若不精打细算的话，真的会有饿肚子的可能。我们再来算一笔账：现在，我家每个月的工资除了支付你们兄妹俩的生活费，还有我们两个老呢，不可能不食人间烟火，张三李四家的酒不可能不吃……今年11月份是这样，明年6月份也是如此。问题的关键是：明年的9月份将会冒出一笔极大的开支——你们兄妹俩的学杂费！这一笔开支，对于我家来说，无疑是一个极大的压力！

乔梓，我的女儿，到了你为家庭分忧解愁的时候了！如何分忧解愁？450元的生活费，你要妥善安排，可用可不用的坚决不能用！我读书时，一个月顶多用2元钱。我曾往石首、监利、武汉、岳阳、长沙、韶山等地跑了一路。那是在1975年的5月，金色学校组织的。当时，我的手中也仅有2元钱！你会说：今非昔比。时代不同了。今年暑假，你也打过工的，挣钱是何等的不易啊！何况，你们现在用的是父母的血汗钱！你们的父母生活在社会的最底层，他们的最大能耐便是节约、节约、再节约！

乔梓，你的生日，没有给你准备生日礼物。要说有的话，那便是A. 这封写于11月7日的信。对你而言，这也是一封迟到的信；B. 11月1日至12月10日给你汇生活费510元；C. 将《捉星星》这章散文诗复印给你；我的捉星星的女儿已经长大成人了！

爸爸亲笔

2004年11月7日写于安乡读雨阁

第七辑 小说

"老师们,苏支书来了!"年纪轻轻的女校长人还没进教室,声音就荡入了老师们的耳膜。说话间,一道闪电撕破了黑压压的夜空。一片红彤彤的世界。

——《老天爷哭丧着脸》

老天爷哭丧着脸

（一）

黄昏。外面下着蒙蒙的细雨。天很暗。

这时，和小学生打了九年交道的民办老师温厚，靠在寝室的门框上，望着灰蒙蒙的天空，默默地想着心思：今天是九号，这个月的生活费明天就要发下来了！小毛昨天染上了重感冒，发高烧，今天还没吃一点儿东西。孩子他妈急得什么似的！找我大吵大闹地要钱给孩子治病，把我骂了一个狗血淋头！这个场合我自认倒霉，唯一的办法是点头哈腰。真是！孩子得了病，你疼，我就不疼！是你身上的肉，就不是我身上的肉？想到这里，温老师情不自禁地自言自语起来："还好，明天就有钱给孩子治病了！"

"温老师，"是一位女同志的声音，"你在和谁说话呀？"老温吓了一跳，定睛一看，忙说道："我没和谁说话。孙校长，请坐，请坐。"这位被称为孙校长的女老师看年纪二十五岁左右，长得很俊俏，显得很精明。她像炒豆子似的回答着温老师的话，像是告别，又像是下了一道圣旨："不坐！不坐！你马上到一（甲）班教室开会去！苏支书要给我们讲话！"年纪轻轻的女校长一边说着，一边风摆柳似的走了。

（二）

锅底似的夜。隐隐约约地传来了远处的雷声。

一（甲）班的教室里点着几盏煤油灯，发出了一点点暗淡的光。老师们都雷厉风行似的来了。他们在小声地交谈些什么。温老师照常坐在教室的角落里。他不喜欢拉白话，觉得闲着没事，从口袋里掏出薄膜烟丝包，取出一片白纸，又小心翼翼地抖落出一抹儿烟丝，十分熟练地卷出了一个"喇叭筒"，含在嘴里有滋有味地抽起来。瞧他那吞云吐雾的神气，比抽那过滤嘴的香烟还要过瘾！一个外号叫"乐天派"的老师取笑他说："中国最好的香烟，要算是温厚卷烟厂出品的'喇叭筒'了！"老师们听到这句话后，哈哈大笑起来。温老师也跟着"嘿嘿"地笑了几声。

"老师们，苏支书来了！"年纪轻轻的女校长人还没进教室，声音就荡入了老师们的耳膜。说话间，一道闪电撕破了黑压压的夜空。一片红彤彤的世界。女校长略微一惊，马上镇定下来："请老师们欢迎！"震耳欲聋的雷声掩盖了稀稀拉拉的巴掌声。

苏支书落落大方地跨进了教室。昏黄的油灯下，只看得清他牛高马大的身材，面孔很模糊。他迅速地扫视了一下会场：无精打采的油灯映照着几个小人物的脸；四围教室的墙千疮百孔；温厚有滋有味地吸着"喇叭筒"。苏支书的内心深处蓦地掠过一丝不快的感觉，但是当他看见女校长望着他笑成一朵花的时候，这种不快的感觉早就飞上了九霄云外！

这位苏支书，满面红光，看上去40岁左右，"文革"前因乱搞两性关系受到了留党察看的处分。因为他在"文革"中"造反"有功，坐上了双罗大队的第一把交椅。掌权后，他很有派头，很有魄力。任何麻烦的事情在他的手里都可以快刀斩豆腐！

女校长口齿清楚地说了一声："请苏支书给大家讲话！"

苏支书毫不客气，字字千钧地说开了："梁效的文章说得很清楚……我们就是要限制资产阶级法权……贫下中农要和你们画等号……从现在起，上面发给你们民办老师的五元生活费都交给大队！……这是组织上的决定！……这是专政的需要！……"

这时的温老师，额头上冒出了汗珠，"喇叭筒"也不知什么时候从嘴里掉到了地上。他听明白了：给孩子看病的钱没有指望了！等到苏支书的高谈阔论戛然而止，他好像弹簧一样嗖的一声站了起来，口里喊着："苏支书，这个……这个……"

"这个什么，别啰唆！哈哈！你想不通吗？这是组织上的决定！"

教室里一派肃杀的气氛，闷得老师们的胸膛像要爆炸似的。

苏支书在女校长的陪同下扬长而去，不可一世的脚步声远了，远了。

"乐天派"脚一跺，大声地说道："我们本来就是'无产阶级'，可资产阶级法权却限制到我们的头上来了。这一下子真厉害，我们可说是彻底地姓'无'了。"要是在平常，老师们听到这话，一定会笑得前仰后合的。然而今天晚上大家都笑不起来。请看温老师的模样吧：脸涨得通红，额头上青筋凸起，呼吸是那样的急促。

老师们不欢而散。脚步声是重重的。

忽地又一道闪电，抖下一道红色的光辉，怒吼的雷声马上吓得无影无踪了。大雨倾盆似的降落下来了。

（三）

快要鸡叫了。不知什么虫儿掺杂在雨声中"啾啾"地悲鸣着。

温老师自从将自己疲倦的身躯抛到床上后，一直到现在，没有睡意。他从来不知道什么叫发怒，然而他今天却被苏支书的话激怒了。他的心海咆哮了：我队的粮食连年减产。一个强壮的劳力每个工作日还混不到一包简装的香烟。好多社员的家里粮食紧缺！拿碗喝稀粥，饿得像瘦猴，走路摔跟头，做事磨洋工！前几天，我要借五十斤谷糊口，还闹得兴师动众，召开队委扩大会商量！可你——苏支书吃得好，身体肥得流油；你的老婆孩子不出集体工，穿得体面；你那么阔气，住着红砖瓦屋。你好有本事！你好威风！我亲眼看见你招待你的顶头上司，就花了大队的五十多元！你打着限制资产阶级法权的旗号，将我们这些造孽人的五元生活费都"限"走了。"限"走以后，你们会干些什么？去招待那外来的客人吗？去肥自己的胃肠吗？

这时，温老师简直没有一丝睡意了。他干脆从床上爬起来，摸着火柴，从里面拿出一根，将火柴盒上面的一层磷皮都擦飞了。他又拿出一根火柴，这才点燃煤油灯。灯花忽闪忽闪，仿佛在与温老师一起一伏的心潮应和。温老师提起笔来，思索了好一阵子，最后想起了一首学过的散曲。他完全想起来了，这是明代李开生写的一首散曲。温老师将笔一挥，疾书此曲：

"鹌鹑嗉里寻豌豆，

鹭鸶腿上劈精肉，

蚊子腹内剜脂油，

亏老先生下手。"

写完以后，他反复地说着"亏老先生下手""亏老先生下手"，吹灭油灯，重新躺在床上，不一会儿，他就酣然入梦了。

一个身材高大的家伙对着温厚咬牙切齿地狂吼着："你竟敢反对限制资产阶级法权！你这个狗胆包天的家伙，原来你是这样一个反革命！来人呀，给我将他捆上！"

温厚在替自己申辩："苏支书，这个……这个……"

"'这个'什么，你这个死心塌地的反革命！给我捆上，来人呀！"又传来一声断喝。

"你，你，你欺人太甚！"温厚使尽全力地叫喊，醒了。原来是一场噩梦。心有余悸的温厚，喃喃自语："山穷水尽，做梦也受人欺侮。"

（四）

温老师的爱人又跑到学校来了。这一次她是抱着患病的孩子来的。她一见到温老师，泪汪汪的，劈头就说："你还管不管孩子啊！孩子病成这样，你还管不管啊！"

温老师听了妻子的话，知道情况不妙，用手一摸孩子的头，我的天！滚烫滚烫的。孩子一个劲儿地咳嗽，五脏六腑都快要咳出来了。温老师一声不吭，耷拉着脑袋，额上的皱纹时起时伏，活像是做着"挪皮运动"。终于，他紧锁的眉宇渐渐舒展，说："事到如今，叫我也没得法，卖鸡！"

是的！温老师的家里还有一笔财产——一只芦花老母鸡！这只鸡是"割资本主义尾巴"时唯一的幸存者。

而今，万般无奈的温老师，想到这只老母鸡，眼前突然闪现出一丝光明：芦花母鸡在他的眼前欢蹦乱跳，慢慢地，这只鸡化成了一沓崭新的人民币。温老师毅然决然地说："卖鸡！三十六计，卖鸡为上。"

妻子猛然听到说卖鸡，不禁打了一个寒战。她精心饲养的这只老母鸡，每月至少要下二十个蛋，盐钱就是卖鸡蛋得来的啊！此时，她铁青的嘴唇紧闭着，眼睛眨也不眨地望着怀中的孩子。半晌，她才从牙缝里挤出几个字："卖鸡！卖鸡！呵——"她哇的一声号啕大哭起来。

妻子抱着病重的孩子，走了。温老师目送着妻子的背影，眼圈忽地红了，一丝看不见的泪花从他的眼角里淌了出来。温老师在班上处理了一些教学琐事，向孙校长请了假，将寝室的钥匙交给了她，忧心忡忡地离开了学校。

（五）

　　一只肥得流油的老母鸡，换得了九个二角再加上九个一分的硬币。

　　温老师抱着小毛。妻子紧攥着钱，生怕它飞了。他们急三火四地赶到公社卫生院。卫生院门前挂着一块黑牌，上面写着几个白字："今日政治学习，停止门诊。"这真是：行船偏遇顶头浪，屋漏又遭连阴雨！温老师看到这黑牌，顿时觉得像有一盆冰水淋在身上，寒气刺骨。他恨不得大吼一声："政治学习顶替了神圣职责，革命的人道主义在哪里？"

　　温老师毕竟是温老师。他不但没有吼，反而将小毛交给妻子，自己轻轻地敲着卫生院大门。只听得见敲门声。重重的敲门声。门"咯吱"一声，开了。开门的是一个老头儿，看样子挺和气的。精神矍铄。温老师一见，忙说："郑医生，请您给我的孩子看一看，他病得很重！"

　　"请您老人家给我的孩子看一看，郑、郑医生。"老师的妻子带着哭腔请求着。

　　老医生伸出瘦弱的手，在孩子的额头摸了一下，果断地说："快！快点抱进来！"不一会儿，诊断结果出来了："急性肺炎！"此时，老医生和气的面容霎时不见，神态有如五岭一样的严峻："停止就诊，学习政治。见死不救，还要我们这些人干什么？"他扫视了一眼老师夫妇，斩钉截铁地说："住院治疗！"

　　夫妇二人陡地一怔：哪来住院治疗的钱呢？

（六）

老天爷哭丧着脸。在通往学校的小路上，走着一个人。他就是温老师。等待着温老师的将是什么呢？一项现行反革命分子的"桂冠"！此是后话，暂且不表。

1980年12月1日写于安凝乡双同学校

注：此小说原载《大文豪》总四期，2011年8月出版。

第八辑 自传

乔光福的日子过得很平淡,也很充实。他曾经以人的姿态奋斗过。只要奋斗,人生就不会是毫无意义的死水;只要奋斗,岁月就会是欢乐的海洋。

——《人生备忘录》

人生备忘录

《人生备忘录》为我的编年体自传。尽忠于历史,别忘了历史。这便是我写作备忘录的原则和意图。

一个颇具真才实学的人,生活在滚滚的红尘之间,稍一不慎,小人便会给你穿上一双货真价实的小鞋,你的某一方面的前途就会断送在他的手中。真诚与虚伪,善良与邪恶,美丽与丑陋,实在是一本难念的经。

我写备忘录,不念难念的不如意的经,只是想为读者为聪明的子孙后代提供这样一点儿信息:乔光福的日子过得很平淡,也很充实。他曾经以人的姿态奋斗过:只要奋斗,人生就不会是毫无意义的死水;只要奋斗,岁月就会是欢乐的海洋。

1954年

1954年3月14日,当金灿灿的阳光大剂量地注入晨餐之际,我赤裸裸地来到了人间。

1956年

人生最大的不幸降临在我的头上:母亲向多秀因病告别人间,年仅22岁。我的祖母"望一望那山,摸一摸这树,禁不住用手背揩了一揩,一揩就是一手的悲哀"。

1961年

那是冬季的一天。穿着很厚的棉衣的我,独自一人在池塘边玩耍,一不小心,落入了水中。我仰面朝天,如同一枚浮萍,感觉不到寒冷,也感觉不到死的恐惧。我时而用双手拍打着池水,溅起一池我看不见的涟漪;时而用双脚踢蹬着池水,吓飞几只前来觅食的水鸟。此时的池塘,变成了我的乐园。不知过了多久,前来寻找烧柴的哑姑先是找来一根长篙将我拨靠岸边,然后用镰刀将我钩离了水面。哑姑的嘴中"啊啊"不停,还有几颗晶莹的泪珠从她的眼眶中滚落出来。大恩大德的哑姑让我大难不死,大难不死的我日后必定成为有用的人。

1962年

这是一段纯棉的家织布。祖母是纺纱能手。家织布的每一根棉纱都是她用手摇纺车纺出来的。祖母将这块布料染成了天蓝色,然后一针一线地给我做了一个崭新的书包。1962年9月,我背着这个天蓝色的书包,兴高采烈地来到了学校。父亲用一担稻草充当了我的学杂费,从此,人间又多了一位读书人。

八岁才开始读书的我,默字,不成问题;背书,小菜一碟;"1+1=2"的算术题目做起来更是得心应手。启蒙老师走访时来到我家,对我的祖母说:"你的孙儿是一块天生读书的料。"此时,祖母笑得眼睛眯成了一条缝儿。

1964年

1964年下学期,我的语文书弄丢了。视书如命的我急得手足无措。

龚明梯老师不知从什么地方给我找来了一本语文书。这是一本破烂不堪的书;这是一本金碧辉煌的书;这是一本化腐朽为神奇的书。原来,无比热爱学生的龚老师将一本破烂不堪的书给我包装得好好的;包皮用的是金黄色的蜡光纸;五口距离相等的订书钉排成了一条线。龚老师给了我一本既美观大方又经久耐用的书,给了我一生的感动。

从此,只要一上语文课,我便会全神贯注。不久,我便当上了"小老师":教同学们识字、组词、造句;带读课文,督促同学们背书。

1965年

我写的第一篇作文是《我的妈妈》。刚读四年级的我不知什么是作文,更不知如何写作文。伍福之老师说:"你们学的每一篇语文课文都是作文;你们把妈妈说的话和做的事好好地写出来了就是作文。"

两岁的我便失去了妈妈。平心而论,祖母等亲人们对我的呵护绝对不会逊色于妈妈。不知怎的,在许多时候我却如同天边那一只失群的雁。落入池塘、浮于水面的我,也许是妈妈的英灵的保佑!《我的妈妈》这道作文题,让我朦朦胧胧地体会到了有妈的孩子像块宝没妈的孩子像根草的人情冷暖、世态炎凉;让我想起了亲人们所说的有关妈妈的一切;让我复苏了我的大脑中有关妈妈的零星记忆。于是,我就着煤油灯光,一边流泪,一边沙沙地写个不停。

后来呢,后来伍老师讲评了我的这篇习作:"乔光福的作文字迹工整,语句通顺,写得很有感情。"

1966年

读四年二期时,我被评为了出席联校的优秀学生。

那一天,阳光明媚,心情灿烂。在老师的带领下,不同年级的六名学生步行十余里上联校参加优秀学生表彰大会。会上,每所学校将选派一名学生代表上台发言。老师鼓励我说:"我希望你能第一个发言。"此时,我紧张极了。我不知自己是怎样走上台去的,也不知自己是第几个发言,我只知自己的全身像筛糠一样地发抖,照着自己写的经过老师修改的发言稿念了一通。当我走下讲台时,脑海中一片空白,会场上好像还响起了掌声。

授奖时,我领到了一张奖状和几个作业本,胸前还被戴上了一朵鲜艳的大红花。

1967年

读五年二期时,易发全老师指导我们写了一篇习作,题目是《写给亲人的一封信》。

这一封信,这第一封信,我究竟应该写给谁呢?谁抚慰过我那颗孤寂无助、伤痕累累的心灵我就写给谁!于是,我想起了远在湖北省公安县的表姐向元珍。她聪明贤惠,善解人意,能歌善舞，曾经给过我无微不至的呵护，留给我许多美好的回忆。信，一封贴上8分邮票的信放飞了！

不久，我便收到了来自湖北的飞鸿："小小年纪，就会写信，真了不起！"这温馨的话语，无疑会陪伴着我的一生，激励着我的一生。

1968年

1968年9月，我就读于安凝乡农业中学，即后来的五七中学也就是现在的张九台中学。入校后不久，学校便举办了一次别开生面的忆苦思甜大会。会议的主要议程有两个：一是听苦大仇深的陈大伯的忆苦思甜报告；二是吃以野菜为主伴以几粒大米的忆苦餐。会后，语文老师指导我们写了一篇题为《不忘昔日苦珍惜今日甜》的习作。这篇习作，老师不仅在本班做了讲评，而且还在初二做了讲评。初二的一位"巨人"拍着我的肩膀说："乔光福，你的作文写得真带劲！"这位"巨人"就是后来做了赤脚医生的李士新。

1969年

读小学时，我的数学成绩一直是居高不下。读初中时，我对数学的兴趣不减当年且与日俱增。对于老师每次发下来的油印数学习题，我均会视若珍宝。每次数学作业，我均能反复思考，独立完成。读初中二年一期时，每次数学测验，我均获得了满分。

一天晚饭后，我碰上了刚从数学老师的办公室走出来的杨老师。他摸了一下我的脑袋，说："乔光福，数学老师说你的解题能力相当强。我翻看了一下你班的数学作业,发现做得最好的就是你。你将来肯定是会大有出息的。"我怪不好意思地回答杨老师说:"哪里?哪里?谢谢您的鼓励!"

1970年

我是寄宿生。每周吃的大米是父亲用辛勤劳动换来的;每周非得要交不可的几毛钱的伙金是祖母卖鸡蛋换来的;每周的菜金是绝对没有的,然而祖母每周都会想方设法地为我准备一瓶或两瓶可口的咸菜。实在没有办法的时候,我便成了往返要跑二十五六华里路程的通学生。我不知道如何答谢恩重如山的祖母与五官端正却没有再娶的父亲,我只知道学习学习再学习、努力努力再努力!艰难困苦的两年初中生活便这样弹指一挥间。

1970年9月,我上了高中。学校依然是读初中时的学校;班主任依然是初中时的班主任;学友依然是初中时的学友,只不过少了许多学生,且女生已全部流失。几周的时间一晃而过。一天,物理老师组织了一次考试。这套试题,既考高一学生,又考初二学生。参考的三个班的学生,仅有两人及格,其中有一个人打了满分,那就是我。

现在回想起来,从小学到高一,我的学业成绩之所以能够名列前茅,并不是因为我比我的学友们要聪明一些,而是因为没娘的孩子懂事懂得早,委实要比我的学友们刻苦一些。

1971年

1971年上学期,五七中学仅有17名学生的"和尚班"解体了。我转入了东方红中学即现在的大湖口中学续读高中。

一次作文，我绞尽脑汁写了一首题为《关于扁担的断想》的诗歌，自我感觉尚可。老师在讲评作文时说："这首诗歌立意新颖，脱离了俗套。"极个别同学认为这是抄袭之作，然而他却又拿不出丝毫证据，只好不了了之。这位同学也许不知道：最大的伤害来自最亲近的人；人的自尊是不可抗拒的。此次诗歌风波让我突发奇想：我要让我所写的东西变成铅字！如果发表后有一人指证这是抄袭之作，我便从此不再信笔涂鸦！

　　一次数学作业，朱善之老师布置了8道题目。我利用课余饭后的时间解完了这8道题目，其中有一个题目有16个解。8道题目，刚好用完一个16开的数学作业本。这次作业，8道题目全班仅有我一人全部做对。朱老师不仅在班上传观了我的作业，而且还特地安排了两节课让我为全班学生讲解这几道题目。作业做得对，不一定讲得好；学生为学生讲课，其结局不言而喻。

　　1972年元1月31日（夏历辛亥年十二月二十六日），仅读一年半高中只学过几节英语课的我高中毕业于东方红中学。历史将会记住：你们是新中国成立以来第一批毕业于腊月的名不副实的高中生。

1972年

　　我是农民的儿子。农民的儿子在1972年当了农民。

　　当了农民的我披星戴月：锄草、治虫、扯秧、插秧、挑粪、耙田……草锄完了，虫治完了，我会如同将军一般地检阅棉花的方阵；秧扯完了，秧插完了，我会捶一下自己又酸又痛的腰背然后一屁股坐在田间小路上欣赏着自己碧绿的杰作。在此之前，每逢农忙段，没有一个农村学生不参加生产劳动的，当然我也不会例外。然而那时的我对劳动的认识是肤浅的。今天，我深刻地认识到：劳动是人生的第一需要；没有劳动就没有人类；劳动是艰辛而又愉悦的。与此同时，我强烈地感觉到：最吃苦耐劳的是农民；奉献得特别多的是农民！

　　1972年8月，我接受复兴中学崔伏宝校长的邀请，前往该校去代课。我的任务是教毕业班的物理与化学。为了上好第一堂化学课，我写了整整六张材料纸。我壮着胆子跨进了教室，开始了酸碱盐的教学。我一开口，学生们便笑了起来。我不知道，他们为什么总是望着我笑个不停。这一堂课几乎是在笑声中开始又在笑声中结束。一打下课铃，我就残兵败将般地溜进了寝室。此时，外面的说笑声不时传来："这个老师的个子好高。""崔校长说他读书的时候蛮聪明。""他的话快得像打机关枪一样。""他的课讲得蛮有味。""他讲的课，我听得蛮懂。"听到学生们的七嘴八舌，我总算放下了心中的那一块石头。

　　此后，文教办指向哪里我便奔向哪里。我变成了一盒"万金油"。数学、物理、化学、语文、植物、美术等课程，该你出手时就得要出手。一年有余的代课生涯倒也让我认识到了自身的价值。

1973年

　　有老师请假，就需要有人代课；没有老师请假，代课老师就只能靠边站。1973年11月中旬，我无课可代了，只好站到原来的岗位上：当农民，当了几个月的农民。

　　这不足100天的日子，对于我来说，是又一次苦其心志、劳其筋骨的日子。我既参加了四段大堤的维修（即张九台大堤的维修、双同大堤的维修、望槐大堤的维修和马坡湖大堤的维修），又参加了新刬电排大沟的开挖。维修大堤与开挖大沟是极其原始的体力劳动。我是一个刚从讲台上走下来的代课老师。一不代课，就来挑土！我挑着满满的一担土，先是要大步流星地走过数十米崎岖不平的路程，后是要步步使劲地爬上高高的堤坡。老实说，即使一天只挑这样一担土，也会压得我无可奈何。然而，这一担挑完了，等待着我的又是压得要死不活的满满的一担土。好不容易熬到太阳下山，我的骨头累得都快散架了。我的父老乡亲们为了确保汛期到来之际大堤的安然无恙，就是这样年复一年地拼死泼命般地将大堤加宽加高成了坚不可摧的长城。

这一些让人骨头散架的日子，对于我来说，也是初涉爱河、无比甜蜜的日子。在维修张九台大堤时，我有幸结识了一个身材苗条、面容白皙、眉清目秀、心灵手巧的女孩儿。这个女孩儿，后来成了我的女人。那是小阳春的某一天下午，生产队长安排我与炊事员提前来接受维修大堤的任务且落实开餐伴宿的地方。炊事员说："我对自治局二队左叔家的情况比较熟悉。"左叔家，我也并不是头一次听说。早年，我的父亲曾用一则民间验方治好了他家老三的病。为了答谢父亲，左叔家母女俩还特地买了一些礼品去过我家。在我的家中，他的女儿先梅与我玩过几个小时的扑克。近年来，与我同住一个生产队的左叔的姨外甥女婿好几次半真半假地对我说："光福，我给你做一个媒。她叫左先梅，家住自治局二队。"此后，我不时朦胧而又清晰地回忆起了儿时与先梅玩扑克时的情景。当炊事员说去左叔家叫，我便马上深表赞同。结果呢，在一栋草房的东墙下，我一眼便认出了站在禾场上纳鞋底的女孩儿便是儿时与我有过一面之交的先梅。昔日的黄毛丫头如今已出落成小家碧玉！在这有限的篇幅中，我只好略去一系列细节描写。欲知后事如何，且读几句拙诗：在一栋草房的东墙下／我发现了一个粉红色的倩影／我发现了属于自己的粉红色的爱情／——俏也不争春的花朵哟／你注定是我永生永世的情人！

这些既苦又甜的日子，是我与生俱来最值得纪念的日子。

1974年

参加过维修大堤与开挖大沟的我，在春耕大忙之际，干起耙田的活儿来倒觉得是美差一件。

在我的鞭策下，欺生的牛儿已经变得循规蹈矩了。牛在前面，我在后面。牛拉着耙犁，我站在耙犁上。我是将军，牛是兵。我们正在参加耙田的阵地战。耙得平平整整的农田便是我们的战绩。鸡鸣声不时传来，好像在为农夫唱着颂歌。阳光照得你如同祖母般的温暖。新鲜的泥土气息沁人心脾。我一边仔仔细细地耙着田，一边哼着经过我再创作的革命样板戏："子荣同志，大胆，谨慎！"此时，一个熟悉而又亲切的声音传来："乔光福，你耙着田还唱着歌，好兴致啊！"我朝说话声传来的方向望了一下，又惊又喜地答道："苦作乐！陈老师，您来了！"在我读初中时，陈老师教过我的政治课。他学识渊博，为人谦和，教学有方，谈吐不凡且幽默风趣，是我最敬佩的老师之一。而今，他已是五七中学协管全面的副校长。我停止耙田，上了岸。

我邀请陈老师到我的家里去坐一坐。我们边走边谈。我问道："一阵什么风儿把您给吹来了？"陈老师谦和地答道："今天，我是特地来向你求援的。"我笑着说："老师，您说话见外了。有什么事儿，您就尽管吩咐吧！"陈老师正儿八经地说道："我校的毕业班缺一个教数学和化学的老师，想请你出山。不知你意下如何？"我郑重其事地回答道："老师亲自来接学生，学生哪敢不识抬举？！"在我的家中，陈老师谈笑风生，祖母的话匣子也打开了。小花猫蹲在祖母的膝下，仿佛在瞧着什么热闹。

在陈老师的真诚邀请下，我告别牛儿、告别农田、告别乡亲，肩挑着一担行李,又一次返回了讲台。这一次返回讲台,标志着我两年民办代课老师阶段的结束与十年民办老师的开始。

1975年

上学期在金龟学校任教导主任,教初一语文课。春插假期间,曾前往湖北监利中学参观学习。下学期在亿中学校教初二数学课等。

1976年

上学期在亿中学校教初二数学等;下学期在该校任初一班主任,教初一语文课等。

1977年

上学期在亿中学校任初一班主任,教初一语文课。下学期在该校任初二班主任,教初二语文课。

1978年

上学期一边忙于教学工作,一边忙于复习高中课程。高考时因心脏出了问题,其结局是不言而喻。

下学期任亿中学校教导主任,教初二的化学课。夏历十月十八日与先梅结成伴侣。11月,考入高师函授中文专业。

1979年

上学期任亿中学校校长，主教初二的化学课；下学期调入张九台中学任初二（22班）的班主任，教语文、政治课。

1980年

上学期在双同学校任初一（9班）的班主任，教初一语文课，期终统考获全校第一名、全乡第二名。下学期在该校任初一（11班）的班主任，教初一语文课，期终统考获全校、全乡第一名。

散文《小火花》发表于《安乡文艺》1980年第三期。这是我的作品第一次变成铅字。

1981年

上学期在双同学校任初一（11班）班主任，教语文、美术课，期终统考语文获全乡第一名。

下学期在张九台中学任初一（34班）的班主任，教初一两个班的语文，期终统考34班人平94分，35班人平89分，两个班的人平成绩获全校年级组第一名。

1982年

上学期在张九台中学任34班班主任，教语文、美术课，期终统考获年级组第二名。下学期在该校任初三（33班）的班主任，教语文、政治课，期终考试语文获年级组第一名。

1982年3月全县教师定类，既考核了业务，又考试了语数。我的考查总分是81.2分，被评为一级教师。

1983年

上学期在张九台中学任33班班主任，教语文课，中考时语文成绩在全县名列前茅。

下学期任亿中小学校长，教五甲、五乙班的自然、历史课。

上县参加公办老师补员考试，成绩为91分，全县第二名，12月22日转为公办老师。

1983年9月，获得由湖南省教育学院颁发的高师专科文凭。

1984年

上学期任亿中小学校长，教五甲、五乙的自然、历史课；暑假，任初函语文辅导员；下学期调入张九台中学任初三（40班）的班主任，教初三语文、初二两个班的动物学，期终考试语文获年级组第一名，46班和47班的动物学人均成绩也是该年级组第一名。

1984年2月10日，喜得贵子，取名乔木。

1984年上学期被评为乡、县两级的读书积极分子，且在会上做了发言。

1985年

1985年上学期在张九台中学任40班班主任，兼语文教研组长，教40班语文、46班和47班的动物学，期终统考语文成绩一般，动物学获初二年级组第一名。

1985年下学期在该校任初三（47班）的班主任，兼任语文教研组长，教初一（56班）的政治，期终统考成绩尚可。

1985年，继续担任全乡教师初函语文辅导员。

1985年被评为出席县的先进工作者。

1986年

1986年上学期47班参加中考者36人，共考取19人，升学率位于全校之首。1986年上学期被评为校级先进个人，在全校老师会议上做了发言。

1986年，继续担任全乡教师的初函语文辅导员。

1986年11月9日（夏历十月初八）喜添公主，取名乔梓。

1987年

1987年上学期在张九台中学先任教初二6个班政治，后任教初三（48班）的语文课，中考时48班语文平均成绩为87分，及格率为95%，获初三年级组第一名。下学期在该校任初三（56班）的班主任，教56班语文，初二（63班与64班）两个班的动物学，期终考试动物学成绩名列第二、语文获年级组第一名。

1987年9月21日加入湘北诗社，任湘北诗社理事，兼任《湘北诗丛》编委。

1987年12月20日，在《湘北诗丛》上发表了诗歌《有这样一种植物》。这是我的作品第二次变成铅字。

1988年

一、1988年1月1日被聘为中学二级教师；1988年下学期被评为乡级先进工作者。

二、1988年2月8日父亲乔兴湘因病医治无效与世长辞（生于1926年古历六月二十一日），享年62岁。

三、1988年6月10日创建桃木港文学社，并在同年主编了油印刊物《桃木港》总第一期。

四、1988年，《湘北诗丛》先后发表了我四首诗歌:《哀思》《醒了，橙的秘密》《一封来自台湾的信》《诗的诱惑》。

1989年

一、工作概况：

1989年上学期任初三（64班）班主任，教64班语文和初一两个班的植物学。中考时64班的语文均分为86分，获年级组第二名。

1989年下学期在该校任初三（65班）的语文与初一（80班）的地理，期终考试语文人平76分，为年级组第二名，地理获年级组第一名。当年被评为出席乡的工会先进个人和出席县的先进工作者。

二、创作概况

（一）加入有关社团参加活动概况

1989年11月25日加入湖南冷水滩白云诗社；12月17日被聘为《锑城信息报》信息员。

（二）作品入选合集概况

诗歌《枯枝梅》《夜来香》《美人蕉》《桃花》《红月季》入选诗合集《当代诗爱者诗选》。

（三）作品载于报刊概况

1989 年，仅有 3 件作品载于 3 家报刊。其中，诗歌《金秋是风景》载于《文学新春》总第 20 期；诗歌《澧水吟》载《书院洲》总第 10 期；诗评《湘北诗话》载《湘北诗丛》总第 14 期。

1990 年

一、作品入选合集概况

诗歌《金秋是风景》入选诗集《无风的季节》，该书于 1990 年 7 月由香港亚洲出版社出版；诗歌《永恒的梦》入选获奖诗文集《江南雨》，1990 年 6 月出版；散文诗《人生》入选诗文集《山里女人》；诗歌《缠绕》《关于叶的断想》入选诗文集《月照棕榈》；诗歌《沉甸甸的思念》《我的渴望和着泪水流》入选诗文集《梅雨季节》。

二、作品载于报刊概况

1990 年，《湖南文学》等 3 家报刊发表了我 3 件作品。其中，诗歌《台湾来信》发表于《湖南文学》1990 年第 9 期；诗歌《在没有路的地方》发表于《桃花源》1990 年第 3 期；诗歌《万年青》发表于 1990 年 5 月出版的《新风》文学报。

三、作品获奖概况

1990 年，在湖南省文学青年写作学会举办的全国首届爱情诗大赛中诗歌《永恒的梦》荣获优秀奖；1990 年，在安乡县文艺作品创作竞赛中荣获丰收奖。

1991年

一、工作概况

1991年上学期在张九台中学教初三（74班）的语文课，月考时语文获年级组第一名；下学期在该校教初三（81班）的语文课。

二、创作概况

（一）加入有关社团参加活动概况

1991年1月4日被《新疆合作经济报》编辑部聘为通讯员；1991年6月20日加入中国青年诗歌创作联谊会。

（二）作品入选合集概况

诗歌《柏树吟》《我走的这条路》入选《中国新诗人袖珍抒情诗选》，该书于1991年12月由中国国际广播出版社出版；诗歌《我相信梦》入选《中国新诗人千家》，该书于1991年10月由金陵书社出版公司出版；诗歌《一个与甜蜜有关的意识》入选《中国文学新人新作选》，该书于1991年5月由花山文艺出版社出版；诗歌《桃花》《永恒的梦》以梅夫的笔名入选《野草诗人三百吟》，该书于1991年5月由上海学林出版社出版；诗歌《不知》与《拉长的影子》入选诗文合集《黑色火焰》。

（三）作品载于报刊概况

1991年，《白鸟诗歌报》等4家报刊发表了我7件作品。其中，诗歌《突起的土地》载于1991年7月出版的《白鸟诗歌报》总第2期；诗歌《结果我很幸运》载于1991年9月出版的《白鸟诗歌报》总第3期；诗歌《颜昌颐颂》载于1991年7月1日出版的《书院洲》；诗歌《春天在我的日记中》与诗评《关于〈五四断想〉的断想》，载于1991年6月10日出版的《湘北文艺》

总第 16 期；诗歌《回忆萝卜》，载于 1991 年出版的《湘北文艺》总第 18 期；诗歌《历史的风景》载于 1991 年 10 月出版的《水乡文艺》。

（四）作品获奖概况

诗歌《结果我很幸运》在 1991 年"白鸟杯"全国青年诗歌大赛中荣获三等奖；诗歌《我相信梦》于 1991 年 11 月在中国新诗人千家作品大展中荣获三等奖。

三、祖母与世长辞

我的祖母名叫周大英，生于 1901 年夏历五月二十九日，1991 年 11 月 2 日寿终正寝，享年 91 岁。我将继承祖母的美德，化悲痛为力量，堂堂正正地做人，以此回报祖母的大恩大德。愿祖母在地下安息！

1992年

一、工作概况

1992 年上学期在张九台中学教初三（81 班）的语文课；下学期教初三（85 班）的语文课。1992 年 8 月 31 日被聘为中学语文一级教师。

二、创作概况

（一）加入有关社团参加活动概况

1992 年 3 月 26 日加入国家级的中国乡土诗人协会；1992 年 10 月 4 日加入常德市作家协会；1992 年 10 月 26 日加入中国哲理诗学会并被任命为该会常务理事；1992 年 11 月被浙江《南方诗报》编辑部聘为特约编委，并担任"南方杯"文学大赛评委；1992 年 12 月加入中国北方青年诗人协会；1992 年 12 月被广西《红豆诗报》编辑部聘为特约编委。

(二）编辑书报概况

1992年3月30日创办《跋涉诗歌报》，并在当年主编了四期《跋涉诗歌报》。

（三）作品辑入合集概况

诗歌《历史的风景》与《结果我很幸运》入选《中国先锋诗人作品选》，该书于1992年10月由华夏文化出版社出版。

（四）作品载于报刊概况

1992年，《跋涉诗歌报》《湘北文艺》《龙泉文学》《松花江诗报》《风火墙诗报》《白鸟诗歌报》《北方诗报》《平桂工人报》《桃花源》《吴都艺苑》等10家报刊发表了我47件作品。其中，诗歌《关于扁担的断想》载于1992年8月10日出版的《吴都艺苑》总第12期；诗歌《愿好梦伴人一生》载于《桃花源》1992年第一期；诗歌《昙花吟》载于1992年12月20日出版的广西《平桂工人报》第755期；诗歌《表情空前的庄严》，载于1992年9月出版的《北方诗报》总第5期；诗歌《打开南窗》载于1992年9月出版的浙江《白鸟诗歌报》总第8期；诗歌《搓草绳的三爷》载于1992年11月24日出版的《风火墙诗报》第11期；诗歌《自由的目光》载于1992年4月出版的黑龙江《松花江诗报》第36期；诗歌《高歌于江湖之上》与《内设雅座》，载于1992年出版的《龙泉文学》总第5期；诗歌《搓草绳的三爷》《美丽的子夜》《辉煌的合流》《献给L的歌》均载于1992年5月出版的《湘北文艺》总第21期；1992年3月30日出版的《跋涉诗歌报》创作号重点推出了我的已经变成了铅字的27首诗歌：《我的渴望和着泪水流》《一个与甜蜜有关的意识》《请你当心》《一株植物与一棵枯树》《金秋是风景》《红月季》《沉甸甸的思念》《诗的诱惑》《澧水吟》《白色的情思》《醒了，橙的秘密》《台湾来信》《拉长的影子》《不知》《美人蕉》《枯枝梅》《夜来香》《万年青》《桃花》

《永恒的梦》《在没有路的地方》《柏树吟》《我相信梦》《历史的风景》《回忆萝卜》《春天在我的日记中》《突起的土地》；诗评《一本越读越舒服的散文诗集》载于1992年3月10日出版的《跋涉诗歌报》创作号；诗歌《冬夜的雷电》与诗评《诗人的心是永远年轻的》，载于1992年6月10日出版的《跋涉诗歌报》总第2期；诗歌《一张巨大的犁》与诗评《金色的阳光向我涌来》载于1992年9月10日出版的《跋涉诗歌报》总第3期；诗歌《生活》与散文《我的诗人梦》，载于1992年12月10日出版的《跋涉诗歌报》总第4期。

（五）作品获奖概况

1992年8月，诗歌《关于扁担的断想》在首届"泽林杯"新诗大奖赛中荣获优秀奖；诗歌《我走的这条路》在1992年中外文学艺术作品大展中荣获文学类优秀作品二等奖；诗歌《高歌于江湖之上》，在1992年首届"龙泉杯"诗歌大展中荣获二等奖。

1993年

一、工作概况

1993年上学期在张九台中学教初三（85班）的语文等，语文教案被评为优秀教案。1993年下学期在该校执教初一（107班）语文和初二（97班、99班）两班的历史，期终考试历史获年级组第一名。

二、创作概况

（一）加入有关社团参加活动概况

1993年元月加入中国当代文友协会；1993年4月10日被江南诗友书社聘为《中国青年新诗人诗选》编委；1993年5月15日加入湖南省硬笔书法家协会；1993年6月30日被江西《江南

诗报》编辑部聘为编委;1993年7月被安徽《民间》诗报聘为编委;1993年10月18日被聘为中国北京哲理诗刊社理事。

(二)编辑书报概况

主编了四期《跋涉诗歌报》;参编《红豆诗报》《南方诗报》《江南诗报》《民间》诗报;参编诗集《中国青年诗人诗选》等。

(三)作品入集概况

诗歌《伴萍而行》辑入1993年8月出版的《1993年中青年诗选》;散文诗《风》辑入诗文集《把世界搁在一边》,该书于1993年由新世纪出版社出版;诗歌《一群水牛顺江而下》入选获奖诗集《我们不相信上帝》,该书于1993年2月由香港艺术出版社出版。

(四)作品载于报刊概况

1993年,在《华北石油报》《华夏诗报》《石河子报》《水泥报》《中外诗星》等20家报刊发表诗文42件。其中,诗歌《好酒啊好酒》载于《燕山企业文化》1993年B卷;散文《我的诗人梦》载于1993年3月15日出版的《中外诗星》总第7辑;诗歌《徒步江岸》载于1993年出版的《铜仁报》第605期;诗歌《美人蕉》《突起的土地》载于1993年8月25日出版的《华夏诗报》总78期和总79期;诗歌《搓草绳的三爷》载于《华北石油报》第3119期《星河》文学副刊28期;诗歌《月夜》载于《哲理诗刊》1993年总第6期;诗歌《垂钓者》载于1993年7月6日出版的《石河子报》第1679期;诗歌《一个瓷杯》载于1993年5月14日出版的《石河子报》第1753期;诗歌《唯有一种飞翔飞得响亮》载于1993年6月2日出版的《石河子报》第1741期;诗歌《握锄的女人》载于1993年4月10日出版的《水泥报》总第122期;诗歌《打开和平路7号的美酒》载于1993年8月出版的《玉垒诗刊》总27、28合期;诗歌《心的哭泣》《致梅夫大师兄》《冷汗淋漓的梦》载于 1993 年 11 月 25 日出版的《朝阳花》总第 17 期；诗歌《这才是你明智的选择》载于 1993 年 4 月 5 日出版的《诗友联谊报》总第 22 期；诗歌《蓝色的抒情》载于 1993 年 3 月 25 日出版的《高原文学》第四期；诗歌《我顾及的意象只能是梅》载于 1993 年 6 月出版的《新世纪诗潮》；诗歌《流韵》《我渴望》《神奇的春天》载于 1993 年 6 月 30 日出版的《江南诗报》；诗歌《一张巨大的犁》载于 1993 年 12 月出版的云南《文苑》第 5 期；诗歌《这是祖先留给我们的》载于《作家诗人报》1993 年第 1 期；诗歌《晋州巨星与拔节的民间》载于 1993 年出版的《杜鹃诗魂》创刊号；诗歌《牛》与《虎》(《十二生肖》组诗选二) 载于 1993 年 10 月 5 日出版的《绿野》；诗歌《风情吟》载于《绿野》第 6 期；诗歌《热血吟》, 载于《江花》文学报新七期；诗歌《门窗咏叹调》载于《江花》文学报新十期；《标题诗实验室》一文载于《群众艺术》1993 年总 11 期；文学评论《相当瑰丽的春色》《诗一样的散文, 散文化了的诗》先后载于 1993 年出版的《跋涉诗歌报》总 5 期和总 6 期; 诗歌《我与春姑娘并肩而行》《金钱》《热血吟》《我歌唱刚正不阿的人们》《流韵》《神奇的春天》《我的代表作》《谁也不可否认》《今夜失眠何处》等先后载于 1993 年出版的《跋涉诗歌报》；诗歌《徒步江岸》载于 1993 年 2 月出版的《业余作者》总第 16 期。

（五）作品获奖概况

诗歌《搓草绳的三爷》在 1993 年"星河杯"抒情诗赛中被华北石油报社评为二等奖；诗歌《恳求嫦娥》于 1993 年 9 月 30 日在首届"野火杯"全国诗歌大奖赛中荣获优秀奖；诗歌《微笑着将痛苦放在星光之下》于 1993 年 10 月 1 日在第二届"新星杯"全国诗歌大奖赛中荣获探索诗特别奖；诗歌《这是祖先留给我们的》在 1993 年青春族超短诗大奖赛中荣获二等奖；诗歌《庄子》

在 1993 年第三届文友诗歌大奖赛中荣获一等奖；1993 年 9 月，硬笔书法作品荣获"芙蓉杯"硬笔书法艺术大赛二等奖。

1994年

一、工作概况

1994 年上学期在张九台中学教初一（107 班）的语文和初二（97 班、99 班）两个班的历史，期终考试历史获年级组第一名。1994 年下学期任年级组主任，主管初二；教初二（107 班）的语文，期终考试语文获年级组第一名。

二、创作概况

（一）加入有关社团参加活动概况

1994 年 1 月 1 日被聘为中国当代硬笔书法家协会湖南分会理事；1994 年 4 月 1 日被河北省省级刊物《袖珍文学》编辑部聘为特约编辑；1994 年 4 月被安徽《群众艺术》聘为特约编委；1994 年 4 月被聘为大型诗集《诗国星空》特约编审；1994 年 5 月被山东省冠县高新技术开发部聘为特约代理；1994 年 6 月 30 日被北京东方文艺社授予一级创作委员。

（二）编辑书报概况

主编了两期《跋涉诗歌报》和一期《蓝天艺术报》；参编《袖珍文学》《群众艺术》《民间》诗报等；编审大型诗集《诗国星空》部分稿件；参编《当代中青年诗人新诗选萃》。

（三）作品辑入合集概况

诗歌《你的思想》入选广东《红海湾诗潮》，该书于 1994 年 5 月由花城出版社出版；诗歌《借问桃花源的田翁》入选《1995 年金语诗历》，该书于 1994 年 10 月由天马图书有限公司出版；诗歌《这是祖先留给我们的》入选获奖诗集《灵魂的露珠》，该书于 1994 年 8 月由成都科技大学出版社出版;《序言》辑入诗集《高举和平》该书于 1994 年 12 月由群众文艺出版社出版。

(四)作品载于报刊概况

1.6 首诗歌载于省级报刊:诗歌《绿幽幽的豆子》(节选),载于《诗歌报月刊》1994 年第 5 期;诗歌《一棵诗的大树》,载于 1994 年 7 月 23 日出版的台湾《世界论坛报》第 2109 号;诗歌《我瞅了太阳一眼》《我注视着月儿的倩影》,载于 1994 年 8 月 14 日出版的中国台湾《世界论坛报》第 2131 号;诗歌《怀念凤凰》,载于 1994 年 8 月 5 日出版的安徽《审计导报》总第 210 期;诗歌《微笑着将痛苦放在星光之下》,载于 1994 年 6 月出版的湖南《金融大观》1994 年第 3 期。

2.18 首诗歌载于市级报刊:诗歌《蜘蛛》载于 1994 年 4 月 8 日出版的《关东周末特刊》总第 11 期;诗歌《你别无选择》,载于 1994 年 2 月出版的江西《新余报》第 2000 期;诗歌《我在雾中飞翔》,载于 1994 年 6 月 5 日出版的河北《诗友联谊报》总第 35、36 期;诗歌《十二生肖里的龙和牛》,载于 1994 年 7 月 15 日出版的广西《平果铝报》第 53 期;诗歌《在父亲睡成一座山以后》,载于 1994 年 7 月 8 日出版的贵州《水泥报》总第 152 期;诗歌《恳求嫦娥》《如雷的鸟声》,载于 1994 年 7 月 23 日出版的《水泥报》总第 153 期;诗歌《雨水》,载于安徽《诗人艺术家》总第 3、4 期合刊;诗歌《关于叶的断想》《心的哭泣》《月亮忍不住笑了》《献给 L 的歌》,载于 1994 年 11 月 1 日出版的《花季文苑》第 1 期;诗歌《月夜》,载于 1994 年 3 月出版的湖南《桃花源》杂志 1994 年第 1 期;组诗《中国象棋》,载安徽《民俗》总第 30 期。

3.44 件作品载于县级报刊:诗歌《龙》(《十二生肖·组诗选一》),载于 1994 年元月出版的广西南宁市《软工程》第一期;

诗歌《阿西阿西阿西》，载于 1994 年元月 18 日出版的《仙人掌诗报》总第 6 期；诗歌《粉红的遐思》载武汉市《助手综合报》第 2 期；诗歌《今晚失眠何处》载于 94 年 3 月出版的《科艺信息》第 49 期；书信《致萧瑶先生》载于 1994 年出版的《软工程》试刊号；诗歌《愿君一股脑儿饮光》，载于 1994 年出版的《雏鸟诗报》总第 1、2 期；诗歌《一片绿幽幽的豆子》载于 1994 年 2 月出版的《太阳河诗报》总第 6 期；组诗《十二生肖》，载于 1994 年 3 月 15 日出版的《中国校园诗报》总 12、13 期；诗歌《我不知道该怎样说》，载于 1994 年 4 月 17 日出版的《教育文化报》创刊号；诗歌《洗涤衣裳的诗人》载于 1994 年 4 月 25 日出版的北京《天地人诗报》总第 2 期；组诗《星星系列》载于 1994 年 6 月出版的安徽《民间》诗报第 3、4 期合刊；组诗《诗人们》载于 1994 年元月 10 日出版的《跋涉者如是说》、文艺随笔《纯客观的叙述》均载于 1994 年 7 月 10 日出版的《蓝天艺术报》总第 1 期；诗歌《表情空前的庄严》，载于 1994 年 9 月 28 日出版的陕西《地平线》第四期；组诗《中国象棋》，载于 1994 年 11 月 26 日出版的吉林《柔情文学报》试刊号；诗歌《感受着沸腾的音乐》，载于 1994 年元月 10 日出版的《天鹅湖》总 20、21 期。

（五）作品获奖概况

1994 年被《洋河诗报》编辑部评为最受欢迎的十位诗人之一；1994 年，被山西运城地区诗歌学会授予"1994 年中国民间桂冠诗人"荣誉称号；诗歌《一张巨大的犁》荣获 1994 年中国鲁迅奖；诗歌《蜘蛛》在《关东周末》编辑部举办的 1994 年全国抒情诗大赛中荣获二等奖；诗歌《借问桃花源的田翁》在首届"中华龙人杯"诗歌大赛中获佳作奖；1994 年 8 月，诗歌《怀念凤凰》在"跨世纪杯"全国诗歌大赛中荣获二等奖，此次大赛的颁奖单位是中华讯报社和审计导报社；1994 年 8 月 15 日，荣获中国首届"桃花源杯"中学生文学大奖赛组织奖;1994年4月29日,荣获1991至1992年文艺创作丰收奖,颁奖单位是安乡县文联;诗歌《门窗咏叹调》在首届"江花杯"全国诗歌邀请赛中被评为最高荣誉奖。

(六)艺术传略入典概况

艺术传略、相片、通联地址辑入《当代民间名人大辞典》第二卷。

(七)专题评论笔者其人其诗的诗文

李世俊先生在《佛光的诗景》一文中说:"80年代末,乔光福先生在教学之余,不做发财梦,专做诗人梦,并启用'佛光'这个蕴含禅机的笔名发表作品,且诗名远播海外。……我认为这是他'大智若愚'的表现。"(《佛光的诗景》一文辑入了散文集《深柳赋》,该集为李世俊先生所著,1994年10月出版。)

贵州青年诗人诗评家吴庆之先生在《跳出心田的龟裂》一文中说:几年来,那些空泛且淡如白水的东西,莫名其妙地充斥诗坛,一窝蜂地拥挤在诗歌的路上,莫不是想沾点缪斯女神的仙气吧?难怪许多诗人都发出"跳出心田的龟裂"之呐喊。湖南青年诗人《跋涉诗歌报》主编便是其中之一。他最先发出这种呐喊:"赤膊上阵/不遗余力/跳着带枷锁的原始舞蹈/跳出腿上的静脉血管的曲张/跳出心田的龟裂"!诗歌《跳出心田的龟裂》一文曾载于1994年元月10日出版的《跋涉诗歌报》总第9期。

河北青年诗评家舟舟先生在《风景这边独好》一文中说:"乔光福在现在的诗人中是能尖锐地凸现自己纯正深刻的诗歌信念的诗人。""随心所欲,才能达到无限的境界。""诗人乔光福便是在这种'随心所欲'的境界中为我们展现了心灵深处那一抹美丽、可人的风景。""诗人乔光福的诗歌总是构筑超然的比喻;语言纯净、透明,充满浓浓的情意。""读《诗人们》《搓草绳的三爷》《微笑着将痛苦放在星光之下》等作品，不由你不思索不感动。"《风景这边独好——浅谈乔光福的诗歌创作》一文曾载于1994年出版的安徽《江花》诗报新十四期。

1995年

一、工作概况

1995年上学期，在张九台中学任年级主任，主管二年级；教初二（107班）的语文，期终考试语文成绩获年级组第一名。下学期在该校任初三（105班）班主任，教初三（105班）的语文和初一（104班、106班）两个班的历史，期终被评为校级先进个人。

二、创作概况

（一）加入有关社团参加活动概况

1995年元月1日被香港银河出版社聘为特约编辑；1995年元月10日被湖南省硬笔书法家协会聘为副主席；1995年被黑龙江《雪国诗歌报》聘为编辑；1995年被吉林《柔情文学报》聘为编辑；1995年被聘为华北书画家协会理事。

（二）编辑书报概况

主编了《蓝天艺术报》总第2期。

（三）作品载于报刊概况

仅有10件作品载于8家报刊。其中诗歌《阿西阿西阿西》载于1995年10月26日出版的《特区卫生报》总第88期；诗歌《我只是一个香客》载于1995年8月5日出版的《上海烟机报》总第24期；硬笔书法作品《八字评》与《观雨》，载于1995年11月出版的黑龙江《艺苑》总第86期；诗歌《伴萍而行》载于1995年12月出版的《艺苑》总第87期；配画诗《侗族秋姑》

载于 1995 年 6 月 8 日出版的《文朋诗友通讯》总第 5 期；诗歌《我发现》载于 1995 年 5 月 24 日出版的《大地诗报》总第 1 期；诗歌《无题》载于 1995 年 6 月 22 日出版的《集报之友》总第 88 期；诗歌《灯之色彩变奏》载于 1995 年 8 月出版的《潺陵水》总第 2 期；诗评《注目〈跋涉〉寻找好诗》载于 1995 年 5 月出版的《蓝天艺术报》总第 2 期。

（四）作品获奖概况

1995 年，参加了由广东省化州市春风诗社举办的第 36 期海内外大征联竞赛。此次征联的出句是：

雅社振文风　陆港联吟　大地春风传雅韵；

我的对句是：

神州生巧匠　山河对咏　天涯巨匠谱神篇。

结局是荣获秀才奖。

1995 年诗歌《借问桃花源的田翁》，在"首届中华龙人杯诗大赛"中荣获佳作奖。

（五）专题评论笔者其人其诗的诗文

河南洛阳市著名诗评家黄昏先生在《星星幻想曲——读乔光福的组诗〈星星系列〉》一文中说："这种对生命价值的肯定和极写，使得这首小诗（指《银河》）变得深广和明净，有意无意放射出人性的光芒。……这既是对生命的追寻又是对宇宙观的沉思，它展现出一种纯真、美丽、高洁与明净的诗境。当然，这首诗最美最让人神往的地方还在于那种清脆的、让人敲打得出声音来的童稚上，但这种童真的流露却完全有别于顾城式的那种成熟后的工匠式的童稚，即以成人的方式模仿孩童的心态营造出来的一种情致。乔诗不仅自然流畅，而且空灵透明。我以为这是乔诗独立于诗坛应该肯定的东西。""乔诗的另一个特点是：语言非常的平易，而在这平易的语言中飘荡着一种难以言说的灵动。这种诗境正应了佛家的那句话：不立文字，别外教传。平易是最难做到的。佛家禅宗历来注重的便是这种平易与简单，因为，那是来自智慧之国的福音。""站在月亮上／你会惊奇地发现／这颗星星／音乐般地明亮"，"这是什么诗境？这只能用心去体悟，去感觉。这种诗境是无法用言语来道断的。……真诗真艺术你只能用心去体悟出，用真我去观照，方能体验到其中的所指和能指，妙而又妙，不可言说。"《星星幻想曲》一文是黄昏先生端坐于洛阳鸽子居在1994年4月25日凝神结想、一挥而就的。

1996年

一、工作概况

1996年上学期，在张九台中学任初三（105班）班主任，教初三（105班）的语文与初一（114班、116班）两个班的历史。下学期，在该校教初一（121班）的语文和初二（118班、119班）两个班的历史。1996年作文教学的成果仅举两例：乔木同学的诗歌《自信与奋斗》与乔梓同学的诗歌《手巾》均载于《扬帆文学》杂志1996年第3期。

1996年10月，我光荣地加入了中国共产党。

二、创作概况

（一）加入有关社团参加活动概况

1996年1月10日被《科艺信息》编辑部聘为999精短诗词大奖升级赛组评委员会委员；1996年6月，山东《齐鲁散文诗刊》与《散文诗天地报》总编桂建军先生聘请我担任友情编委；1996年河南《朋友通讯》总编魏歌德先生聘请我担任编委；安徽《诗家》总编魏歌德先生聘请我担任友情主编；1996年11月福建《今日诗刊》主编唐吉勇先生聘请我担任编委；1996年11月《潇湘文学沙龙》总编李红尘先生聘请我担任编委；1996年11月26日《诗航》主编万胜荣先生聘请我担任友情主编；上海《秋宇文学报》编辑部聘请我担任编委；广东《中国诗歌选萃》编辑部编辑聘请我担任编委。

（二）编辑书报概况

主编了《蓝天艺术报》总第3期；参编萧萧主编的《中国诗歌选萃》等，该书于1996年7月由花城出版社出版发行。

（三）作品辑入诗文集概况

书法作品《八字评》与《观雨》，载于重阳编著的诗文集《千里共婵娟》，该书于1996年9月由金陵书社出版公司出版；诗歌《顾万久》辑入山城诗人顾万久诗歌专集《凌霜傲雪》，该书于1996年由重庆市新闻出版局出版。

（四）作品载于报刊概况

1996年，我有29件作品载于11家报刊。其中诗歌《黑巴德啤酒世界的菊》，载于1996年4月11日出版的海南《特区卫生报》第111期；诗歌《水做的你》，载于1996年5月9日出版的海南《特区卫生报》第115期；诗歌《白色的情思》，载于1996年5月13日出版的海南《特区卫生报》第117期；散文《捉星星》，载于1996年8月22日出版的海南《特区卫生报》第130期；诗歌《庄子》，载于1996年10月10日出版的海南《特区卫生报》第137期；散文诗《五彩缤纷的人生》《雨后初晴》《跋青山涉绿水》，载于1996年11月4日出版的海南《特区卫生报》第142期；诗歌《垂钓者》，载于1996年12月12日出版的海南《特区卫生报》第146期；配画诗《圣洁的点缀——题国画〈大吉图〉》，载于1996年6月13日出版的海南《特区卫生报》第120期；散文诗《风花雪月》（四章），载于1996年12月出版的山东《散文诗天地报》；《蓝鸟梦飞》（长诗节选），载于1996年11月出版的江西《诗航》创刊号；组诗《屋顶上的诗人》《奔向忘我的天堂》，载于1996年9月11日出版的河北《建设报》总第74期；诗歌《猫耳洞》，载于1996年10月出版的湘大《猛犸诗报》创刊号；诗歌《如雷的鸟声》，载于1996年11月出版的《潇湘文学沙龙》复刊号；诗歌《姿色动人的扁石》，载于1996年10月出版的《安乡文艺》复刊号；书法评论《书中见奇，各有千秋》，载于1996年8月10日出版的四川中江《星星信息》第3、4期合刊；诗评《高境界的散文诗》《湘北诗话》《读诗随笔》《关于〈五四断想〉的断想》、软笔书法"战地黄花分外香"等，均载于1996年出版的《蓝天艺术报》总第3期。

（五）作品获奖概况

1996年3月18日，在广东化州市春风诗社编辑部举办的第37期海内外大征联竞赛中荣获举人奖；1996年9月18日，在春风诗社编辑部举办的第39期海内外大征联竞赛中荣获贡生奖。

（六）艺术传略入典概况

《乔光福先生艺术传略》入编《中国高级专业技术人才辞典》该书于1996年12月由中国人事出版社出版。

2003年

诗歌《最美丽的风景》，载于2003年出版的《芳草》杂志第3期。诗歌6首即《台湾来信》《美人蕉》《枯枝梅》《夜来香》《万年青》《在没有路的地方》，辑入天马图书有限公司出版的《安乡古今诗歌选》；诗人书简《致〈芳草〉主编的一封信》载于云南《芳草》杂志2003年第4期。

2004年

散文《几经沧桑的张九台》，载于2004年出版的《安乡文史》。

2005年

《〈陈云诞辰一百周年〉普通纪念币赏析》，载于2005年11月1日湖南省安乡县出版的《泉友》报总第6期。

2008年

诗歌《台湾来信》，载于2008年12月大众文艺出版社出版的《安乡这片厚土》；"信文节选"载于2008年8月文弘印务有限公司出版的《丝路花雨》；《乔光福诗选》于2008年由大众文艺出版社出版。

2009年

诗歌《收割初夏》载于2009年中国作家联盟会刊第11期。
诗歌《微笑着将痛苦放在星光之下》（外一首）载于2009年《网络诗选》。

2010年

诗歌《美人蕉》载于 2010 年《大诗无疆》网刊第 1 期。

2011年

诗歌《回首老屋》载于《诗中国网刊》第 1 期。

诗歌《猫耳洞》（外四首）载于《诗中国》创刊号，2011 年由瞭望出版社出版。

诗歌《我瞅了一眼》（外一首）载于 2011 年 5 月出版的香港《新文学》月刊第 15 期。

诗歌《一张巨大的犁》载于 2011 年 6 月出版的香港《新文学》月刊第 16 期。

小说《老天爷哭丧着脸》载于 2011 年 8 月出版的《大文豪》总第 4 期。

诗歌《微笑着将痛苦放在星光之下》（外一首）载于 2011 年 6 月出版的《长白风》杂志。

2011 年 12 月写于安乡县城关镇

附 录

我的妈妈

文/乔木

自我出世以来,妈妈不知给了我多少关怀,真是三天三夜也说不完啦!

有一天,爸爸带着妹妹到县城去了。晚上,我的肚子突然痛起来了。妈妈一边给我揉着肚子,一边轻言细语地安慰着我。可是到了半夜,我的肚子痛得更加厉害了。此时,妈妈一人摸着黑路从医院里请来了医生。医生给我看病后发了药,打了针。医生走后,我不知不觉地睡着了。当我醒来的时候,阳光早已穿过玻璃窗户射到了我的身上。妈妈端着一碗荷包蛋坐在我的床头,亲切地说道:"儿子,你饿坏了吧?快点趁热吃了吧!"望着妈妈那慈祥的面容,听着妈妈那亲切的话语,我在心中暗暗地说道:"世上只有妈妈好啊!"

妈妈不仅关心我的身体,而且还特别关心我的学习。

每天早上,我总是匆匆忙忙地去上学,不是忘记了戴红领巾,就是落下一本书什么的。为此,妈妈经常叮嘱我。有一次,贪睡的我起床迟了一点儿,便胡乱地扒了几口饭背着书包急三火四地赶到了学校。可是在上第一节课的时候,我翻遍了书包却没有发现语文书。正当我不知所措之际,妈妈拿着书来到了我们的教室,只见她气喘吁吁的。此时,我的心中一热:这真是雪中送炭啊!

妈妈对我的关心是无微不至的,三天三夜也说不完。一想起我的妈妈，我就觉得阳光真好、世界真美！

1996 年 9 月 26 日写于张九台中学

妈妈，我对您说

文/乔梓

一提到妈妈，我就会情不自禁地说：妈妈，我深深地爱着您！妈妈，我有好多好多的话要对您说呢！

一天，我们一家子正围在桌前吃饭，爸爸却突然说起了您的故事。爸爸说：1983 年曾祖母病倒在床，不吃不喝，肚子鼓得好大，来看她的人都说曾祖母不行了。可您却每天坚持给曾祖母端茶、端水，还把弄好的饭菜端到曾祖母眼前，一勺一勺地喂给她吃，尤其难得的是，您竟然还能够为曾祖母洗肠……经过您半年的精心照顾，曾祖母竟奇迹般地恢复了健康，一直活到 92 岁才寿终正寝。妈妈，您知道吗？当我听了爸爸讲的关于您的这个故事，我突然觉得您的形象在我眼里变得高大了。您的那种尊敬老人孝顺老人的美德在我心里留下了深刻的印象。

妈妈，每当谁有困难时，您总是伸出热情的双手去帮助他们。有一次，张九台中学的一位学生得了重病，需要到县人民医院手术治疗。但是，这个学生的家里贫穷拿不出钱来。于是，您便支持爸爸给这位学生赞助了三十元人民币。在学校里，我家是捐得最多的一个。

妈妈，您有一双"万能手"，我穿的毛衣都是您亲手给我织的。您的毛衣不仅合身，就连式样、花纹都别具一格。记得一回，我穿着您给我织的新毛衣,刚出门,便有几个人围上来,看看这儿,摸摸那儿,"啧啧"声不绝于耳。妈妈呀,您知道吗?我当时是多么高兴!我要让他们知道:我的妈妈有一双灵巧的万能手。

妈妈,我对您有一个小小的意见。我已经不是小孩子了,每当您要我做一件事情时,总是说了一遍又一遍。妈妈,我是一面好鼓,只要轻轻一敲,就会响的!您知道吗?

无情的岁月,在您的额头刻下了深深的皱纹。每当我看见您那消瘦的面庞,心里便会涌起一种又酸又痛的感觉。妈妈呀,您为我们含辛茹苦,我决不辜负您的殷切希望,我会以您最企望的丰厚礼物,回报您老人家的山海恩情!

致乔老师的一封信

文/黄道安

乔老师:

您好!

欣悉你又创办《蓝天》一报,可喜可贺可钦!

您在百忙之中于第1期《蓝天》报的空白处,给我留下了几行字,尽管只是短短的几句话,但却饱含着您对我这个老学生的一片关怀和祝福之情。所以,我视为一种最珍贵的东西,一种真挚恒久的师生之情。

弹指一挥间。去年寒假,我和王元珍、吴猛等同学特意去拜访您的情景仍历历在目、恍如昨日。在您的面前,在文学世界里,我犹如刚进学堂的小学生,用充满好奇的眼睛望着您,聆听您的美丽诗作。您吟诵、诠释《搓草绳的三爷》《微笑着将痛苦放在星光之下》和《恳求嫦娥》时的那种陶醉神态,那股投入劲儿仍记忆犹新。我时常窃想:大凡古今成名成家者,对事业肯定也会如您那样的如痴如醉和执着。

一个人在世,除了健身,还须不断洗心。涤荡心灵上的尘埃,如洗桑拿浴易使人上瘾一样,坐而听您论诗更是有滋有味。于是我们相约今年寒假择一良辰吉日再去拜访您,带我们进入神话般美妙的诗之王国。不知尊意如何?

乔老师,您在我的心目中,是一位两袖清风、一身正气的铁汉子,更是一位猛烈抨击流俗时弊、济世疗民的文学斗士和正义使者。衷心祝您的《跋涉诗歌报》跋千道山、涉万重水,直至绮丽壮美的诗之顶峰;衷心祝愿您的《蓝天》报像湛蓝的天空一样深邃和高远,给人们以启迪和思考。

乔老师,"每逢佳节倍思亲"。元旦即将来临,我在岳麓山下、湘江之滨遥祝您:

事业越来越兴旺发达!

报纸越办越大越好!

家庭幸福和美!

身体康健如昔!

乔木、乔梓学习进步!

永远尊敬您的学生:黄道安
1994年12月23日

写在后面的话

我给许多人的印象是：喜欢独处，喜欢沉思默想。我不得不承认：我学会了孤独。不知道谁说过这样一句话：孤独也是一种美！

我喜欢看书，喜欢写东西。坦率地讲，当我一个人坐在房子里的时候，钻研教材的时候多，批改作业的时候多。其实，我写的东西并不多。就诗歌而言，写了三十余年，充其量不过五百余首。我比较满意的诗歌就那么五十来首。我感到最满意的诗歌还没有写出来。就小说而言，几乎没有顾及，一篇题为《老天爷哭丧着脸》的东西算我唯一的小说。就议论义、说明文、散文而言，我写的比较多，但是也没有几篇像模像样的东西。

我经常讲：不写点东西的语文老师不是一位好的语文老师。我说这句话的意图很明显：不是为了指责他人，而是为了鞭策自己！今天，为了证明自己是一位语文老师，为了证明自己到人间走了一趟，我决定将我写的论说文、散文、散文诗、小说等辑录在一本册子里。

最后，让我怀着虔诚的心情，对为我出书而呕心沥血的编辑们表示衷心的感谢！

2011 年 12 月 31 日

乔光福诗文选

QIAOGUANGFU SHIWENXUAN

乔光福 / 著

上

哈尔滨出版社
HARBIN PUBLISHING HOUSE

图书在版编目（CIP）数据

乔光福诗文选．上 / 乔光福著．— 哈尔滨：哈尔滨出版社，2021.12
ISBN 978-7-5484-6267-5

Ⅰ．①乔… Ⅱ．①乔… Ⅲ．①中国文学－当代文学－作品综合集 Ⅳ．① I217.2

中国版本图书馆CIP数据核字（2021）第180435号

书　　名：乔光福诗文选．上
　　　　　QIAOGUANGFU SHIWENXUAN．SHANG

作　　者：乔光福　著
责任编辑：韩伟锋
责任审校：李　战
封面设计：树上微出版

出版发行：哈尔滨出版社（Harbin Publishing House）
社　　址：哈尔滨市香坊区泰山路82-9号　　邮编：150090
经　　销：全国新华书店
印　　刷：武汉市籍缘印刷厂
网　　址：www.hrbcbs.com
E-mail：hrbcbs@yeah.net
编辑版权热线：（0451）87900271　87900272
销售热线：（0451）87900202　87900203

开　　本：880mm×1230mm　　1/32　　印张：14　　字数：276千字
版　　次：2021年12月第1版
印　　次：2021年12月第1次印刷
书　　号：ISBN 978-7-5484-6267-5
定　　价：88.00元（全两册）

凡购本社图书发现印装错误，请与本社印制部联系调换。
服务热线：（0451）87900279

作者手迹《一个瓷杯》

一个瓷杯

这是一个上了年纪的瓷杯
这是我的母亲的母亲
给她出嫁女儿的馈赠
我的母亲用这古色古香的瓷杯饮茶
可以清心
我的母亲用这个巧玲珑的瓷杯
给她怎么看也看不厌的宝贝喂粥
可以清心

可我年轻得像花的母亲
将可以清心的瓷杯
连同两岁的心肝
交给我的父亲
跟着病魔
到那边过清心的日子去了

自此我苦命的父亲
在用这瓷杯饮茶漱口的日子里

在饱含温柔的锋利目光里
流淌出不尽的题念
流淌出一天天长大的希望

我的父亲临终前
还动情地抚摸着这个瓷杯
似乎在捕捉
那遥远的温馨
似乎在告慰
那在天的幽灵

毫无疑问
当我用眼光
轻抚这个瓷杯的时候
就会诗清如水
就会歌平如镜

1991年3月13日写于安乡豁远楼

为爸爸的《诗选》写序

文/乔梓

  岁月如梭。转眼间，我与哥哥都已长大成人，而爸爸也已年过半百。他面庞上的那些被时光雕琢出来的皱纹也愈发显得深刻。从出生至今，我似乎未曾为爸爸做过什么。今天，我很高兴能为爸爸的《诗选》写这篇序，因为我终于可以为爸爸做点什么了。可是担忧的是我已有三四年没有好好写过什么文章，不知道自己是否写得好。怕到时候放在爸爸的诗集前，我太过平庸的文字有辱爸爸那绝妙的文字啊！

  若是有人问我：请你说说你爸爸写的诗歌如何？这我还真不知该怎么回答。爸爸写了那么多的诗文，很让我感到惭愧的是，我能够了解的却不多，更别说去评价了。我只知道爸爸在各种各样的报纸杂志上发表了几百篇诗文，获得了很多的荣誉证书，被辑录到百多家"名人名家辞典"……只知道很多作家诗人都对我爸爸的诗文极尽赞美之情。许多人慕名写信而来，请求爸爸给予指点一二。许多年前爸爸主编的《跋涉诗歌报》与《蓝天艺术报》，为安乡县的诗歌界注入了不少生机。我还清晰地记得，在爸爸为了我和哥哥将报纸停办了几年之后，仍然不断有人寄信投稿过来请求评阅发表。我想这也是对我爸爸办的这份报纸的一种肯定吧！

  爸爸是一名优秀的人民教师，从十七岁开始就奋斗在教育战线上，兢兢业业，几十年如一日。如果不是因为那一场突如其来的中风，或许父亲现在还站在那三尺讲台之上……爸爸除了挚爱诗歌以外，还热爱书法，是湖南省硬笔书法家协会副主席。爸爸还是个收藏爱好者。他收藏的种类比较多，譬如说钱币、邮票、烟标、实寄封、诗友签赠的诗集等，其中颇有研究的有现代钱币等。

记得我四岁时，家里卖掉了农村里的房子，我们一家子便搬到了中学教职工宿舍。那时候住宿条件差，我们家换了几处住的地方，条件都很恶劣。譬如说有间屋子是外面下大雨屋里头就下小雨。可爸爸似乎很浪漫，还分别给他们起了很有诗意的名字：莫愁阁、豁达楼、咚咚间、紫云洞、滴水洞、听风楼、读雨阁……即使在这样艰苦的条件下，爸爸还保持着这样乐观的心态。这些也许是缘于爸爸那多灾多难的童年、少年和青年：爸爸两岁丧母，历尽无数艰难坎坷，通过自身坚持不懈的努力追求，才取得了今天的这些成就。一位伟人曾经说过："苦难能造就人才。"我想我的爸爸就是一个活生生的例子。

爸爸不仅在诗文方面硕果累累，而且在教育子女这一方面也是尽职尽责的。爸爸曾说过一句话让我想了许久。爸爸说："幺儿，你和哥哥是我们生命的延续。"这句话好让我感动！想当初，爸爸为了我和哥哥，狠下心放弃了他的文学事业潜心教育我们，付出的太多太多！

记得小时候经常坐在爸爸的自行车前，爸爸总是用他的下巴轻轻敲打着我的脑袋，我就直缩着脖子呵呵大笑；记得爸爸好几次带着我和哥哥去溜冰场让我们尽情地玩耍，看着我们跌倒又爬起，他却站在一旁大笑着；记得有一次爸爸说起我在水池边玩耍溺水而差点丢命的情景：那一天从早上开始他就魂不守舍、坐立不安，不停地跑到校门口张望，总觉得会出点什么事。后来，他果真看见妈妈将两岁多的我从老家抱到了中学校门口；记得小时候在玩耍时我一个趔趄腿跪在锄头刀刃上，因为没有及时送到医院缝合伤口而留下终身的疤痕，后来妈妈告诉我爸爸因此而难过得几次落下泪水……

有人说父爱如山,那是默默无言的爱;有人说父亲是一部书,读一生也读不完摸不透。

我仍然深刻地记得爸爸为我写的诗:"那浮光跃金的地方／我们莫测高深／还得三思而后行呀";"这是一条充满了坎坷和荆棘的路／这是一条洒满了阳光与鲜花的路"。我知道,这是爸爸用诗的语言,语重心长地教育我走好人生之路!

爸爸一直有一个心愿。那就是将他这大半辈子呕心沥血的所有作品归类整理之后汇集在一起出版成诗文集,能让聪明的子孙后代传阅领悟。今天,这件事终于被提上日程。我的心里是既感激又愧疚。感激的是生明大哥的慷慨解囊,提前帮爸爸完成这个心愿。愧疚的是这本应该是我和哥哥为爸爸完成的心愿啊,只可惜现在我与哥哥能力都还浅。我们日后一定要报答生明大哥的恩情!

我相信这本诗集出来之后不会像那些冠以诗歌称谓的一堆语言垃圾一样昙花一现。我想,只要是真正懂得诗歌的人,就一定会发现爸爸这些作品的价值!

人人都说一位成功的男人背后都有一位伟大的女性。毋庸置疑,爸爸成功的背后也有一位这样的女性——这便是我亲爱的妈妈。贤淑、温柔、勤劳、善良,凡是女性具备的优秀品质,毫不夸张地说我的妈妈都具备了。妈妈站在爸爸身后,为了我们默默无闻地辛勤劳作了二十多年啊!轰轰烈烈是一辈子,平平庸庸也是一辈子。尽管我还太年轻,我想不管怎样,开心最重要;要做让自己开心的事。我想爸爸现在也应该是开心的,尽管现在还有很多不如意,但是爸爸多年以来的一个心愿就要实现了!

我一直坚信:生活会越来越好的!那些美丽的梦想都会逐一实现!爸爸写过一首诗歌叫作《我相信梦》,写得很美很深刻。

我就借这首诗歌来结束这篇文章吧,并送给所有有着美丽梦想的朋友——

  我相信梦

  梦是工作了一天的太阳

  在大海沐浴

  水淋淋

  鲜活活

  充满生机

  ……

2008 年 3 月 7 日写于长沙

佛光的诗景

文/李世俊

在 20 世纪 60 年代的记事本里,我剪贴了柯勒里治给"诗"下的定义:"诗歌,这就是热情加纪律。"

这个关于诗的定义,我认为比较实际,又容易理解。诗人就是用热情感染别人的,往往几扇子就把感情扇成了火焰;诗又是讲求"纪律"的,不管何种形式的诗歌,都得讲求音律,讲究形式上的美观。多年来,我就用这个定义去套我的写诗的朋友,套来套去,就把这个定义套到了乔光福先生(笔名佛光)的头上,而且每回得到验证的时候,我就独自得意好久。

我牢牢记住"乔光福"这个名字,是在 80 年代初一次县文代会上。会议分组讨论时,文学组的人挤在一间小房里,像一锅"夹生饭"要熟不熟的,气氛自然谈不上热烈。乔光福先生扫视了众人一眼,便开始了热情澎湃的发言,每提到一个作者的名字,就用诗的语言致上一段"颂词",煽得文学组个个作者喜笑颜开,结果把这锅"夹生饭"煮得满屋生香。乔先生的热情也感染了我,激励了我。以后,我们之间的交往逐步多了起来。他同我都住在澧水河边,同饮一河水,同做文学梦,同系"武陵军"。

80 年代末,乔光福先生教学之余,不做发财梦,专做"诗人梦",并启用"佛光"这个蕴含禅机的笔名发表诗作,且诗名远播海外。他在《我的诗人梦》一文里就有率真的表白:"有诗的时刻,是我活得最实在的时刻;有诗的时刻,是我活得最惬意的时刻;而且,有诗的时刻,也是我的生命最辉煌的时刻。"这就是他追求的人生风景。我认为这正是他"大智若愚"表现。爱诗的人生就是美丽的人生。我国诗坛泰斗艾青就很赞赏美学家朱光潜的话："文学到了最高境界都必定是诗。"我不揣冒昧,斗胆还想添上一句:生活到了最高境界也必定是诗。

改革的春水散漫开来的时候,我看见乔先生拿了一把掘诗的锄头、不分昼夜地采掘,于是就有了炼意炼句诸佳的《台湾来信》,有了《搓草绳的三爷》《回忆萝卜》等获奖之作。有了在文朋诗友之间为之传诵的闪光之作,作为他的文友,我打心眼里为之叫好。

乔光福先生写诗,写诗评,还办诗报,可谓"一石三鸟",好评如潮。他在偏僻的洞庭水乡建起"诗的雷达站"《跋涉诗歌报》,继之又创办《蓝天艺术报》,用诗的天线接通四面八方;用言必信,信必果的真诚引来众多百灵和再生凤凰。正因为如此,诗之原野便显得更加翠绿了!

1994 年 5 月 24 日

(李世俊,湖南省作家协会会员,著有散文集《江南随笔》《深柳赋》、故事集《猎奇俱乐部》、历史故事集《诗的星空》、长篇历史小说《苏东坡传奇》等。《佛光的诗景》一文已被收入散文集《深柳赋》。)

我为爸爸画像

文/乔木

我的爸爸总是喜欢留着披发。他的整个面容给人的感觉是:既威严,又慈祥。

我的爸爸爱好文学创作,已在100余家报刊上发表过300余件作品。他的笔名也很多,如向东流、寒江雪、梅夫、拳头、蓝鸟、佛光等。他还自费办了一份小报。迄今为止,已出版了14期,发行了3万余份。他的文朋诗友在给他的来信中都称他为作家和诗人。作为他的儿子和学生的我,为此感到十分自豪!

我的爸爸是个普普通通的中学教师,为了培养我们这些祖国的花朵,不知付出了多少心血。白天,他要给同学们上课;晚上,大家都睡了,可他却还要备课、批改作业。他的这种无私奉献的精神,的确值得我们学习!

我的爸爸戒烟还真有一套办法呢!戒烟之前,他每天至少要抽两包劣质香烟。宣布戒烟后,他的衣袋里总是装满了瓜子或糖果之类。爸爸戒烟已经接近两个月了。我在心中暗暗地说:老爸,坚持坚持再坚持,坚持就是胜利!

我的爸爸喜欢喝酒。他一端酒杯呀,话就多了起来。有的时候,他醉得东倒西歪。每逢此时,他总是重复着一句话:"人生难得几次醉!"对此,我的看法是酒也许是个好东西,可以喝点养身酒,但千万不能过量。

我的爸爸呀,就是这样一个人!

1997年4月28日写于张九台中学

我的诗人梦

从 1980 年的春天开始,我就做起了一个与李白有关的梦。李白,是大诗人;我的梦很天真,也想做大诗人。

我的梦,好长好长,一直延续到现在。现在,我已经三十七岁了。可我,仍然不是什么大诗人,即使连小有名气的诗人也谈不上。悲观吗?不!这一辈子,我打定主意与诗泡上了。即使不能成功,也要给后来者留下一点儿失败的教训;即使死,也要死在诗的较高一级的台阶上。是的。人是要有一点儿精神的,做一个一辈子写诗的人也是其乐无穷的!

写诗,确实其乐无穷。我发现,有诗的时刻,是我活得最实在的时刻;有诗的时刻,是我活得最惬意的时刻;而且,有诗的时刻,也是我的生命最辉煌的时刻。因为,在这个时刻,人生的酸甜苦辣均化为了人生的诗。

与诗确实结下了不解之缘的我,一直在深思着这样一个问题:诗,究竟是什么?久而久之,我形成了如下一些认识——

诗,不会是形容词的堆砌,只能是语言的精华。我深信这传统的诗观永远不会过时。在与现代诗时,我很少放肆笔墨,而是苦心地选词炼句,"语不惊人死不休"。诗的语言,一要精炼、二要潇洒。这也是我的追求。

诗,不会是患了情感贫血症的美女,只能是有泪不轻弹的大丈夫。有些当代诗,意象的虹彩闪烁丝毫掩饰不住作者思想和情感的严重贫血,我对这样的诗一点儿也不感兴趣。让这些伪诗见鬼去吧!我非常相信这样的诗观:诗是情感的结晶体,白天黑夜,都会闪闪发光。

写诗，需要灵感。灵感极怪，稍纵即逝。我的灵感，蓝幽幽的，常在子夜冒出。切莫勿失良机，赶快提起笔来。于是，一星儿灵感借助表意的文字构成了意象框架。剩下来的事情并不轻松：或粉刷或油漆。当自我感觉良好的时候，一首贴上"我"的商标的诗也就诞生了。

总的来说，长期的诗歌创作实践，使我认识到：作为诗，作为感官和心灵的陶醉剂的诗一定要有独创性，而这独创性又不能不建立在灵感和情感的基础上。

写到这里，不知怎的，一股内疚的情绪油然而生。长期做着诗人梦的我，仅有百余件作品散见于数十种报刊中。不过，聊以自慰的是，这几行淡淡的墨迹毕竟证明我曾经以人的姿态奋斗过。是的，只要奋斗，岁月就会是欢乐的海洋；只要奋斗，人生就不会是毫无意义的死水。

是的，我在奋斗，我在为我的理想而奋斗。说句实在话，奋斗着的我，一直沐浴着星光和雨露。我永远也忘不了那些给我以鞭策、给我以提携的人。

阿红先生就是其中的一个。他在我这个无名小卒的面前没有半点诗人兼诗评家的架子。就最近两年来说，他给我先后来信赐教就达七次之多。他给我寄来他的名片和照片，并且赠言："诗的人生，人生的诗。"在一次给我的惠书中，他说："我们是朋友，永远是！"这温馨的文字，如同三月的阳春，暖透了我的灵魂。

肖汉初先生的音容笑貌留给我极深的印象。坦率地说，他给我的题词常常在我的脑海里浮现："文学之树常青。诗人的心是永远年轻的！"

李世俊先生具有一颗热情而善良的心。一提起他，我就觉得阳光真好、世界真美。此时，我仿佛听见他在不紧不慢地说道："在没有路的地方开掘！"

还有，我一想起于沙先生、彭其芳先生……内心深处就会涌起一种甜蜜的感觉。

是的，回忆着是美丽的！

梦中的天空有时好大好晴朗／梦中的生活有时好甜好芬芳"。我的诗人梦，毫无疑问，会一直做到与李白握手的时候为止。

止笔之时，谨向诗仙李白以及所有献身于诗歌艺术的人们，敬礼！

1990 年 12 月 31 日写于安乡莫愁阁

注：此文原载《跋涉诗歌报》1992 年第 4 期；1993 年被国家级的诗刊《中外诗星》所转载。

目 录

第一辑　回首老屋

回忆萝卜 3

一棵青春树 6

今晚失眠何处 7

回首老屋 8

一群水牛顺江而下 9

收割初夏 12

拜谒陨石山 13

心的哭泣 14

白色的情思 15

在父亲睡成一座山以后 16

一个瓷杯 18

搓草绳的三爷 19

渴望 22

台湾来信 23

握锄的女人 24

乔木—我的孩子 26

乔梓—我的女儿 26

美人蕉 28

桃花 29

夜来香 30

红月季 31

· I ·

枯枝梅	31
我顾及的意象只能是梅	32
万年青	33
湘莲	34
拉长的影子	34
一个与甜蜜有关的意识	35
微笑着将痛苦放在星光之下	36
江南儿女的头上	39
姿色动人的扁石	41
徒步江岸	42

第二辑　我相信梦

在没有路的地方	47
我走的这一条路	47
不知	48
我不知道该怎样说	49
唯有一种飞翔飞得响亮	50
诗的诱惑	56
诗的功能	57
有人想浪漫一番	57
彩虹	58
美丽的子夜	58
灯之色彩变奏	59
前方	60
猫耳洞	61

金秋是风景	62
美景喜煞人	63
自由的目光	64
打开南窗	65
月亮的泪水	66
庄子	67
垂钓者	68
你别无选择	71
我相信梦	72
屋顶上的诗人（组诗）	73
感受着沸腾的音乐	74
这才是你明智的选择	75
愿君一股脑儿饮光	76
一棵诗的大树	77

第三辑　门窗咏叹调

寻觅知音（组诗）	81
人生进行曲（组诗）	82
粉红的遐思	85
飘逸的诗篇	86
不想公开的日记	86
如果	87
你的笑声	87
沉甸甸的思念	88
娴静的月夜	89

历史的风景 90
恳求嫦娥 91
永恒的梦 92
奔向忘我的天堂 93
醒了,橙的秘密 94
门窗咏叹调 95
阿西·阿西·阿西(组诗) 96
伴萍而行 98
蓝鸟梦飞(组诗) 100
致 MX 女士 106
并非为所有男女画像 107

第四辑 壮观的冲浪

热血吟 113
昙花吟 114
柏树吟 114
我渴望 115
洗衣的男人 115
我在雾中飞翔 117
我依然向前 118
我歌唱刚正不阿的人们 119
男子汉 119
如雷的鸟声 120
生活 121
高歌于江湖之上 122
内设雅座 123

表情空前的庄严	124
壮观的冲浪	125
考场写实	125

第五辑　十二生肖

神奇的春天	129
我与春姑娘并肩而行	130
二十四节气（组诗选二）	131
冬夜的雷电	132
最美丽的风景	133
圣洁的点缀	134
侗族秋姑	135
告诉我	136
灯芯	136
点火王	137
星星系列（组诗）	137
中国象棋（组诗）	143
十二生肖（组诗）	144
澧水吟	152
我似乎偶然发现	153
拔地而起的码头	154
关于扁担的断想	155
一张巨大的犁	157
怀念颜昌颐	158
借问桃花源的田翁	160

第六辑　请你当心

流韵 165
谁也不可否认 165
月亮忍不住笑了 168
冷汗淋漓的梦 168
缠绕 169
姜太公新传 170
好酒啊好酒（组诗） 171
由一本书展开的联想 172
关于叶的断想 172
这是祖先留给我们的 173
绿油油的豆子 174
蜘蛛 175
鹅卵石 176
请你当心 176
怀念凤凰 177

第七辑　辉煌的合流

蓝色的抒情 181
诗人们（组诗） 182
颂诗三帖（组诗） 185
一尊货真价实的佛 186
晋州巨星与拔节的民间 187
劝君打开和平路7号的美酒 188
射门不是我的最终目的 189
辉煌的合流 190

风情吟	191
致梅夫大诗兄	192
酒是好酒　情是豪情	193
题梦飞儿玉照	194
水做的你	194
献给刘学灼先生的歌	195
我发现	196
致陈绍东先生	196
我沉默了一个世纪	197
梭子	198

第八辑　风花雪月

有感而发、自然流露的诗	201
收到乔光福老师的诗集	203
今收到《乔光福诗选》	205
在心灵深处漫步	206

附　录

斜对面的山头	211
赠乔老师	211
致诗人乔光福	212
诗人乔光福站在桥上	213
乡村田园	213
梅骨	214

后记	216

第一辑 回首老屋

风雨交加的时候
老屋拥我的西施于怀
拥我的爱子娇女于怀
戛然而立

回忆萝卜

往事如萝卜般清晰
很肥很肥的棉衣
傻乎乎地穿在我童年的身上
寒冬令紫芽姜似的手
将口袋插成无底洞
这很好很好

贫血的太阳流露出缺乏营养的目光
七岁的我像觅食的麻雀
在很瘦很瘦的田野
干着偷偷摸摸的勾当
要知道凡是绿光闪烁的地方
就有一个算盘珠似的萝卜呢
我一次又一次地避开饥饿的目光
将人参似的东西
装入我的无底洞

于是　于是在一片死寂的茅棚中
冒出了缕缕不平凡的炊烟
可是在拥有萝卜的时刻
不知道祖母为什么会泪水盈眶……

寻觅萝卜的日子

像一笔财富

使我懂得了

阳光、粮食以及诗歌的滋味

1991年4月13日写于亿中村

附录：《回忆萝卜》诗评

心酸也幸福的萝卜
——读乔光福老师的《回忆萝卜》

文/云朵儿

在那个衣不遮体、食不果腹的年代，往事历历在目如萝卜般清晰，虽艰辛，过程却幸福着……

"很肥很肥的棉衣／傻乎乎地穿在我童年的身上／寒冬令紫芽姜似的手／将口袋插成无底洞／这很好很好"。

冬天里的风吹着口哨漫天遍野地横行，一个小男孩想跳跃但还是踯躅而行，本来那没有贴身衣服而罩在身上的棉袄就肥大，因他的瘦弱更是肥大了。不知是棉袄做得太肥大不合体，还是棉袄本该如此大小是他太瘦弱而显得袄肥大，但让人看起来的感觉显得那男孩傻乎乎的，有些滑稽，有些诙谐。寒冬把小男孩的手冻成了紫芽姜样（再形象不过的比喻），小男孩本能地将那紫芽姜插进了大大的口袋，感觉也是很好很好的，满温暖满温暖的样子。

"贫血的太阳流露出缺乏营养的目光／七岁的我像觅食的麻雀／在很瘦很瘦的田野／干着偷偷摸摸的勾当／要知道凡是绿光闪烁的地方／就有一个算盘珠似的萝卜呢／我一次又一次地避开

饥饿的目光／将人参似的东西／装入我的无底洞"。饥饿的小男孩，看太阳也是缺乏营养的，那光线不是鲜亮的，不是跳跃的，而是拖着有气无力的光。那田野呢，也是瘦弱的，贫瘠的土地上已收过种植的萝卜，想想那"残渣剩羹"更是荒凉得没得说。小男孩如同麻雀般觅食，这边看看，那边瞧瞧，又像极了小偷偷东西时的模样——东张西望。那如算盘珠一样的萝卜，一样闪着绿绿的光，那光点是少年的兴奋剂，他会为她而雀跃而欢呼："我又找到一个萝卜！我又找到一个萝卜了！！"由于饥饿，那小小的萝卜很是有诱惑力的，小男孩的口腔里很自觉地分泌了唾液，眼睛滴溜溜地盯住萝卜不放，几次那小萝卜眼看就成了口中之物，然而，那个举手放手的动作演练了几次就凝固在那里了："奶奶还在家挨饿呢！回家和奶奶一块去吃这小人参。"唾液被机械地咽了回去，小是那萝卜宝贝被装进小男孩的无底洞口袋。小男孩还一如来时饥肠辘辘，但他是一蹦三跳地回家的，他眯起眼睛看看太阳，好像太阳也跟着他高兴得鲜亮起来，他甚至有些感激这阳光这田野了。

"于是　于是在一片死寂的茅棚中／冒出了缕缕不平凡的炊烟／可是在拥有萝卜的时刻／不知道祖母为什么会泪水盈眶"。贫穷的日子也少有欢声笑语，茅草棚是寂静的。小男孩如铜铃般地喊道："奶奶，我又拣到萝卜了！"慈爱的奶奶也被小男孩的快乐渲染了，祖孙俩很是喜悦地从那无底洞里将那小人参掏出，奶奶看着懂事而瘦弱的孙子，既爱怜又安慰，不自觉地留下心酸而又欣慰的泪滴……不管怎样，那茅棚里冒出的炊烟总是暖暖的，想着很快就要和奶奶一起享用小人参了，小男孩不自觉地又咽了口唾液。

"寻觅萝卜的日子／像一笔财富／使我懂得了／阳光、粮食以及诗歌的滋味"。小男孩寻觅萝卜是因饥饿无奈的行为，寻着萝卜从心底油然而生了快乐,艰难使小男孩早早地就懂得了亲人的相亲相依。那个瘦弱的小男孩嚼萝卜时嚼出了诗的味道……

  乔光福老师的诗平白地铺来,没有任何修辞和装饰,干练利落,看似简单,读后却如黑白电影一样清晰地一幕幕再现:那太阳、田野、人都很瘦弱的年代,一懂事的七岁小男孩与慈爱的奶奶相依为命,饥饿、无奈、挣扎,而又享受着有了算盘珠样萝卜的快乐,心酸着而又幸福着,那个透着苍凉的过程也有了诗的荧光……

2009 年 12 月 30 日

一棵青春树

一位狠心的妈妈
扔下一棵才破土而出的幼苗
永远地去了
一位慈眉善目的黄昏星
望望那山
看看这苗
禁不住用手背揩了揩
一揩就是一手的悲哀
将失落的爱拾回
用黄天湖的乳汁
悉心地灌溉
斗转星移

长成一棵玲珑树

一阵火热的狂风
恣肆地刮来了
这棵树在暴风骤雨中飘摇
一群自身难保的护林人
咒咒那风
看看这树
禁不住用手掌扪了扪
一扪就扪出了灵魂的苏醒
将失落的美拾回
用长江的乳汁
悉心地灌溉
斗转星移
长成一棵青春树

1988年12月29日

今晚失眠何处

今晚大风骤起,担心油毛毡"直上重霄九",烦极了!

杨柳呜咽,
恨朔风烈,
不见星月。

有人睡意全无，
揪心时怎会安歇？
举笔饱含泪水，
屋等同虚设。
想座座房子巍然，
情人呢喃心儿热。
家人与我皆失魄，
得忍受油毡跳舞节！
今晚失眠何处？
教学楼冰冷似铁。
念我娇儿，
不曾体会父辈沥血。
便纵有万般忧愁，
只能纸上泻！

1985 年 5 月 15 日写于张九台中学

注：诗歌《今晚失眠何处》原载于 1994 年 3 月出版的《科艺信息》第 49 期。

回首老屋

老屋的打扮很朴素
如同祖母栽下的那棵枣树

老屋的语言极有特色
宁静而又温馨

老屋的土地很肥沃
盛产庄稼和爱情

风雨交加的时候
老屋拥我的西施于怀
拥我的爱子娇女于怀
戛然而立

如今走出老屋
我不能不频频回首

大恩大德的老屋啊
楚楚动人的老屋啊

1992年4月24日写于安乡紫云洞

一群水牛顺江而下

在一个阳光很好的上午
我的目光与一群水牛顺江而下
而后栖息在神秘的芦苇深处

水牛的一生

系在水乡

肩上的轭头

闪烁着泥土的光芒

每当我的农民兄弟

抚摸着手中的粮食

总是格外殷勤地照料着

古时被用作祭祀神灵的"牺牲"

那个放牛出身的伟人

曾经在他的著作中写道

牛是农民的宝贝

瞧他写得何等内行又是何等动情

在一个阳光很好的上午

一群水牛顺江而下

生动地卧于我的诗歌

用反刍的方式消化着生活

1992年4月18日写于安乡紫云洞

附录：《一群水牛顺江而下》等诗评

反刍的走向
——读诗人乔光福诗歌有感
文/梅 子

一种叫作萝卜的食品
连同一些青涩的甘苦
以及一串轻灵的呼吸
就决定了反刍的走向

当瓷杯盛满沉重的措辞
手中的这支笔
就枯枝梅般坚硬成骨头
在你唯一顾及的意象中
我看见了语言的花蕾

你怀揣缪斯的梦想
随着一群水牛顺河而下
注定是 场深刻的跋涉
脚下流星般的浪花飞溅
滋润着龟裂干瘪的堤岸

就在一段置顶的河流
我俯拾一块沉淀的河石

清晰地烙着滚烫的文字
青苔般布满青春的戳记

我在迢遥如瀑的落差间
看见你正以反刍的方式
　咀嚼着阳光、粮食
　以及诗歌的滋味

2011 年 3 月 24 日

收割初夏

　　古铜色的脊梁
　　在初夏的水乡
　弯成一轮锋利的新月
　　折射出泥土的光芒

　　　成熟的油菜
　在很有力度的阔手的
　　　指挥之下
　发出岁月的断裂之声
　音符般地拥抱在一起

　　　与此同时
　一行又一行的新绿
　　　泛着微笑

于是由油脂与白棉
　　组成的旋律
　在庄稼人的明眸中
　　　流淌

　古铜色的脊梁
　在风平浪静的水乡
弯成一轮湿漉漉的太阳
　放射出生命的光芒

　　1992 年 5 月 11 日写于安乡紫云洞

拜谒陨石山

　黄昏的脚步
　托着我的思念
　去沉痛地拜谒
　那座陨石山

　流星啊
您画了一道美丽的弧线
　终止在二十二光年
　　可悲可叹

　归来
落泪的天空

将我的心儿
淋湿了一片

1989 年元月 2 日

心的哭泣

您的病历
清清楚楚地
写在脸上
您的身子
却只能躺在
自家的床上

并非您的儿子
冷酷无情啊

谁不知道
您的儿子的职业
并非富裕的代名词
况且 纵然有百万金银
也只能是无济于事

我的苦命的父亲啊
您刚才喝橘汁的微弱声音

飞入您的儿子的耳膜
变成了我
心的哭泣
变成了我
心
的
哭
泣
啊

　　　　　　　　　1988年元月2日

注：诗歌《关于叶的断想》(P172)《心的哭泣》《月亮忍不住笑了》(P168)《献给刘学灼先生的歌》(P195)原载于1994年出版的《花季文苑》第一期。

白色的情思

我将一面节日的旗帜
虔诚地树在清明的黄昏
您好
我的不会说话了的父亲

此时　鞭炮的悲鸣
将天空的泪水震落

化作毛毛雨

我将一腔白色的情思
虔诚地树在清明的黄昏
安息吧
我的山一样的父亲

1988 年 4 月 4 日

注：诗歌《白色的情思》原载于 1996 年 5 月 13 日出版的海南《特区卫生报》第 117 期。

在父亲睡成一座山以后

在父亲睡成一座山以后
我经常在大脑
放一段关于父亲的录像

父亲的眼光
锋利得像鱼叉一样
跟着父亲
在湖边叉鱼
是非常快乐的事
看带着一个兵凯旋的父亲
活像将军的样子

父亲的算盘
拨得像音乐一样
可父亲的算盘
拨出来的日子
总是青黄不接的
唉声叹气的日子

父亲的锄头
像庖丁解牛的那把刀
游刃有余
看父亲掏出香烟的惬意劲儿
我总会想起老牛如释重负的情景

在父亲睡成一座山以后
我经常在大脑
放一段关于父亲的录像

1991年3月5日写于安乡豁达楼

注:《在父亲睡成一座山以后》原载于1994年7月出版的贵州《水泥报》总第152期。

一个瓷杯

这是一个上了年纪的瓷杯
这是我的母亲的母亲
给她出嫁女儿的馈赠
我的母亲用这古香古色的瓷杯饮茶
可以清心
我的母亲用这小巧玲珑的瓷杯
给她怎么看也看不厌的宝贝喂粥
可以清心

可我年轻得像花的母亲
将可以清心的瓷杯
连同两岁的心肝
交给我的父亲
跟着病魔
到那边过清心的日子去了

自此我苦命的父亲
在用这瓷杯饮茶漱口的日子里
在饱含温柔的锋利目光里
流淌出不尽的思念
流淌出一天天长大的希望

我的父亲临终前

还动情地抚摸着这个瓷杯

似乎在捕捉

那遥远的温馨

似乎在告慰

那在天的幽灵……

毫无疑问

当我用眼光轻抚这个瓷杯的时候

就会诗清如水

就会歌平如镜

1991年3月13日写于安乡豁达楼

注：诗歌《一个瓷杯》原载于新疆《石河子报》第1751期，1993年5月14日出版。

搓草绳的三爷

三爷双目失明

手就是三爷的眼睛

三爷搓草绳的时候

会搓出很多很多的故事

这些故事

像三爷搓出的草绳一样

很美很美

三爷无儿无女
属于每一个家庭
村民就是三爷的眼睛
如同三爷年轻时见过的星辰
朗照世上一切美好的感情

三爷装着一肚子的故事
到那边替左邻右舍
搓草绳去了

在一个肃穆而庄严的夜晚
一个具有易感心灵的男人
伴着流泪的蜡烛
轻声呼唤着搓草绳的三爷

1991年8月21日

注：诗歌《搓草绳的三爷》原载《华北石油报》第3119期《星河》文学期刊28期。

附录：《搓草绳的三爷》诗评

苍梧谣三首

广东 兰吟

其一

乔，
傲骨擎天翰墨瑶。
悬锦草，
月下揽风骚。

其二

光，
瑞霭迢迢映砚香。
新世纪，
流韵射飞忙。

其三

福，
楚地翻铧笔作锄。

春常在,

诗海泛珍珠。

注:"悬锦草,月下揽风骚"喻学兄《搓草绳的三爷》获"星河杯"二等奖;流韵系指学兄大作《流韵》。

渴望
——献给蓉梅姐的歌

修长的眉毛

如同美丽的下弦月

披肩的秀发

拥着浪漫的微笑

好一朵娇艳的芙蓉哟

在水乡闪耀

只见两朵目光

流泻出

绝望的忧伤

我不敢描绘病人

今天的模样

乱施威的病魔啊

委实疯狂

我的渴望
和着泪水流出
治疗不治之症
就像治疗感冒那样
轻而易举

1980年6月写于茅舍

台湾来信

燕子无声无息
在温热的季节
翩然来临

方块字落进酒杯
清澈的眼神醉了
像月的朦胧
浑浊的眼神亮了
像水的透明

心声和心声
在酒杯里撞击出
一个崭新的世纪

1988年5月15日

注：诗歌《台湾来信》原载于《湖南文学》1990年第9期。

握锄的女人

碧绿的棉地与握锄的女人
构成了我诗歌的风景

握锄的女人楚楚动人
那被阳光烤得发红的脸蛋
以及秀发上欲滴未滴的汗水
容易使人想起出水芙蓉

握锄的女人热爱植物
惯用装满喜悦的明眸
首长似的检阅自己布列的
精神抖擞的棉花方阵

握锄的女人柔如棉花
时常端给男人一盆温情
让他洗去
在外奔波的风尘

握锄的女人不怕毛毛虫
即使对于阴险的土皮蛇
她也敢于
挥锄而上

握锄的女人不喜欢呻吟

当俏皮的孩子从内地跑出来看看世界
她也只不过是紧紧地
咬了一下自己的牙关

成熟的棉花与握锄的女人
构成了我诗歌的风景

1991 年 8 月 22 日

注：诗歌《握锄的女人》原载于贵州《水泥报》总第 122 期，1993 年 4 月 10 日出版。

附录：《握锄的女人》诗评

美的享受
—— 读乔光福先生《握锄的女人》有感
文/远航小诗

"成熟的棉花与握锄的女人/构成了我诗歌的风景"！

我猜想诗人与诗的最初动机是被妻子贤惠、淳朴、顽强所感动。这首诗以诚实的目光投向现实，抒发了握锄女人纯美的心灵之光，讴歌了我们乡村土地的风云人物——乡村妇女，她们用汗水浇灌土地，种植庄稼，滋养着人民，她们温柔、贤惠、顽强奋斗，淳朴如斯。

这是一首语言精练生动形象、意境优美的好诗，诗人把诗歌美学运用到真实的血液和灵肉里，诗魂悠悠，诗意深刻、高超，给人以美的享受。

乔木—我的孩子

二月十日好壮丽哟
这是一个天蓝得可爱的日子
这是一个我盼来乔木的日子

我的乔木哟
我的孩子
我的孩子哟
你是初升的太阳
你是发了芽的春天
你就是你
你是未来的堂堂正正的男子汉

二月十日好辉煌哟
这是一个树绿得迷人的日子
这是一个我喜得发狂的日子

1984 年 2 月 25 日

乔梓—我的女儿

当金灿灿的光芒
大剂量地注入晨餐之际

当梅的夫君
轻轻推开神秘的殿堂
与七彩的风儿
一同迈进之际
我便惊喜地发现
乔梓我的女儿
你早就天使般地
飘然而至了

乔梓　我的女儿
那天清晨起来
我便在远离你的地方
脑涨头昏
肉跳心惊
结果呢　我的灵魂
如雨纷纷
大难不死的女儿呀
你知道你的恩人是谁吗
还有　你是否悟出了一个道理
那浮光跃金的地方
我们莫测高深
还得三思而后行呀

乔梓　我的天香滴露的女儿
你已经走了六年的路程
今后的路　你知道吗
是在失败与胜利之间

是在失望与希望之间
而今　这一条路
就在你的脚下
但愿你自信地英勇地
向前走去

　　　　1993年7月9日写于安乡滴水洞

美人蕉

你读着自然
　读蓝天
　读大地
读成碧绿的阔叶
读成粉红的花朵

青春的目光
把你的阔叶
　吻得更绿
青春的笑靥
把你的花朵
　映得更红

你读着音乐般的露珠
和着风的节拍

轻轻地弹奏着
灿烂的阳光

1988 年 7 月 15 日

注：诗歌《美人蕉》《突起的土地》（P84）载于《华夏诗报》总 78 期和总 79 期，1993 年 8 月 25 日出版。

桃 花

自从我懂得文学的意义
便廾始知道桃花呀
开放在古今诗人的乐章里

在一次偶然的机会
我还荣幸地知道了
一个女人的名字

从此有形有色有香的桃花呀
丌放在我家的庭院里
开放在女人浅笑的酒窝里
开放在我的心田里

我经常咀嚼桃花的故事
这些故事
如明月清风

似行云流水
只有一个永恒的主题

1989 年 4 月 12 日

注：诗歌《桃花》原载于 1990 年 9 月 30 日学林出版社出版的《野草诗人三百吟》。

夜来香

你似乎知道我
踏着朦胧的月色归来
于是憔悴了一天的你翘首含笑
我贪婪地呼吸着你幽幽的香气
就这样装满了一腔好兴致

你似乎知道我
踏着清晨的阳光离去
于是你滚滚的露珠儿闪烁
一个俏丽的水灵灵的形象
占据了我的心窝

1989 年元月 17 日

红月季

你何其自然浪漫
难怪杨柳风与你结下了不解之缘

你何其幽默乐观
难怪骄阳笑得更灿烂

你依然热情高洁
尽管秋风唱萧瑟

你依然蓬勃开放
尽管朔风施凛冽

你使我领略了人生的真谛
你使我想起了诗人的品格

1988 年元月 7 日

枯枝梅

你裸露着钢筋铁骨
笑得泰然

你吐出逼人的灵气
芳满人间

于是有人说
你一点儿也不含蓄委婉
你是一棵直抒胸臆的诗篇

1988 年元月 14 日

我顾及的意象只能是梅

十月六日的阳光
像殷红的血液一样
在梅的头部流淌
在见到殷红色的瞬间
我伸出不太文静的巴掌
不偏不倚地
击中了不怀好意的目光

是夜　一盏如烛的灯下
冷艳的梅
有如苍白的月亮
那时一些从未光顾的词语
列队而来
照耀着我悲愤的灵魂

紧接着的一些日子
我顾及的意象只能是梅
但与梅有关的或明或暗的意象
总是一串又一串地不期而至
譬如说狗的声音热烈而辉煌
被搅昏的鸡们
在未及子夜的时刻
就伪证似的开始了歌唱

而今　冷艳的梅
在阳光中以游鱼的姿势奋进
我呢　一如既往地
用握笔的方式
欢迎那种稍纵即逝的东西光临

1991年10月28日深夜

注：诗歌《我顾及的意象只能是梅》原载于《新世纪诗潮》1993年6月出版。

万年青

我们这个地方的人
给你取了这个脱俗的名字

你的名字使我想起了祖母
还有我休养生息的这个国度
啊　我心目中的
根深叶茂的万年青

1989 年 4 月 7 日

注：诗歌《万年青》原载于 1990 年 5 月出版的《新风》文学报。

湘 莲

隐隐满天星，
亭亭舞女裙。
满湖香扑鼻，
十里动波痕。

1980 年 7 月

拉长的影子

自觉而又无奈地
把影子拉得好长好长

胡乱地往那里充塞一些什么
立即将自己封闭
封闭一屋子的叹息

这是标准的几团稀泥
糊在古老的墙壁上

翻来覆去重温着祖先的梦
丝丝的热气吐出痛苦

啊
人生

1988年5月17日

一个与甜蜜有关的意识

我的胡子
在向前挺进
我的颧骨
在向前挺进
可我的栖身之地没动
站成了年迈祖母的模样

今夜雨骤　风狂
跳着摇摆舞的茅舍
伴着
吱吱的
音响

我与做针线的人儿
依偎在不会淋雨的
角　落
一个与甜蜜有关的意识
崛起在湿漉漉的梦乡

1980年7月草于茅舍

注：1. 诗歌《一个与甜蜜有关的意识》原载于2011年春夏季合刊的《长白风》杂志。

2. 诗歌《一人与甜蜜有关的意识》原载于2011年中国杂志社出版的诗中国第1期。

微笑着将痛苦放在星光之下

不经意之间
那一柄锋利的刀刃
划破了你的指尖

而你却稳如华山
任鲜红色的痛苦
在你的指尖弥漫

你
尽管痛恨刀刃
可是感谢痛苦

这痛苦
昭示着有骨有肉有血的你
正有呼有吸地活在人间

因此在一个不错的春夜
你微笑着
将这痛苦
放在了星光之下

1993年4月12日写于安乡滴水洞

注：1. 诗歌《微笑着将痛苦放在星光之下》原载1994年6月出版的湖南《金融大观》1994年第3期。

2. 诗歌《微笑着将痛苦放在星光之下》原载《长白风》杂志，2011年6月出版。

3. 诗歌《微笑着将痛苦放在星光之下》原载于2011年诗中国杂志社出版的诗中国第1期。

附录：《微笑着将痛苦放在星光之下》诗评

风景这边独好
——浅谈乔光福的诗歌创作
文/舟舟

人类社会发展到今天，诗人不再是崇高的字眼，诗歌创作不再是伟大的事业。尽管如此，仍有一批纯洁的民间诗群义无反顾地坚守着中国今天的诗歌。

在民间诗群中，有一位异常活跃的民间诗人。他就是被山西运城地区诗歌学会授予"1994年中国民间桂冠诗人"荣誉称号的乔光福。乔光福是以自己一颗正直善良的诗心去努力拯救诗歌的。可不是吗？由他主编的《跋涉诗歌报》就能够以较大的版面扶持敢写真诗会写真诗的诗坛新人。因此，我强烈地意识到：在现在的诗人中，乔光福是位能尖锐地凸现出自己纯正而深刻的诗歌信念的诗人。

诗人乔光福触摸、敲打、剥开、深入世界上最基本的物质或事物，使诗歌能够成立而且纯正。他在诗歌中寻找或接近事物的核心："自地心／喷薄而出的／不仅仅是工业的血液／于是／野果红了"（组诗《诗人们》之三《张洪波》）。此诗的穿透力何等强烈！捧读这样的诗歌，不由你不思索不感动。一位青年诗评家曾说过："不管用什么写或写什么都无关紧要。只要能恰到好处地表达出自己的思想和情感过程，便是诗。""只有随心所欲，才能达到无限的境界。"诗人乔光福便是在这种"随心所欲"的境界中为我们展现了心灵深处那一抹美丽、可人的风景。从他的《我相信梦》《搓草绳的三爷》《微笑着将痛苦放在星光之下》等作品中不难看出：诗人乔光福的诗歌世界，没有语言的阻隔，纯净，透明，充满浓浓的情意，但绝对不是那种平淡之作。因为诗人在情感的撞击下总是构筑超然的比喻，聪明的读者自然会领悟出语言背后的审美价值。

这也许是一个不需要诗歌的时代。我深信，诗人乔光福定能忠诚地坚守着清贫而顽强的诗歌，如同坚守着处女的贞操！

1994 年 5 月 1 日

注：诗评《风景这边独好》原载于1994年出版的安徽省《江花诗报》总第十四期。舟舟，河北省青年诗人、诗评家。

江南儿女的头上

江南儿女的头上
顶着一条河
这条河奔腾在
高高的河床上

江南水乡的河堤
如同巍峨的长城
长城生长了几千年
依然是原来的那个模样
为了对付一年高过一年的河床
这河堤不得不

以现代化的速度猛长

每当汛期虎啸猿啼般地降临
那放荡不羁的洪水
便借助高悬的河床
一如既往地
在江南儿女的心灵上
横冲直撞

每逢这等时刻
大智大勇的江南儿女
便与头顶上的洪水
展开了
惊心动魄的搏斗……

江南儿女的头上
顶着一条河
这条河奔腾在
高高的河床上

1992年12月15日写于安乡紫云洞

姿色动人的扁石

当晚霞点燃澧兰江水的时候
我漫步在金光闪烁的沙滩上
惊喜地发现了
几片姿色动人的扁石

为了瞧一瞧横行将军的模样
我们好不容易翻开一块巨石
想不到结局却是——
一只好大好大的蜈松
凶神恶煞似的
爬到了我们的梦中

我们这一群天不怕的哪吒
笑嘻嘻地拥着浪花
如履平地地顺江而下
满路上寻孙而来的祖母
站在江岸
望者水流湍急的江心
俨然一尊木菩萨

放牛大爷的故事
多得像天上的星星
我们为牛儿扯来的青草

高得像依稀可见的苍山
于是放牛大爷的微笑
空前神秘
照亮了一对对黑色的葡萄

在澧兰江畔
我就着燃烧的晚霞
以儿时的天真
将这几片姿色动人的扁石
漂向江面
漂出道道彩虹

1993年4月20日写于安乡滴水洞

注：诗歌《姿色动人的扁石》原载于1996年10月出版的《安乡文艺》复刊号。

徒步江岸

徒步江岸
偶尔发现局部地带
水土严重流失
侧耳细听
尚有猿声传来
如同赵公之音

勾人魂魄

徒步江岸
无须扫视江面
你便会发现
那行驶着的船儿
真的需要加油
且刻不容缓

徒步江岸
但愿这条大江
瑞光闪烁
文明滔滔
且千舟竞发
气韵沉雄
一派生机

1993年4月24日写于安乡滴水洞

注：诗歌《徒步江岸》原载于《铜仁报》第605期，1993年出版。

第二辑 我相信梦

我相信梦

梦是工作了一天的太阳

在大海沐浴

水淋淋

鲜活活

充满生机

在没有路的地方

面对一位跋涉者的赠言
我如捧一份沉甸甸的试卷

我想南极考察船驶向严寒
开辟了一条崭新的航线
我想首次登临月球的宇航员
不会不飘飘若仙

在那没有路的地方
　我将用行动
写下一个斩钉截铁的答案

1990年5月1日凌晨

注：诗歌《在没有路的地方》原载于《桃花源》1990年第3期。

我走的这一条路

我走的这一条路
白天洒满阳光
晚上流淌星光

在这条路上
很多人潇洒地与我擦身而过
一下子融入绿得迷人的地方

我依然迈开
似稚童那样蹒跚的步子
艰难地走向新奇的世界

1990 年 8 月 1 日

不 知

在粉妆玉砌的世界里
我筑了一尊浪漫的雪人
常有热乎乎的梦光临
不知三伏能不能融化

在春光明媚的日子里
我插了一根碧绿的枝条
常有太阳雨滋润
不知金秋会不会结果

1988 年 5 月 25 日

我不知道该怎样说

对你这个尤物
我不知道该怎样说
当我有心拥抱你的时候
你却飞出我的手心
消失在千里之外
当我无意拥抱你的时候
你却在我的血管中
曼舞轻歌

你是什么
是一片成熟的树叶
还是一扇美丽的贝壳
你是什么
是一根带血的鱼刺
在阳光下示众
还是一颗冰冷的心在夜空中闪烁
你是什么
是雨迎面飘来
洗亮了的影子
还是火腾空而起
映红了的幽境

对你这个尤物

我真不知道
该怎样说啊

1990 年 11 月 26 日写于安乡莫愁阁

注：诗歌《我不知道该怎样说》原载于 1994 年 4 月 17 日出版的《教育文化报》创刊号。

唯有一种飞翔飞得响亮

好多好多的东西在飞
有生命的东西在飞
无生命的东西在飞
有生命的东西制造并操纵
非生命的东西在飞

譬如说飞蝶在飞
那伤人的玩意儿也在飞
太阳从东方飞向
并不遥远的西方
一片树叶斗不过时光
飞向了山岗

唯有一种飞翔飞得响亮
我的雪花般的语言

飞到了您的手上
您的血肉似的诗歌
飞到了我的心上

这种美丽的飞翔
稀释了我大彻大悟的疲劳
稀释了我无所不在的忧伤
拥有这样一种飞翔
我还需要祈求什么呢

1991年5月16日

注：诗歌《唯有一种飞翔飞得响亮》原载于新疆《石河子报》第1741期，1993年6月2日出版。

附录：《唯有一种飞翔飞得响亮》诗评

诗人宿命的运动轨迹
——简评乔光福诗作《唯有一种飞翔飞得响亮》
文/惠远飞

对诗人乔光福，我并不太熟悉，所有的资讯仅仅来自诗人的博客介绍和其博客上的一些文字。

赏读诗人乔光福的诗作《唯有一种飞翔飞得响亮》，就文本本身而言，这是一首不可多得的好诗。在当今诗坛，由于主义和流派众多，如果我们较为随意地把某件作品定性为好，自然会引来一些非议，更何况自古以来就有"诗无达诂"一说，一首诗，我们是不能轻易给它下结论，轻易对它进行褒贬的，但在这里，我仍然还是要说，《唯有一种飞翔飞得响亮》是一首好诗！

　　有诗人为诗歌的语言以及评判提出了标准，说："诗到语言为止"，那么，诗人乔光福的这首诗无论是从思想深度还是语言表达上都到了某个可以言说的境界。诗作语言质朴，没有跟随那些喜欢追随潮流的诗人一样，去玩弄技巧，我们知道，诗歌是一门艺术，当然，同时，也是一门技艺，诗歌创作不可以没有技术，但纯粹运用技术的诗歌往往是很难打动读者的内心的，只有诗歌文本本身所蕴含的哲思才能够树立起一件作品的风骨，才能丰盈作品深厚的内涵和底蕴，而《唯有一种飞翔飞得响亮》恰恰就是这样一首诗。

　　乔光福在这首诗里并没有运用什么技巧，平实的语言呈现给读者的是一个五彩斑斓、万物纷飞的世界：

好多好多的东西在飞 ——

有生命的东西在飞

无生命的东西在飞

有生命的东西制造并操纵

非生命的东西在飞

　　展现给我们的会是什么呢？在这样一个"飞翔"的时代，这样一个有无生命都在"飞翔"的年代，诗人在追寻一个"本我"也就是"自我"，"我"在哪里？"我"在干什么？在诗歌的第二节中，我们明显地可以看到，诗人自我的意识开始在不断地觉醒，在对生命本题意识进行进一步的思考和探索：

譬如说飞碟在飞

那伤人的玩意儿也在飞

太阳从东方飞向

并不遥远的西方

一片树叶斗不过时光

飞向了山岗

诗人列举了一些"飞翔"即"运动"的事物,如"飞碟""太阳""树叶"等,这几个随意撷取的意象,却承载了诗人内心对生命意义的追寻和拷问,"太阳从东方飞向／并不遥远的西方／一片树叶斗不过时光／飞向了山岗",简单的几句,就无情地道出了大自然的真谛——万事万物,都在运动,自然的盛衰,时光的流逝,生命的轮回,都有着自己独特的规律,时间是最永恒的,时间才是最不可抗拒的!

当诗人的情绪涌动到这里,我们知道,上述所有的现象都直指生命的形式和生命的意义的本质。诗人不可遏制的情绪以及追根溯源的结果就是寻找"自我"或"本我":

唯有一种飞翔飞得响亮——

我的雪花般的语言

飞到了您的手上

您的血肉似的诗歌

飞到了我的心上

在这里,我们终于听到了诗人近乎于爆发出呐喊的声音:"唯有一种飞翔飞得响亮——／我的雪花般的语言",原来,在诗人的内心即个体(内宇宙),自己"雪花般的语言"(诗歌)才是飞翔得最响亮的一种,也唯有自己的诗歌(包括自己诗歌创作的行为和追求),即诗人"美丽的飞翔"为诗人的人生附丽了更多价值和意义,这是几乎所有(除了以诗歌创作为由追寻功利的人外)的诗歌创作者坚守寂寞,甘愿贫困,默默耕耘的唯一的理由,这是像诗人乔光福以及笔者本人这些游离于诗歌主流创作团体之外的诗作者们集体的庄严宣言!

从诗人乔光福的简历中不难看出诗人漫长而艰辛的创作历

程，从诗人诗作本身，也不难看出如诗人艰难创作在基层的甘苦，诗人发出了自己的呐喊，自己的声音，这声音是如此的熟稔，如此地直接并洞穿我们孱弱的灵魂，这使我想起了自己也曾经写过一首诗《我为什么一直写到死亡》：

灵魂裸裎　一片叶子
一个生命
深入泥土的姿势
就是结束时最完美的语言

我为什么一直写到死亡
神的箴言　神的指引
我们在大地上行走
掌心紧握这冥冥之中的暗示

笔尖所到之处
触及一些不可言状的事物
直达内心的渴望
在身后延伸

死亡继续在拼命追赶我们
做一朵花或果实
我们关照世界
世界关照我们

无论是本人的"做一朵花或果实／我们关照世界／世界关照我们"，还是诗人乔光福的"我的雪花般的语言／飞到了您的手上／您的血肉似的诗歌／飞到了我的心上"，这都在昭示诗歌写作者的一种命运和命运运动的轨迹，也堪称诗歌写作者的宿命——

坚持写！坚持写！唯有坚持，才能够关照和被关照，唯有坚持，才能够永恒！

诗人乔光福说："拥有这样一种飞翔／我还需祈求什么呢"，这其中的"飞翔"寓指"诗歌创作的语言或行为"（上文有剖析）。

是的，能够坚持，能够坚持写作，就是我们最大的幸福，还需祈求什么呢？

2011年2月25日于南粤花满楼

【作者简介】

惠远飞，湖北十堰人，现居广东东莞。中国散文家协会会员、中国散文学会会员。诗歌、散文、小说、文学评论、企业文化评论、收藏类文字散见《芳草》《阅读与写作》《青春》《热风》《短篇小说》《青春诗歌》《散文诗》《作家报》《新创作》《语文报》《大众阅读报》《各界》《中国企业文化评论》《商业文化》《中国审计报》《中国人口报》《贵州日报》《乡镇论坛》《知识窗》《大华商报》（加拿大）、《新大陆诗刊》《国际日报》（美国）、《越南华文文学》等海内外报刊。作品被《微型小说选刊》等转载。个人事迹被《青年知识报》《短篇小说》《十堰晚报》等20余家媒体专题介绍，作品、传略入选多种辞书、选集。

出版有诗集《流浪的衣裳》《一个人的心灵史》《今夜，让我幸福一下》，散文集《大地行走》等4部。另有爱情诗集《最美的季节遇见你》待出版。

诗的诱惑

诗之光点燃了黄昏
在不止的闪烁中
你吞吐着云雾
用温柔的笔头
触抚着人间的疾苦与幸福

诗之光点燃了子夜
在不止的熠耀中
你吞吐着思绪
用犀利的笔尖
勾画着人性的丑陋与美丽

诗之光点燃了凌晨
在忘我的境界中
你吞吐着蓝幽幽的灵感
用深刻的笔尖
捕捉着走向旭日的意象群

1988 年元月 17 日

注：诗歌《诗的诱惑》原载于 1988 年出版的《湘北诗丛》。

诗的功能

一颗
带血的夜明珠
高悬于家园之上
朗照着
伟大的
心空与时空

1995年6月2日

有人想浪漫一番

李白
投入碧波的怀抱
捉月去了

一生浪漫
死也浪漫

于是有人想浪漫一番
投入何其芳所说的海洋
采贝去了

1990年5月11日

彩 虹

一道神奇的彩虹
挂在我的前方
于是一切
都变得五彩缤纷了
我抖擞抖擞精神
向前奔去

1990 年 5 月 15 日

美丽的子夜
——读《诗的审美与技巧》

我捧着一个美丽的子夜
满天的星斗朝我微笑
那位戴眼镜的老张朝我微笑
我也在微笑

我荡着诗的舟儿
悠然而往
当然不会迷失方向
因为一颗晶亮的星儿
在为我导航

雄鸡歌唱

黎明在望

1990 年元月 25 日

灯之色彩变奏
——连缀诗集《窗外不是梦》的部分诗题而成

窗外不是梦

黎明,每天都有一个

然而你的眼前

不乏宴会

天鹅飞向坠落

剩下醉眼

爱她

岁月之手

爱,常常遗憾

那年那月那日那时

小羊怔怔地远望

风过,隐隐有声

牛

稻草人

邻家之猫

它们成熟了

鹤伤

茫然

清明雪

喜上西窗愁上西窗

夫与妻

暗箭与靶像

这里

名片无题

又是黎明又是一夜

灯之色彩变奏

山白兰的眼睛

塞您心里一个海

我隆起的心不是舞台

      1990 年 4 月 16 日凌晨

前 方

前方是诱人的困惑

前方是火红的月亮

前方是甜蜜的忧伤

前方是碧绿的太阳

全是前方

全是前方
哈哈　这个家伙的行动
像叶赛宁一样的疯狂

1989年4月14日

猫耳洞

这楼上的猫耳洞
好极了
譬如说此时太阳已经回家
我就可以非常高兴地
信笔涂鸦

敢说我比那个猫耳洞的所有人
幸福得多

全亏那个猫耳洞的人
出击成呼啸的弹雨
出击成不朽的枪林
出击成高山下的花环
出击成清风明月
出击成这楼上的
猫耳洞的
宁静啊

对这楼上的猫耳洞

我还能说些什么呢

    1991年3月15日写于安乡豁达楼

注：1. 诗歌《猫耳洞》原载于 1996 年 10 月出版的湘大《猛犸诗报》创刊号。

2. 诗歌《猫耳洞》原载于 2011 年诗中国杂志社出版的诗中国第 1 期。

金秋是风景

夏天的岁月被暴风雨淋湿
逐渐冷却成金秋的风景
自阳春到金秋
我曾经记下春天的爱恋
我曾经录下夏日的雷电
我学会了叹惋
我学会了哭泣
当然也学会了呼唤

我呼唤成
沉默的山
我哭泣成

月光下的一池春水
我叹惋成
一棵叫不出名称的树

历史的沉淀成硕果
金色的秋天是风景

1985年8月13日

注：1. 诗歌《金秋是风景》原载于1989年《文学新春》总20期。
2. 诗歌《金秋是风景》原载于1990年4月亚洲出版社出版的诗集《无风的季节》。

美景喜煞人

秋天成熟了
风景属于我
我刚一开口解释
就被异样的目光
挤压成蚂蚁
除了不服气之外
还是不服气

一颗诗心

从弯了九道的小河
　　流向这里
　呜呼　风平浪静
　　美景喜煞人

1989 年 12 月 24 日

注：诗歌《美景喜煞人》原载于 2011 年诗中国杂志社出版的诗中国第 1 期。

自由的目光

我的目光多么自由
时而停歇在绿色的枝头
　时而随着白云
　　优雅地闲游

我的目光多么自由
可以欣赏街市上的风景
　也可以绕开障碍
将那只逍遥的鸟儿追逐

我的目光多么自由
　那满天的星斗
可以任我尽情地消受

即使在伸手不见五指的夜晚
我的目光也完全可以从上到下
走一趟五千年的路

1990年11月12日

注：1. 诗歌《自由的目光》原载于1992年出版的黑龙江《松花江诗报》第36期。

2. 诗歌《自由的目光》原载于2011年诗中国杂志社出版的诗中国第1期。

打开南窗

黄昏叩开了
莫愁阁的北窗
我屹立在窗下
企图吐出一腔的惆怅
可我的惆怅
偏偏撞在那
砌了很久的围墙上

待我关上北窗
返身南望
哈哈 月光
月光早就悄悄地破窗而入啦

打开南窗
打开南窗
让莫愁阁里
涌进更多的光芒

1991年3月7日

注：诗歌《打开南窗》原载于1992年9月出版的浙江《白鸟诗歌报》总8期。

月亮的泪水

白天合上疲倦的眼睛
便是黑夜降临

纺织娘浅唱着青铜时代的歌谣
青蛙寻觅着不断进化的彩蛾

树与树默默地生长
夜来香空前幽亮

月亮的泪水汩汩流淌
思想在星空中发光

黑夜睁开惺忪的眼睛
便是一轮崭新的太阳诞生

1991 年 8 月 24 日

庄 子

庄子在残缺的人间
以一种漫不经心的方式
高谈阔论
然而却大辩若讷
大巧若拙
其实
庄子深深地知道
那个叫作宇宙的东西
很纯真也很完美
也许就是因为如此
庄子才躲入
那一部朦朦胧胧的《庄子》

1992 年 7 月 13 日

注：诗歌《庄子》原载于 1996 年 10 月 10 日出版的海南《特区卫生报》第 137 期。

垂钓者

孤独的垂钓者
远离喧嚣的红尘
将七情六欲
抛向水的深处

此时　微风吹拂着宁静
阳光的手掌无所不及
且有莲花的气息
不时袭来

垂钓者的思想
逐渐深入空灵
一如蔚蓝色的
天宇

1992 年 7 月 19 日

注：1. 诗歌《垂钓者》原载于新疆《石河子报》第 1679 期，1993 年 7 月 6 日出版。

2. 诗歌《垂钓者》原载于 1996 年 12 月 12 日出版的海南《特区卫生报》第 146 期。

附录:《垂钓者》诗评

评乔光福的诗《垂钓者》
文/玉竹之心

读了诗人乔光福的这首《垂钓者》,我们仿佛随着他的笔端一会儿进入唐朝诗人柳宗元的思绪之中,一会儿又从远古的寂静中回到现代的喧嚣之中,这种自由的来回都缘于那个"独钓的老者"。这位独钓的老者虽然身披蓑衣,头戴斗笠,手持钓竿,但他在诗中定格的画面,却引起许多后人对此浮想联翩:是白雪覆盖了这世界的是非纷争,还是诗人看破了红尘、无惧生死的心境写照;是我们身处这寂静辽阔的垂钓之地后,都会体验到的天地交融、天人合一的感悟状态,还是我们无法进入他的孤独怅然的自我之见?

这时候,我们看到诗人乔光福这样写道:远离喧嚣的红尘/将七情六欲/抛向水的深处。读到这里,你是不是也跟随他一起将七情六欲抛向"水"的深处?我以为这个水,是非同一般的水,它是我们的欲望之门,生死的关头。自古至今,开门者多,关门者少,因为我们总是需要它。我们总是在心痛之后发现它的存在,快乐之后又将它置之脑后。当我们真的将七情六欲交到它的手中、内心淡定的时候,还有什么喧嚣可以左右我们的精神世界呢?

接着诗人又写道:此时/微风吹拂着宁静/阳光的手掌无所不及/且有莲花的气息/不时袭来。此时的微风犹如我们灵觉的初心,在宁静心态中体味着那种难以割舍的致远。致远的心境非常人可得,即使把门给你开着,不历经思想的磨难你也是进不去的。手掌、莲花、阳光与我们由知到无、由无至空、由空到自由的内心演化过程有关。正如古人所说的"树欲静而风不止",真正的安静并不存在，关键在于我们自己是否能将烦恼化于莲花坐下，虽出于烦恼之世，但却无烦恼之相。峰回路转，垂钓者的思想/逐渐深入空灵/一如蔚蓝色的/天宇。此刻的"垂钓者"已把我们引入了逐渐空灵的地方，这种空灵非孤独者难以体验和分享。而他最终会以一种理解生命的坚持，才能得到一片蔚蓝的天宇。这是每个人都渴望企及的精神高度，可是我们总忍受不了寂寥的沉思，所以也只能站在诗中而迷茫，站在诗外而羡慕，空留下"独钓的老者"还在原地等着我们，去领略它的诗意，任由它占据我们世世代代的美好记忆。

如果我们能静静地倾听诗人的讲述，每个诗人都会唤起自己的微笑，看着读诗的人走进自己的世界，与自己共有一片蔚蓝的天空。

我想，诗人乔光福也会再怀念这位"独钓的老者"所带来的一切馈赠。

2012 年 1 月 26 日

附录:《垂钓者》诗评

诗人乔光福的诗《垂钓者》读后感
文/蒲公英

垂钓孤独境界高，
诗人赞誉涌心潮。
世间万物何为贵？
唯有空灵引碧霄。

2011 年元月 28 日

你别无选择

你痛苦而又清晰地
　　看见
　　一枚成熟的果子
　　悬挂在家园的
　　那棵参天大树之上

这枚果子的滋味如何呢
　　也许有朝一日
　　你说得清
　　别的人却没法说清

　　且说目前
　　你的视野
　　被这枚成熟的果子
　　照得绯红　绯红
因此　除了风雨兼程
　　你别无选择

　　　　　　1992年7月22日写于安乡紫云洞

注：诗歌《你别无选择》原载于1994年2月出版的江西《新余报》第2000期。

我相信梦

我相信梦
梦是妩媚的月季
在子夜吐芳
难怪人的灵魂那般清爽

我相信梦
梦是一匹枣红色的骏马
在圣洁的雪地上
纵情地奔驰

我相信梦
梦是挂在树梢的一弯新月
虽然谁也把握不住
可是令人目眩神迷

我相信梦
梦是工作了一天的太阳
在大海沐浴
水灵灵鲜活活充满生机

我相信梦
梦是架在岁月上的一道彩虹

在你的脚下
音乐般地延伸

1990年9月19日

注：诗歌《我相信梦》原载于《桃花源》1992年第一期。

屋顶上的诗人（组诗）

A. 你的思想
荆棘般的雨儿
降临在你的心上
于是你的思想
闪耀着刺猬般的光芒

B. 你的目光
你的目光
消逝在彼岸的温柔里
石破天惊
梦幻如月

C. 你的步履
你大步流星
踏着原野的蛙鸣

不料却碰上了
屋顶上的诗人

1992年7月23日写于安乡紫云洞

注：组诗《屋顶上的诗人》原载于1996年9月11日出版的河北《建设报》总第74期。

感受着沸腾的音乐

皓若星辰的飞鸿
成群结队
降临于紫云洞
在你的窗口
发出天蓝色的光芒

你　一如孤独的参禅者
端坐于紫云洞之中
感受着
来自五湖四海的
沸腾的
音乐
有时竟然
情不自禁地
手舞足蹈

于是　你的绝望
以及对绝望的反抗
在红得像血的灯光下
黄河长江般地
　　流淌

1992年7月11日

注：诗歌《感受沸腾的音乐》原载于1994年元月10日出版的《天鹅湖》总20、21期。

这才是你明智的选择

在一个金秋的上午
太阳让位于蒙蒙的细雨
细雨让人宁静而淡泊
且适宜随便走走
于是我发现
无事可做的人们
友好地围成一桌
且不友好地唇枪舌剑
我无心呐喊助威
更无雅趣美化钞票的形象
因此十分惆怅地

回到紫云洞

此时电视广告已近尾声——

这才是你明智的选择

    1992年10月1日写于安乡紫云洞

  注：诗歌《这才是你明智的选择》原载于《诗友联谊报》总第22期，1993年出版。

愿君一股脑儿饮光

为君

斟一杯凌云的豪气

为君

斟一杯甜蜜的爱情

为君

斟一杯凯旋的歌声

为君

斟一杯

继续赶路的东风

这一杯又一杯

玉液琼浆

洋溢着

永恒的

芬芳
愿君一股脑儿
饮光

1993年3月28日写于安乡紫云洞

注：诗歌《愿君一股脑儿饮光》原载于1994年出版的《雏鸟诗报》总第1、2期。

一棵诗的大树

读《世界诗叶》有感

这棵大树的根系
空前发达
深扎于华夏的
每一方沃土

这棵大树的主干
高高地耸入祥云
昭示着佛的
大慈大悲

这棵大树的枝条
仿佛苍龙一般
伸展在海峡的

此端与彼端

这棵大树的碧叶
如同星辰一样
不停地将诱人的清光
洒向东西两个半球

面对这棵大树
一位香客
激动得流下了
一阵又一阵
带有铁质的
太阳雨

1993 年 6 月 27 日

注：诗歌《一棵诗的大树》原载于 1994 年 7 月 23 日出版的台湾《世界论坛报》第 2109 号。

第三辑 门窗咏叹调

我的那扇门将不再打开
计春天燕了的呢喃
连同月光下的那片芳草地
变成远古的荒诞
变成南极的一块冰片

寻觅知音(组诗)

我瞅了太阳一眼

  我自作多情地
  瞅了太阳一眼
  可太阳的光芒
  却毫不留情地
  将我的眼睛
  刺得生疼

  在万般无奈的时刻
  我不得不阿Q起来
  据说太阳原本是一个古怪的佳人
  她那七彩的针
  专刺大丈夫的眼睛

  从此奔走在白天的我
  目不斜视

我注视着月儿的倩影

  我在星光下漫步
  注视着月儿的倩影
  哈哈！月儿太有意思了
  我潇洒地迈步
  他浪漫地前移

在令人目眩的时刻
我还是想坦诚相告
月儿原本是失恋的男人
他那清凉的眼睛
时刻寻觅着人间的知音

从此　徘徊在夜幕下的我
不觉孤独

1990 年 10 月 15 日

注：组诗《寻觅知音》原载 1994 年 8 月 14 日出版的中国台湾《世界论坛报》第 2131 号。

人生进行曲(组诗)

春天在我的日记中
时间在阳光的抚摸中
悄悄地长成岁月
岁月在风风雨雨的撕扯中
悄悄地长成健壮的骨骼

于是　在我寻寻觅觅的眼神中
春天一年比一年开放得热烈

但一切都没有定格
不过目光所及的花朵
仿佛全露出了羞涩

不知哪一天
我将正眼欣赏花朵的习惯
偷偷地放进了自己的日记
于是春天在我的日记中
开满了五颜六色的花朵

结果我很幸运
不甘寂寞的花朵
被风流倜傥的季节
搂在怀中
在笑眯眯的日子结了果

我怀着无可奈何的心情
越过那年秋天的边界线
在一天凉比一天的世界中
踽踽独行

这个季节的风
好冷好冷
冻得我的眼睛
生疼生疼
我依然执着地踽踽独行

结果呢　　结果我很幸运
在一个粉妆玉砌的日子里
在一栋草房的东墙下
我发现了一棵粉红色的倩影
我发现了属于自己的粉红色的爱情
——俏也不争春的花朵哟
你注定是我永生永世的情人

突起的土地

我虔诚地守护着
这一块肥沃的土地
在柔风的抚摸中
勤勉地耕耘

我播种着潺潺的感情
播种着灿烂的憧憬
播种着一串又一串激动人心的日子
于是奇迹在芬芳的泥土中
悄悄地萌芽
且渐渐地膨胀成
地表局部的突起
突起成一首优美的朦胧诗

我注视着这突起的土地
历史的长河在我的心中奔涌
毫无疑问　　当大地在呻吟中

如释重负之际
一轮血红血红的太阳
将会腾空而起

1995年10月写于张九台中学

注：组诗《人生进行曲》1991年7月出版的浙江《白鸟诗歌报》总第2期。

粉红的遐思

少年的羽毛飞上蓝天
粉红的遐思不期而至
宇宙拥抱着纯真的太阳
激动得四季流泪

1993年9月9日写于安乡听风楼

注：诗歌《粉红的遐思》原载于1994年出版的武汉市《助于综合报》第2期。

飘逸的诗篇

我曾经在一个春日的早上
将一首飘逸的诗篇欣赏
于是一朵奇异的花儿
开放在我温柔的梦乡

1990年5月9日

不想公开的日记

在我脑海的深处
刻下了一幅永不褪色的肖像
这是一朵洁白的芙蓉
这是一棵秀颀的白杨
这是一轮鲜艳的太阳

我对自己的日记讲
梦中的天空
有时好大好晴朗
梦中的生活
有时好甜好芬芳

1988年12月20日

如 果

如果你是一朵花
我便化作绿叶
永远围绕在你的身旁

如果你是一棵草
我便化作露珠
永远滋润着你的心灵

如果你是一团火
我便化作清风
永远助你生动而热烈地燃烧

如果你是一泓水
我便化作明月
永远辉映着你那透明的境界

2004 年元月 20 日

你的笑声

你的笑声
发自心的舞厅

即使连舞盲的我
也情不自禁
翩翩起舞了
我的心灵

你的笑声
种在我的心田里
发芽在阳春
鹅黄娇嫩
秋天结出了什么
一份素淡的情
一纸梦中的真

1990年2月20日

沉甸甸的思念

我徘徊在小溪边
眼中涌出沉甸甸的思念
仿佛不忍欣赏孤独的熬煎
夕阳一刹那躲进了西山

我独立在小溪边
一次又一次地凝视你
莞尔一笑

一次又一次地目送你
　　飘然而去
　　你那如梦的姿容
　　又清晰又朦胧

　　我独立在小溪边
　　被如水的月光
　　沐浴成一棵
　　水淋淋的相思树

1988 年元月 14 日

娴静的月夜

　　我置身于娴静得
　　如同古代佳人的月夜
　　悉心欣赏从不远处
　　传来的歌音

　　没想到你
　　此时潇洒地走来
　　将一份珍贵的食粮
　　奉送在我的面前

　　我欣喜地

将一个美丽的月夜

捧在手中

就这样醉倒在高雅的梦乡

1990 年 8 月 3 日

注：诗歌《娴静的月夜》原载于 1994 年 3 月出版的湖南《桃花源》杂志 1994 年第 1 期。

历史的风景

碧波彼端的手
游向此端
与此端美丽的重合
此时
手指与手指对话
阳光与空气相亲
海浪与沙滩相爱
还有伊人汩汩流出的眼泪
无疑是一种很深刻的语言
这种语言
即使连当事人
也只能意会而不可言传

手指的温暖如梦
没有空间的时间很美妙

美妙得让我
也定格成
历史的一部分风景
不过伊人的眼泪
从骨髓里流出来
又深入到我的骨髓
且潜滋暗长出无穷的思念

1991年2月13日

注：诗歌《历史的风景》原载于1991年出版的《水乡文艺》。

恳求嫦娥

这只玉兔
在娘的肚子中
长成了一双凄美的眼睛
惹得我们倾注了
水一样的柔情

不料这只玉兔
在一个下着毛毛雨的黄昏
竟被一只狰狞的狗
断送了性命

不忍吃玉兔的肉

不忍弃玉兔的身

我们唯有一个心愿

恳求嫦娥

千万不要偏心

1991年3月9日写于安乡豁达楼

注：诗歌《恳求嫦娥》《如雷的鸟声》（P120）原载于1994年7月23日出版的《水泥报》总第153期。

永恒的梦

不用去仰望星空

我就深深知道

星星闪烁得依然迷人

月亮朦胧得依然神秘

那位不食人间烟火的佳人

依然孤独

我问通晓人意的玉兔

你知道我那只兔子的下落吗

一团粉红色的倩影

蜷缩在一方绿窗

这个角落

因此很美很美

俏皮的夜雨淋湿了永恒的梦
湿漉漉的黎明不再浪漫
只有太阳发狂地笑
也许是疯了

1989年5月2日

注：诗歌《永恒的梦》原载于1990年9月30日学林出版社出版的《野草诗人三百吟》。

奔向忘我的天堂

一朵芙蓉
开放在夏日的方城之中
因此 你的目光触电了

在战栗的时间之上
你驾驭着幸福
奔向忘我的天堂

此时粉红色的芙蓉
在大风的歌唱之中
汩汩流芳

热烈的阳光

在大地之上

翩翩起舞

1994 年 7 月 28 日

醒了,橙的秘密

我漫步在这条路上

已是门掩黄昏

似有意又似无心

拾了一枚酸溜溜的橙

好心的路人劝我丢弃

我却一意孤行

不顾光怪陆离的眼神

我猛地咬了一口

疯狂地哇哇数声

羞得月牙儿爬满了红晕

醒了橙的秘密

春日映彩云

1988 年 5 月 9 日

注：诗歌《醒了，橙的秘密》原载于 1988 年出版的《湘北诗丛》。

门窗咏叹调

我轻轻推开眼前的窗户
金色的阳光向我涌来
碧绿的波浪向我涌来
在难以画出的好多意象中
这个穿大鞋走路的小孩
完全是一幅电影的特写镜头

我的那扇门将不再打开
让春天燕子的呢喃
连同月光下的那片芳草地
变成远古的荒诞
变成南极的一块冰片

1989 年 3 月 13 日

阿西·阿西·阿西(组诗)

1

在清静柔美的水乡
花季无非是姹紫嫣红
花下当然少不了
浅唱低吟的蜜蜂
以及翩翩起舞的蝴蝶

2

我独立在失眠的午夜
仰望神秘的天堂
唯见一群哑了亿万年的星星
是时　蛙们的歌声此起彼伏

3

与若干个漂亮的伊谈不上三句话
我便会去欣赏
这棵树上的
大大小小的疙瘩
尔后　恶狠狠地自己对自己说
俗不可耐

4
在春天
对着春天呐喊的
不仅仅是野猫

5
时间的马鞭
总是挥不去
眼前的美丽的背影

6
谁冲我莞尔一笑
原来是那位美丽的背影
婀娜的背影与灿烂的笑貌
浑然一体——
这就是阿西！

7
阿西的柔情与蜜意
在历史的陋室中
拼命地发芽
除了发芽
依然是发芽
我的主啊
叫我如何是好

8

我这如同唱针似的指尖

对准了粉红色的纸片——

9

阿西!

阿西!!

阿西!!!

1993年6月24日写于安乡滴水洞

注:1. 组诗《阿西·阿西·阿西》原载于1994年元月18日出版的《仙人掌诗报》总第6期。

2. 此诗原载于1995年10月26日出版的《特区卫生报》总85期。

伴萍而行

是夜

我紧敲着心鼓

花王似的伴萍而行

幽兰似的萍

第三辑 门窗咏叹调

在万籁俱寂的鱼米之乡
被月光朗照成星
周身流韵

是夜
我紧敲着心鼓
花王似的伴萍而行

幽兰似的萍
在无拘无束的田野
欢歌如酒
醉了深秋

是夜
我紧敲着心鼓
花王似的伴萍而行

1993年4月14日写于安乡滴水洞

注：1. 诗歌《伴萍而行》原载于1993年8月出版的《'93中青年诗选》。

2. 诗歌《伴萍而行》原载于1995年12月出版的《艺苑》总第87期。

蓝鸟梦飞(组诗)

一、梦仅是一只放飞的鸟

一朵菊
点燃了一只鸟的梦
一只鸟的梦
熠耀着一朵菊
菊等于梦
梦仅是一只放飞的鸟
鸟巢何在
菊花深处

二、鸟儿的翅膀已伤痕累累

那两位不食人间烟火的男女
也许不知道
倾国倾城的梦幻
早已在你我的心空飞翔
你是地
我是天
梦是一只蓝蓝的鸟儿
然而　天已荒
地正年轻
鸟儿的翅膀已伤痕累累
因此　蓝蓝的梦幻

不过是一钩日益憔悴的
　　　月儿

三、我独立于蓝蓝的子夜
　　月宫是天堂的有机组成部分
　　　我独立于蓝蓝的子夜
　　　　　前进一步
　　　　　便是天堂
　　　　　后退一步
　　　　　便是地狱
　　我一边幸福地朗读着一个芳名
　　　一边痛苦地后退了十八步
　　　我睁开眼睛　黑暗如漆
　　　　而闭着眼睛呢
　　　便会发现一朵红艳的菊
　　　依然开放在灿烂的天堂

四、细雨淋湿了白杨的树梢
　　　当启明星隐入碧波之际
　　　蓝蓝的黎明便会横空出世

　　　喜鹊唱着一支令人心颤的歌
　　　　可以断言　这支歌
　　　　　没有开始
　　　　　也没有结束

细雨洒在相思之中
淋湿了眼前那棵白杨的树梢
四周数不清的野花忽明忽灭

是谁　端坐于菊圃之上
前无古人后无来者地
仰望南方

五、太阳稀释了我无所不在的忧伤

在东海沐浴了一夜的太阳
款款地
走向大地
走向蓝天

此时　蜜蜂低吟
蝴蝶翩跹
美人蕉优雅地
弹奏着阳光

太阳　我的情人
是你　稀释了我大彻大悟的疲劳
是你　稀释了我无所不在的忧伤

六、天堂中的花瓣

一个貌若天仙的女孩
于星光之下

手持竹竿
轻轻地敲落
一瓣又一瓣
白玉兰
仿佛在收割一种
年轻得让人感动的情感

如今这天堂中的花瓣
恰似八只布谷鸟
飞临于我琴瑟般的心田

我静静地躺在红尘之上
任凭花瓣的声音
敲打着我的相思
但愿风雨
不会渗透着我的一生

手指抚摸者芬芳的文字
灵魂注视着亮丽的形象
一瓣花 一个小小的游涡
一瓣花 一片小小的红云
花瓣与花瓣之间是什么
是能把夜幕划破的
闪电般的
种子

七、一种疯长的感觉

一种疯长的感觉
牵引着诗人
来到这里

这里的阳光
抚摸过伊人的秀发

这里的绿水
摄下过伊人的倩影

这里的碧树
辉煌过伊人的明眸

这里的小路
谱写过伊人跳跃的音符

这里的中巴
满载过伊人如月的憧憬
一种疯长的感觉
停泊在诗人的
 酒里 风里
 雨里 诗里

八、黑巴德啤酒世界的菊

黑巴德啤酒世界的菊
是红岭中路独一无二的菊
菊用紫罗兰似的手掌
托起十二轮五彩缤纷的梦
这梦　是故乡的十二朵月季吗
这梦　是洞庭的十二朵芙蓉吗
其实　菊就是菊
梦就是梦

当年　陶渊明采菊于东篱之下
偶尔望一眼南山
惬意极了
须知　这东篱与南山之间
尚有一段不短的路程
而今　黑巴德啤酒世界的菊
如十二只春燕
翩然飞临于我的诗笺之上
放射出天蓝色的光芒
佛说　你只能拥有
远观的权利
否则　那冬天的梅
不会轻饶你

黑巴德啤酒世界的菊
唯有令人痛彻心扉的
　　　距离
方是我们永恒的话题

注：1. 组诗《蓝鸟梦飞》原载于1996年4月11日出版的海南《特区卫生报》第111期。
2. 组诗《蓝鸟梦飞》原载于1996年11月出版的江西《诗航》创刊号。

致MX女士

你是骄阳似火的盛夏
你是悬在枝头的丽秋
你是熠耀人心的红霞

你是太平洋的水
你是南极洲的冰
你是欲滴未滴的晨露
你是一点即燃的白雪

你是不可手握的玫瑰
你是只可远视的夹竹
你是香艳绝伦的罂粟

你是诗

你是歌

你是达·芬奇笔下的一幅价值连城的画

你不是花木兰

你不是李清照

你是宛在水中央的伊人

你是一笑就露出酒窝的孩子王

2005 年 10 月 25 日写于安乡读雨阁

并非为所有男女画像

男子变成男人

女子变成女人

是一个美丽的化学过程

在这个过程中

男人与女人

均起了伟大的作用

男人常把成功或失败

当成佳酿

在朋友或女人的面前

豪饮

然后身子一歪

倒在女人的胸前

女人希望男人
胜过一切男人
用其他男人的优点
比男人的缺点
比得男人恼羞成怒　且
笑得比哭还难看

男人的烹调技术渐成一流
浆衣洗裳也是拿手好戏
尽管如此
时不时还得接受女人的再教育
做虚心状
哎呀呀　外面的世界很精彩
家里的世界很无奈

女人也许不太清楚
男人喜欢善解人意的女人
敬请女人提高警惕
千万不要将男人
逼成了第三者

男人与女人
有时为了一根鸡毛
或是一块蒜皮
弄得嘴巴各自东西

男人说　这日子没法过了
女人说　嫁给你倒了八辈子霉

其实　男人与女人
　　谁也离不开谁
不信　待第二天早上起床后
　　你肯定会发现
　　这人间完美如初

　　　　　　　1993年6月25日

第四辑 壮观的冲浪

生命之舟

鼓满了风帆

决不会搁浅在沙滩

尽管风急　尽管雨大

尽管满河涌着漩流

你依然向前

热血吟

这一腔热血
在黄昏黎明
纵情地燃烧
熠耀着
八万里人生之路

这一腔热血
在春夏秋冬
无私地飞珠溅玉
催开了朵朵洁白的
心灵之花

1980 年 5 月 1 日

注：诗歌《热血吟》原载于《江花》文学报新七期，1993年出版。

昙花吟

其实
作为生命
只要灿烂你那样一次
也就足够了

1990 年 5 月 11 日

注：《昙花吟》原载于 1992 年 12 月 20 日出版的广西《平桂工人报》第 755 期。

柏树吟

我景仰的柏哟
在你的身上
找不出一丝儿颓唐
你无一天不奋发
无一年不向上
你的形象
实在不寻常
你这面伟岸的旗帜
早就树在了诗人的心上

1990 年 7 月 19 日

我渴望

白色的服饰白色的床
白色的液体白色的墙
比冬天还白的忧伤像幽灵
在我的心田徜徉

啊　幼稚的玩意儿在膨胀
奔腾的热血触着暗礁
溅起排空的惊涛骇浪
生得悲壮

我渴望冰消雪融流水悠悠
我渴望出现奇迹路途遥遥

1988 年元月 16 日

洗衣的男人

在朝阳的朗照下
在悦耳的乐声中
你颇具阴柔之气地
指挥着你的双手

备盆　倒水　放衣
再放些立白洗衣粉
然后呢　使劲地搓揉

在你的搓揉中
那些漂亮的音符
已悄悄地
自那缥缈的意境中
飞向蔚蓝的天空
与白云为伍

在你那深刻的洗涤中
那些惨不忍睹的污垢
以及不可言说的味儿
已被全部而又彻底地
歼灭

于是　人类洁净的衣裳
悬挂于灵魂的家园之上
如同猎猎招展的旗帜

　　　　　1993年10月6日写于安乡听风楼

注：诗歌《洗衣的男人》原载于1994年4月25日出版的北京《天地人诗报》总2期。

我在雾中飞翔

我的头是特写镜头
　似有似无
　似梦非梦

　我长了翅膀
　在雾中飞翔

　我的翅膀折断
　一头扎进海洋
　换成美人鱼的模样

　我在月宫狂舞
　轻飘飘地私奔人间
　来到沙漠徜徉

　似梦非梦
　似有似无
　我的头是特写镜头

1988 年 5 月 16 日

注：诗歌《我在雾中飞翔》原载于 1994 年 6 月 5 日出版的河北《诗友联谊报》总第 35 期、36 期。

我依然向前

尽管我的视线
被乳白色的雾儿搅乱
然而为了无愧于那声呼唤
我依然大胆谨慎地向前

我瞪大着眼睛
用心用嗅觉
复述着昨天撞车的故事
不以为悲壮
只觉得滑稽
也不能说没有一丝儿价值
要知道那些人
毕竟有了一个辉煌的话题

尽管我的周身
被乳白色的雾儿裹缠
然而为了无愧于那声呼唤
我依然大胆谨慎地向前

1989 年 12 月 29 日清晨

我歌唱刚正不阿的人们

我歌唱刚正不阿的人们
　我歌唱骏马的驰骋
　我歌唱闪电后的雷霆
　我的歌啊　特地献给那
　　打狼的猎人

　　歌声起处
　　有如大雨倾盆
　　有如烈焰腾腾

　　声声高歌
　　像那狂风阵阵
　　像那激流滚滚
　　　歌声里
　　有人玩弄魔术
　　有人纵酒欢庆

1981 年 2 月 21 日

男子汉

　　心中的烽火
　借助呼啸的夜风

点燃了天上的星星
　　　月亮行着注目礼

　　　匆匆的脚步
　　　　踩着不平
　　　伤了几只癞蛤蟆
　　几只不怀好意的动物
　　　　退到角落

　　　　　　　　　　1989年4月13日

如雷的鸟声

　　我那青春过的额头
　　　　被岁月之风
　　　吹成了黄河的波浪
　　我那青春过的思想
　　　　而今成熟得
　　像悬在空中的十字架

　　我娴静得如一片树叶
　　　飞翔是我的归宿
　　作为一片成熟的树叶
　　飞翔在硕果累累的季节
　　　　不是很好吗

奇怪的是
那只鸟儿的声音
如雷
总是萦绕在我的耳畔

　　　　1991年4月11日写于安乡豁达楼

注：诗歌《如雷的鸟声》原载于1996年11月出版的《潇湘文学沙龙》复刊号。

生 活

这本厚厚的书
每一页都是这样沉重
我委实翻不动

我使出浑身解数
翻了半辈子
才启开一点透光的缝儿

　　　　1989年元月21日

高歌于江湖之上

高高在上的椅子
翘着老态龙钟的二郎腿
把玩着金光闪烁的饭碗

于是有人垂涎三尺
卑贱地接近甚至委身于
老奸巨猾的椅子

饭碗置于高高在上的椅子之上
为四处流浪的人
装满世态炎凉

椅子高高在上
饭碗高高在上
那些不愿折腰的人们
勒紧裤带
高歌于江湖之上

1992年5月27日写于安乡紫云洞

内设雅座

高高在上的肚子
命令你风度翩翩地
　走进餐厅
　餐厅不错
　内设雅座
　雅座很好
能容雅与不雅之人
你置身于雅座之内
　在酒瓶的呼啸
与女人的浪笑之中
　雅得杯盘狼藉
　　之后
你指挥凸得高高的肚子
　以及修长的双腿
　迅速地撤离现场
　在自个儿的雅座之内
你长长地嘘了一口气

1992年6月10日写于安乡紫云洞

注：诗歌《高歌于江湖之上》与《内设雅座》原载于1992年出版的《龙泉文学》总第5期。

表情空前的庄严

自从你们隐入高洁的蓝天
对于许许多多的事情
我除了哑口无言
依然是哑口无言

我屹立在春天的山巅
默读怪石嶙峋的山峦
感悟到自己是一个
活得很不错的混蛋
哈哈!
无怪乎那群
悠闲自得的人
总是对我指指点点

我伫立在夏天的山麓
细数着一根又一根血色的枕木
表情空前的庄严

1992 年 5 月 20 日 10 时许

注: 1. 诗歌《表情空间的庄严》原载于 1992 年 9 月出版的《北方诗报》总第 5 期。

2. 诗歌《表情空前的庄严》原载于 1994 年 9 月 28 日出版的陕西《地平线》第四期。

壮观的冲浪

　　生命之舟
　　鼓满了风帆
　　决不会搁浅在沙滩
　　　尽管雨大
　　　尽管风急
　　尽管满河涌着漩流
　　　你依然向前

　　看吧　金色的浪花
　　溅在你的舟心舟舷
　　　　冲浪
　　　　冲浪
　　　何等的壮观

1989 年 11 月 9 日

考场写实

考生们端坐于课椅之上
　　且排列成方阵
　　胆大而又心细地
　接受一九九二年的检阅

空气纯净
考场通明
考生们有如春蚕
发出咀嚼桑叶之音

一脸英气的监考员
代表祖国
首长似的
屹立于方阵之前

窗外的杨柳如云如烟
一群洁白的鸽子
从祥和的村庄中飞出
不一会儿
便隐入遥远而高洁的
蓝天

1992年5月22日写于安乡紫云洞

第五辑 十二生肖

龙是一种哲学
龙是一种精神
龙是热血沸腾的
一往无前的长江

神奇的春天

大地从沉睡中
　　缓缓地
　　睁开了双眼

　　是谁
　　把天空
梳洗得湛蓝湛蓝
　　是谁
　　给杨柳
点缀那嫩绿的星星点点
　　是谁
　　撩开了
百草彩色的衣衫
　　是谁
　　让百鸟的鸣声
更加悠扬而婉转

　　啊　原来是你
　　这神奇的春天

1982年3月1日写于张九台中学

注：诗歌《流韵》(P165)《我渴望》(P115)《神奇的春天》载于1993年6月30日出版的《江南诗报》。

我与春姑娘并肩而行

浩浩荡荡的春风
吹青了山
吹绿了水
吹蓝了天

淅淅沥沥的春雨
淋湿了红花
淋湿了碧草
淋湿了五彩缤纷的梦

水灵灵的春姑娘
就这样飘然而来
走过一路盎然的春意
我与春姑娘并肩而行

1980 年 4 月

二十四节气(组诗选二)

二十四节气是古代中国劳动人民长期经验的积累和智慧的结晶,二十四节气是中国人特有的生活美学。没有二十四节气,便没有《二十四节气》。

——题记

立春

不可一世的大寒
张牙舞爪
撕咬着万物
连同人类的灵肉

是时 大侠大义的春
莅临中国 莅临人间
在大寒的胸膛上
奔雷走电

于是 在人间
在热气腾腾的节日里
响起了五颜六色的
鞭炮声

雨水

雪意减了若干份的天空

不时地向人间
递着媚眼
且在二月十九日的某一个时辰
癫狂得雨水纷纷

在雨水之中
走亲访友的人们
不知是否听见了
杨柳舒活筋骨的声音

注：组诗《二十四节气》原载于《诗人艺术家》总第3、4期合刊。

冬夜的雷电

真没想到
你这春姑娘的伟丈夫
如此耐不得寂寞
你跨越了一个季节
发狂地呼唤
你淋漓的鲜血
染红了冬之夜
你的雨滴
开始淅淅沥沥

1989年元月6日

最美丽的风景

没有起点也没有止点的时间
　与无边无际的空间
　构成了美丽的宇宙

　　在美丽的宇宙中
　　有一颗灿烂的星星
　　这颗灿烂的星星
　拥有一个坚强的名字：地球
　　这颗灿烂的星星
　拥有一个娇柔的名字：水球

　　坚强的地球盛产男人
　　娇柔的水球盛产女人

男人在地球上喷薄出阳刚之气
女人在水球上波动着阴柔之美

　　水球上的男人
　　与地球上的女人
　　构成了宇宙中
　　最美丽的风景

2001 年 3 月 19 日

圣洁的点缀
——题国画《大吉图》

形似的鸡
在不是画家的画家那儿
啄食
神似的鸡
在摇头晃脑的画家那儿
啼鸣
可鸡王的鸡
却从历史的深处走来
构成地球之巅
蔚为壮观的风景
照耀着百姓大吉大祥的灵魂
啊　是谁的肉眼和心眼
开始歌唱

1996 年 5 月 1 日

注：题画的《圣洁的点缀》原载于 1996 年 6 月 13 日出版的海南《特区卫生报》第 180 期。

侗族秋姑

在成熟的季节
　是谁发现
　一串红色的珍珠
　挂在侗族的家园之上
　如同仙女的项链

　在灿烂的时空
　　是谁发现
　一位俊俏的村姑
　端坐于永恒之上
　如同燃烧着的风景

　　　1994年7月12日写于安乡听风楼

注：1. 此为配画诗。中国画《侗族秋姑》的作者是青年画家张中华先生。

2. 配画诗《侗族秋姑》原载于1995年6月8日出版的《文朋诗友通讯》总第5期。

告诉我
——题水彩画《鱼翔浅底》

自由的白云
告诉我
藻类与彩虹
它们的区别是什么

雪白的天鹅
告诉我
天空和海洋
谁比谁高

注：水彩画《鱼翔浅底》为小学生乔梓所作。

1996 年 9 月 25 日

灯 芯

即使熬干了油
也要拼命地亮一亮
生得辉煌
死得也辉煌

1988 年 12 月 31 日

点火王

汽车摩托点火王,
节油降污添力量,
防止失火与断火,
大江南北美名扬。

2000 年 6 月 21 日

星星系列(组诗)

我不是天文学家,也并非太空诗人。

—— 题记

银河
这一条河流
灿烂如梦
其间生长着
一种叫作星星的植物
这种植物吸收着光明
且生长出
依然叫作光明的花朵
这些花朵互相辉映
点缀着美丽的宇宙

太阳

赤诚的太阳
在我的头顶
旋转出成熟的光芒
旋转的太阳
总有一天会将我碾成
其间的一粒黑子
对这样的归宿
我还能说些什么呢

地球

站在月亮上
你会惊奇地发现
这颗星星
音乐般的明亮
你的哲思
就会海洋般地歌唱

月亮

有月亮的日子
就会有赏月的我
有赏月的我
就会有我的影子
我的影子也许会被
几只觅食的蚂蚁践踏

这　太正常了

启明星

当这颗星星启明之后
便谦逊地让位于太阳
然后隐没于碧波之中
以你想象不到的方式
　　参禅打坐

1990年11月9—13日写于安乡莫愁阁

注：组诗《星星系列》原载于1994年6月出版的安徽《民间诗报》第3、4合刊。

附录：《星星系列》诗评

星星幻想曲
——读乔光福的组诗《星星系列》
文/黄昏

读乔光福的诗不多，对他的人更是知之甚少，但这并不影响我对乔诗的阅读。

记得小时候，妈妈总爱让我数天上的星星，我知道天上的星星都有其各自的位置，而且就在这浩瀚的宇宙中，就有我们各自的星座。从那时起，我便在心里在梦里暗暗寻找那颗属于我自己的星星。每逢星光之夜，我便偷偷跑到茅屋外，静静地望着天空出神发呆……这便是一个农村孩子童年时代和少年时代的全部积蓄。他总幻想着有一天，能找到那颗属于他自己的星星；他幻想着有一天能在银河系里发出自己的光和热，能辉耀大地辉耀宇宙。这便是生命中最灿烂的部分。

乔光福的《星星系列》也正是在这个情景中勾起了我对这种梦想和逝去的时光的回忆。

> 这一条河流
> 灿烂如梦
> 其间生长着
> 一种叫作星星的植物
> 这种植物吸收着光明
> 且生长出
> 依然叫作光明的花朵
> 这些花朵互相辉映
> 点缀着美丽的宇宙
>
> ——引自《银河》

也正是这种"叫作星星的植物""吸收着光明"，然后开成生命的"花朵"辉映宇宙，才使世界不再寂寞，宇宙不再空旷和辽远，才使人类变得高扬。这种对生命价值的肯定和极写，使得这首小诗变得深广和明净，有意无意放射出人性的光芒，在光和影之间，在透明的意象群之间暗自浮动，静静开放成一种"叫作光明的花朵"。这既是对生命的追寻又是对宇宙观的沉思，展现出一种纯真、美丽、高洁与明净的诗境。这首诗最美最让人神往的地方还在于那种清脆的、让人敲打得出声音来的童稚，但这种童真的流露却完全有别于顾城式的那种成熟后的工匠式的童稚，即以成人的方式模仿孩童的心态营造出的一种情致。乔光福的诗不仅自然流畅，而且空灵透明。我以为这正是乔光福的诗独立于诗坛应该肯定的东西。

　　乔光福的这组诗的另一个特点是：语言非常的平易，而在这平易的语言中飘浮着一种难以言说的灵动。这种诗境正应了佛家的那句话：不立文字，教外别传。平易是最难做到的。佛家禅宗历来注重的便是这种平易与简单，因为那是来自智慧之国的福音。我曾经说过：诗写到没有语言为止。这句话用佛与道的话来说，那便是禅与一的终极。而当今诗坛不知有多少人在写禅诗，但多数人都在为禅而禅，却不知道禅为何物，这便是当今禅诗的一种执着和迷误。殊不知，禅乃最简单最平常的事物——即是我们那颗平常心而已。可是，在这纷纭复杂的人世间，在这滚滚的红尘里，我们的心性我们的那颗原本质朴的平常心却被异化了，在不知不觉间蒙上了尘埃，被各种各样的欲望和贪婪所占据，失却了平常原本该有的面目，用佛的话讲，这便叫魔相或叫不悟或叫不觉。

>　　站在月亮上
>　　你会惊奇地发现
>　　这颗星星
>　　音乐般的明亮
>
>　　　　　　——引自《地球》

　　"音乐般的明亮"，这是什么诗境？这只能用心去体悟、去感觉，这种诗境是无法用言语来道断的。诗写到没有语言为止，从这个意义上讲，是有其客观背景的。没有语言，并不是说不用文字，那是一种直指人心的说法，这其中有关于艺术的奥妙。真诗真艺术你只能用心去体悟,用真我去关照,方能体验到其中的所指和能指,妙而又妙,不可言说。读诗读任何艺术作品,都不能执着于文字相。如果执着于文字相,那便叫作不悟。不悟乃是等于没读,甚至比没读还要糟。因为没读乃为不知,而不悟则包含着不知,同时还包含着迷悟,迷悟便失真觉,真觉既失,哪还有我?古人不是有句话叫作"功夫在诗外"嘛!我看,其中必有玄机。

我认为乔光福在这一点上非常地清醒。他对人生的使命和终极意义表现出非常冷静的态度:

当这颗星星启明之后
使谦逊地让位于太阳
然后隐没于碧波之中

—— 引自《启明星》

这正是追寻人生价值到生命的终极过程的客观写照,其间流露着一种生命的大度与超脱。这便是一种悟,也是诗歌精神中难得的一种品质。

当然,乔光福的这组诗表现的远远不止这些。因限于篇幅,只能作抛砖引玉而已。

1994 年 4 月 25 日写于洛阳鸽子居

(黄昏,河南省洛阳市著名诗评家。此文原载《蓝天艺术报》1995 年第一期。)

中国象棋(组诗)

中国象棋充满着博大精深的哲理。谁能够指其一端,谁便成了哲人。

—— 棋人手记

一、棋子的生存状态
　　杀声震天

　　硝烟弥漫

　　每一粒棋子

　　都没有温馨的家园

二、棋子的前进方式
　　每前进一步

　　都得小心翼翼

　　不然的话

　　便会遭到暗算

三、特写镜头之一:元帅
　　深居宫中

　　不能外出

　　且随时会受到

　　致命的一击

四、特写镜头之二：卒子
一旦过河
便不再回头
即使丢掉性命
亦无半点儿遗憾

      1994年7月17日写于安乡听风楼

注：1. 组诗《中国象棋》原载安徽《民俗》总第30期。
2. 组诗《中国象棋》原载于1994年11月26日出版的吉林《柔情文学报》试刊号。

十二生肖(组诗)

面对十二生肖，即使人有百手，手有百指，也不能指其一端。
       ——题记

鼠
睡了一天懒觉的老鼠
趁着太阳不在之际
鬼鬼祟祟地从暗室中溜出来
有恃无恐地
干着打家劫舍的勾当

得寸进尺的老鼠
空前藐视猫们
空前藐视那句成语
即使在光天化日之下
也敢三五成群地
招摇过市

牛

牛的价值
在金色的土地上
得以实现
且看在牛悲壮地
努过力的地方
稻谷散发出诱人的芬芳
棉花翻滚着雪白的波浪
于是　幸福的烟火
袅袅升起在祥和的
永恒的村庄

虎

且说华南虎
落入平原之后
真的遭到了
野犬们的空前凌辱

华南虎左冲右突

然而终因寡不敌众
成了笼中虎

面对好些生肖的
指指戳戳
此时的华南虎也只能
威严而又无奈地
在笼中
走来走去

兔

面对敌人
胆小的兔子
总是三十六计
跑为上计
久而久之兔子成了
跑的冠军
美食家说飞的鸽子
与斑鸠
再加上地上跑的兔子
因此无论是野兔还是
家兔
均哭红了双眼

龙

龙是武陵山脉

龙是万里长城
龙是华夏民族的
至美的图腾

龙是须眉豪杰
龙是巾帼英雄
龙是翻江倒海的炎黄子孙

龙是一种哲学
龙是一种精神
龙是热血沸腾的
一往无前的长江

蛇

蛇于碧草之中
扭动纤腰
且用胭脂色的唇
与伶牙俐齿
暗算着过路之人
那些备于不备之人
在刺激的瞬间
无不定格成
一种恐怖的
原始风景

马

斯马不做驯服工具
且时不时仰天长啸
于是　天降磨难
真正的石磨之难于斯马

在工作没有贵贱之分的乐声中
斯马被蒙住双眼
肩负着石磨之重
加速度地转着圆圈

且说驴子干上了斯马的工作
月行千里
任劳任怨
口碑好极了

在英雄有用武之地的年代
但愿斯马
能够挣脱石磨的羁绊
一日千里地
驰骋在真正属于自己的
工作岗位上

羊

羊的目光与灵魂

在鞭影的抽打中
不敢越雷池半步

一旦遇上狼的突然袭击
羊便头顶耻辱的旗帜
咩咩地放开四蹄

猴

笑得最幽默的猴子
其实是在笑自己——
既不会享受大熊猫那样的殊荣
又不会获得白唇鹿那样的保护
既没有降妖伏魔的高招
又没有腾云驾雾的本领

狡猾得出格的猴子
其实是在逃避
问题是　即使像那一位
挺聪明挺勇敢的
石猴
也未能逃脱佛的掌心
且时不时被唐僧
咒得死去活来

鸡

鸡们扒几爪啄一口

对此　鹤不屑一顾
且极风流地闪了一下翅膀
蹿到那棵歪脖子树的怀中去了

鸡们懒得理睬
周围发生的这些事情
雄鸡呢　依然拍打着响亮的旋律
母鸡呢　依然产下战栗的忠贞

在稻花盛开的家园
在人们的温柔目光中
鸡们的羽毛艳丽绝伦
且升华成朵朵彩云

狗

在我的诗歌之中
不知是谁的牙齿
失落在旷野
正在加速度地退化

而狗　充满灵性的狗
在一眨眼之间
却回到了寂寞的家园

面对大侠大义的狗
面对历史的颤音
是谁的颗颗珠泪

饱含着对狗的无限亲昵

与撕心裂肺般的

期待

猪

不修边幅

憨态可掬

且在任何场合下

均不露一点儿锋芒

至于缺点嘛

恰好是一大优点

是以　猪们

被委以重任

领导着

某一个方面的

新潮流

1993年8月1—12日写于安乡滴水洞

注：组诗《十二生肖》原载于1994年3月15日出版的《中国校园诗报》总12、13期。

澧水吟

古老的澧水日夜流淌
流淌着先辈的悲哀
流淌着铺天盖地的恐怖
流淌成一匹
暗黄暗黄的尸布

焕发了青春的澧水不再呻吟
流淌着一腔绿色的憧憬
流淌着一曲悦耳的福音
流淌成一床
晶亮晶亮的地毯

澧水从远古
流向今天
流向未来

1988 年 3 月 18 日

注：诗歌《澧水吟》原载于 1989 年出版的《书院洲》总第 10 期。

我似乎偶然发现

我的印象曾为城市歌唱
黑得早一些的城市
用燃烧的灯光
把生活越照越亮
五彩缤纷的城里人
开遍了大街小巷
不绝的旋律
在灿烂的世界中荡漾

我的印象曾为农村忧伤
黑得迟一些的农村
用秋月这把蒲扇
将日子越扇越凉
修改土地的庄稼人
关闭了大村小庄
尽情地在梦境中
收获着属于自己的粮食和阳光

今天我似乎偶然发现
农村的夜通明通明
闪烁着红男绿女的倩影
流淌着从北京飞来的歌声

农村的夜　迈着庄稼人
过去没有的步伐
正在走向城市

1989 年 8 月 10 日

拔地而起的码头

澧水在这儿转了一个弯
一弯就弯出了一个码头
码头也是弯的
弯的历史很长很长
弯成了一个侏儒似的老太太

自社会主义光顾这个老太太
她渐渐地有了生气
不过这种生气
依然叫人想起
小孩蹒跚的步子

如今的天气预报表明
阳光普照
风调雨顺
适宜码头和庄稼生长

于是乎　这个拔地而起的码头
　　　变得姹紫嫣红
　　　且被另一个名字代替
　　　越叫越充满诗意

　　　　　　　　1990年4月30日凌晨

关于扁担的断想

农夫挑着苦难的日子和辛酸的泪水
　　　自历史的深处走来
　　　途中　为了摆脱肩上的压迫
　　　他们一次又一次地
　　　将扁担高高地举起
　　　举成一片又一片如林的旗帜
　　　谁也忘不了那个举世瞩目的秋季
　　　受苦人在那座巍峨的山上云集
　　　扁担的光芒所向无敌
　　　映红了华夏的大地

农夫挑着喜悦的憧憬和当家人的庄严
　　　以白杨般潇洒的姿势
　　　自康庄大道的彼端走来
　　　他们经过一站又一站
　　　一次又一次地令扁担奋勇向前

谋事在人吃饭靠天
偶尔　他们会挑来一个酸酸的遗憾
然而更多的是挑来一担又一担
甜甜的情感
而今　扁担作为一种精神
无疑会像阳光一样的灿烂

1991年8月15日

注：诗歌《关于扁担的断想》原载于1992年8月10日出版的《吴都艺苑》总第12期。

附录：《关于扁担的断想》诗评

小议《关于扁担的断想》
文/蒲公英

《关于扁担的断想》写得很成功，立意新，诗意浓。

第一段"扁担的光芒所向无敌/映红了华夏的大地"。写出了农夫把挑着苦难和辛酸的扁担一次又一次举起，"举成一片又一片如林的旗帜"。歌颂了毛泽东领导的秋收起义。

第二段写农民当家做了主人。"农夫挑着喜悦的憧憬和当家人的庄严/以白杨般潇洒的姿势/自康庄大道的彼端走来"……走向幸福，走向明天。如今农夫挑来的是"一担又一担甜甜的情感/而今/扁担作为一种精神无疑会像阳光一样的灿烂"。诗人直抒胸臆，点出主旨。

全诗立意鲜明,文字优美,比喻、拟人、象征手法运用恰到好处。阅读此诗有清新明快之感,令人回味,过目不忘。这是一篇佳作。

2011 年 1 月 2 日

一张巨大的犁

一群爱唱《国际歌》的精英
聚会在神圣的七月
锻造出一张锋利的犁
且郑重地安放于那面燃烧的旗帜
于是铁锤云集镰刀云集
铁锤和镰刀
浑然融为一体

铁锤叮当如同雷鸣
狠砸毒蛇的七寸
镰刀霍霍如同海啸
勇割猛兽的头颅
这张巨大的犁所向披靡
犁出了一条
通向共和国的坦途

从此这张巨大的犁

在红色的天地之间
在滚滚向前的康庄大道两旁
庄严地翻耕着社会主义的沃土
铁锤叮当
砸危及庄稼的害虫
镰刀霍霍
收获满胸怀的喜悦

1991年4月18日写于安乡豁达楼

注：诗歌《一张巨大的犁》原载于1993年12月出版的云南《文苑》第5期。

怀念颜昌颐

世界一天比一天美好
阳光一天比一天明媚
我们对颜昌颐的怀念
也一天比一天深切

颜昌颐哟
你在法国留下了
深深的足迹
你在莫斯科
受到了真理和阳光的洗礼

在血雨腥风中
共产党人断然决定
以武装的革命
反对武装的反革命
于是担任前敌军委之一的颜昌颐
在不是你死就是我活的八月一日里
呼啸奔腾

在万分艰难的日子里
颜昌颐等人
握紧红二师这只铁拳
与海陆丰的另一只铁拳
左右出击
砸出了一块红彤彤的天地

不幸被捕的颜昌颐等人
含着微笑
走向上海警备司令部的刑场
一个年轻的生命
就这样永远年轻了

风流倜傥的颜昌颐哟
你划了一道美丽的弧线
终止在二十九光年
辉煌了永生永世的白螺湾
你年轻成一座伟岸的陨石山

巍峨了安乡人

巍峨了中华民族的男子汉

1991年5月18日写于安乡豁达楼

注：诗歌《怀念颜昌颐》原载于1991年7月1日出版的《书院洲》。

借问桃花源的田翁

当松滋河和黄天湖的美景
在我的诗歌中生根的时候
便想去晋朝的那位老人家
　描绘过的桃花源
　呼吸呼吸新鲜空气
　或欣赏欣赏
　那来自历史深处的天音

　敬请桃花源的田翁
　容我坦诚相告——
我的诗歌也是贵处的特产
像贵处的桃花一样粉红
像贵处的翠竹一样刚直
像贵处的秦人洞一样宜人

借问桃花源的田翁
倘若拥有一只诗笔和两袖诗歌的我
在某一个风雨交加之夜打扰
你能否为我提桶桃花溪水
刷洗疲劳与饥饿

1992年5月21日写于安乡紫云洞

第六辑 请你当心

晚上摸黑走路的人
姑且算你大胆
但是请你当心
躺在草丛中的毒蛇

流 韵

赤膊上阵不遗余力
跳着戴枷锁的原始舞蹈
跳出腿上的静脉血管曲张
跳出心田的龟裂
车水的日子生疼生疼
水车在匍匐的历史中呻吟

而今　尽遂人意的抽水机械
将水车
挤在偏僻的角落
高昂地唱起了
一支又一支
黄澄澄的凯歌

1981 年 7 月 23 日

谁也不可否认

谁不说月亮光华如水
谁不说椭圆镜白得圣洁
谁不说水中天蓝得迷人
然而　谁也不可否认

水的背面是黑色的淤泥

镜子的背面是污秽的血液

月亮本身能发光吗

欺世盗名

1988 年 5 月 16 日

附录:《流韵》与《谁也不可否认》诗评

"跳出心田的龟裂"
——有感于乔光福的两首短诗

文/吴庆之

诗人们是怎样进入诗歌状态而又不能自拔的,或许在自觉和不自觉中,因了诗歌的光芒照彻所致。而在当今商品大潮的冲击下,许多诗人开始了自己拯救自己的艰难过程。他们在那片纯净的天空下,努力唱着自己最真实动人的歌谣。前提:这必须是那些真实的诗人。因为,人们讨厌那种无病中吟假大空的伪诗。几年来,那些空泛且淡如白水的东西,莫名其妙地充斥诗坛,一窝蜂似的拥挤于诗歌路上,莫不是都想沾点缪斯女神的仙气吧?!难怪许多诗人都发出"跳出心田的龟裂"之呐喊。

湖南青年诗人,《跋涉诗歌报》主编便是其中之一。他最先发出这种呐喊:"赤膊上阵/不遗余力/跳着戴枷锁的原始舞蹈/跳出腿上的静脉血管曲张/跳出心田的龟裂"(《流韵》,载《跋涉诗歌报》1993 年第 3 期)。这是诗人经过生命体验后的一种发自于肺腑的呐喊之声,让你不得不用心去听去感受,让人感到一种阵痛之后的大出血。但诗人并不因此而使人感到悲惨,他用

"水车"这一意象在末尾一段写道:"尽遂人意的抽水机械／将水车／挤在偏僻的角落／高昂地唱起了／一支又一支／黄澄澄的凯歌"。这是一种心灵的歌唱,悲壮之后的光芒。

再看诗人另一首短诗:"谁不说月亮光华如水／谁不说椭圆镜白得圣洁／谁不说水中天蓝得迷人／然而谁也不可否认／水的背面是黑色的淤泥／镜子的背面是污秽的血液／月亮本身能发光吗／欺世盗名"(《谁也不可否认》,载《跋涉诗歌报》1993年第3期)。诗仅八行,却深刻、尖锐地提出了当今的一些社会问题,在肯定之中进行否定。"月亮光华如水","椭圆镜白得圣洁","水中天蓝得迷人",然而,在这些美好的事物的另一面,却欺世盗名,存在着"污秽的血液"和"黑色的淤泥"。诗人以诗之语言站在哲学的高度,指出了生活中谁也不可否认的事实。

读罢这两首诗,我不禁叫道:好一个乔光福!使乔兄委屈的是,本人对这两首诗的理解可能有些牵强附会,抑或违背了其创作初衷。不过,诗人们应以血来浇灌龟裂的心田。这是一种精神。

注:此文原载《戏沙涉诗歌报》1994年第1期。

(吴庆之,贵州青年诗人,《水泥报》编辑,曾在全国几十家报刊发表诗作百余首,并入选多种诗集。他的诗作《黑头发飘起来的时候》曾获首届"淮风金章"全国青年诗歌大赛一等奖,李瑛、杨子敏曾为此诗分别写了评论文章。)

月亮忍不住笑了

　　黑夜　做着一个
　　荒诞而狰狞的梦

　　想扭曲地上的春
　　想熄灭天上的星

　　月亮忍不住笑了
　　　惊醒了黎明

　　　　　　1988 年 5 月 13 日写于张九台中学

冷汗淋漓的梦

　　星光淡淡的夜
　不知什么东西鬼头鬼脑
　　我如同猛虎狂奔
　　　生怕鬼索魂

　　星光淡淡的夜

不知什么东西蛇模蛇样
我如同袋鼠蹦跳
生怕毒蛇咬

鬼头鬼脑的东西迫近
蛇模蛇样的东西迫近
冷汗淋漓的梦
梦清清楚楚

1988年5月13日

缠 绕

这一株植物
缠绕着一棵枯树
苦心地攀缘

枯树承受着风云
慢慢地腐朽
无力地呻吟

呻吟着的
露出了病态的恐惧

升腾着的
露出了得意的神情

1985 年 7 月 26 日

注：诗歌《缠绕》原载于 1987 年 12 月 20 日出版的《湘北诗丛》。

姜太公新传

现代的姜太公们
逐渐摸透了鱼儿的习性
他们撒下
不是很香的诱饵
就会带来
将眼睛眯成一条缝的喜悦
这是怎样的姜太公
这是怎样的鱼儿呢

1991 年 4 月 23 日

好酒啊好酒(组诗)

1

绿灯朗照下的殿堂
一群看似高贵的人
被血红的酒
灌得血红血红
一如十恶不赦的蚊子
吸饱了人血的红肚皮
好酒啊好酒

2

将如花似玉的时光
泡在天堂般的酒缸
于是乎身轻如云
随风飘荡
梦醒时分
依然辨不清方向
且不识星光
好酒啊好酒

1993年2月25日写于安乡紫云洞

注：组诗《好酒啊好酒》原载《燕山企业文化》杂志，1993年B卷。

由一本书展开的联想
——兼为某些文人画像

有一本很薄很薄的书
是地球上的男人所写
这位男人生在宋朝
也许是闲得无聊
也许是为了捞一顶乌纱帽
于是乎将汉族的姓氏拼凑在一块
且重重地拍了一下马屁

我想那赵宋王朝的皇帝
定会认为这些俗不可耐的文字
妙极妙极
这位男人官封何品
拥有几房小妾
且听下回分解

2001 年 3 月 21 日

关于叶的断想

金黄的树叶儿
终于挣脱了

集体的镣铐
没想到
只轻飘飘地
荡了几下
就一头栽进了
垃圾的怀抱

1985年7月25日

这是祖先留给我们的

吃饭了吗
这是祖先留给我们的
勒紧肚皮的余悸

好走啊
这是祖先留给我们的
头破血流的箴言

1989年元月20日写于张九台码头

注：诗歌《这是祖先留给我们的》载于《作家诗人报》1993年第1期。

绿油油的豆子

南国生长的那颗豆子
被古今才华灼灼的诗人
咀嚼得光彩动人
我也想拾一颗这样的豆子
好好品尝一下其中的滋味
不料却在历史的深处
拾了一升绿油油的豆子

本来这升豆子
属于一个寡妇
这个寡妇
虽然年轻得如同那位
在河之洲的淑女
然而却被无形的大山
压在躁动的子夜
瞧她无奈地将一升绿油油的豆子
撒在湿漉漉的地上
然后一粒又一粒地
拾起自己的长吁短叹
以及自己门前的是是非非

这一升绿油油的豆子
如同磷火一般的美丽

第六辑 请你当心

丢了实在可惜

因此我将它

郑重其事地

放在了诗歌的这个角落

1991 年 9 月 30 日

注：诗歌《绿油油的豆子》载于《诗歌报月刊》1994 年第 5 期。

蜘蛛

躲在角落的蜘蛛

机关算尽地

营造了一面偌大的网

然后绅士般地

稳坐于殿堂之上

伺机获取一己之利

1993 年 7 月 11 日写于安乡滴水洞

注：诗歌《蜘蛛》原载于 1994 年 4 月 8 日出版的《关东周末特刊》总 11 期。

鹅卵石

很久很久以前的你
也许是一块
有棱有角的巨石
是的　一块巨石
伟岸地对抗着
风雨和浪涛的袭击

谁知道大自然
千百万年的鬼斧神工
竟磨滑了你的躯体
看你现在小巧玲珑得
可以任人一脚
踢进大江里

1989 年 8 月 3 日

请你当心

晚上摸黑走路的人
姑且算你大胆
但是请你当心

躲在草丛中的
毒蛇

1980 年 7 月 21 日

怀念凤凰

那一只叫作五羊的羊
在一个春风凋零之夜
被人顺手牵了羊

为了走在时间的前面
你让你的血液
在这一只凤凰的身上
溢彩流光

你于心不忍地
命令这只马似的凤凰
在风风雨雨的日子里
伴你艰难地飞翔

羊的教训
你念念不忘
一旦凤凰小憩
你便牢牢地

拴住了它的翅膀

尽管如此
你的凤凰
还是在一个星光凋零之夜
被人捉小鸡似的
不知捉到了什么地方

此后　你常常设想着
这一只凤凰
被人蹂躏后的模样

你始终弄不明白的是
这个地球
为什么会一天天地变得
防不胜防

1992 年 7 月 16 日写于安乡紫云洞

注：诗歌《怀念凤凰》原载于 1994 年 8 月 5 日出版的安徽《审计导报》总第 210 期。

第七辑 辉煌的合流

澧水曼舞卜洞庭
沅水轻歌上洞庭
啊　辉煌的合流
说不尽的温情

蓝色的抒情

上天的颜色是蓝蓝的
大海的颜色是蓝蓝的
高山的颜色是蓝蓝的
乔木的颜色是蓝蓝的
端坐于诗坛之上的
北方那间屋子的名称
也是蓝蓝的

蓝是一种深刻的颜色
蓝是一种神圣的颜色
蓝是一种伟大的颜色

血色不仅仅是远远比不上蓝色
黑色不仅仅是远远比不上蓝色

在江南的冬天
我引颈北望
但见那间蓝屋子
端坐于时空之上
放射出天蓝色的光芒

1992 年 12 月 26 日写于安乡紫云洞

注：诗歌《蓝色的抒情》原载《高原文学》第四期，1993 年 3 月 25 日出版。

诗人们(组诗)

之所以严冬的灵魂变得无比温柔,是因为你们走入了神圣的诗歌。

—— 诗人手记

其一 董秀珊
　一尊雪豹
　蹲在唐山之巅
　深情地注视着
　有烟有火的
　　人间

其二 马轼怀
　一匹马
　　于铜仁
　把世界搁在一边
　飞向祥和的
　　蓝天

其三 张洪波
　自地心
　喷薄而出的
　不仅仅是工业的
　　血液

于是　野果红了

其四　商震
将成熟的果子
　　储藏于
　　诗歌的冰柜
　　这些果子
能不流芳百世吗

其五　牟国志
用姹紫嫣红的
　　方块字
　　砌成一尊
　　西北的
　　丰　碑

其六　野曼
漫步于诗桥的人
　　不会不
　　感受到
　　太平洋的
　　博大精深

其七　陈韶华
你用燃烧的手掌
洒下一江春花

或是一道灵光
于是我们的视野
变得金碧辉煌

其八 顾万久
用侠义的手指
托起诗歌的太阳
蓝天与厚土
母亲与孩子
能不为之动容吗

其九 吴庆之
你给龟裂的心田
注入鲜红的文字
因此 黑头发飘起的时候
在我们的眼前
熠耀着一枚淮风金章

其十 张起
王子乘着白马
神游于庄严的天姥山
蓦然回首
一江春水
浩歌滔天

1993年12月1—10日写于安乡听风楼

颂诗三帖(组诗)

世界诗叶
世间奇事众口传,
界上杰作非等闲。
诗人推开窗前春,
叶绿花红耀乾坤。

古体新诗
古韵一诵音绕梁,
休味三昧沐星光。
新日一轮悬九天、
诗音一席赛大江。

刘菲先生
老刘诗坛悬天手,
芳菲洋溢世罕有。
日朱星月照人寰,
三生有幸歌与酒。

2000 年 9 月 20 日

一尊货真价实的佛
——读《江南随笔》

你这位慈眉善目的先生
每次采风归来
总会佛一般地
坐在明亮的灯光下
笔走游龙——
或纯真地为水乡写生
或发思古之幽情
或纪录艺海跋涉的艰辛……

其实　谁都知道
佛不食人间烟火
不会吟诗作文
且君临于凡夫俗子之上

瞧你
即使隐身于
这本《随笔》的字里行间
人们也会发现你
笑得极有人情味

你这一尊货真价实的佛啊

1992 年 7 月 24 日

晋州巨星与拔节的民间

一颗巨星

在晋州

喷薄而出

于是　在民间

燃烧的酒

与玫瑰色的梦

以及诗歌

纷纷拔节

这颗巨星

高悬民间

灵魂如丹

君与我

全能看见

1993 年 4 月 19 日写于安乡滴水洞

注：诗歌《晋州巨星与拔节的民间》载于 1993 年出版的《杜鹃诗魂》创刊号。

劝君打开和平路7号的美酒

在合肥市和平路7号
几位具有独创性的专家
适应时代新潮流
开发出一种美酒
此酒采用方块字　且
配以精神等名贵药物
浸泡于天使风度之中
久而久之
不是茅台
却胜似茅台
其口感如何
或爽净明快
或浓郁醇厚
更有余味绕胸
三生神怡
如果经常饮用
便会滋阴补阳
甚至会诗兴大发
为了活得更健美
且更具现代人的神韵
劝君莫失春光

打开和平路7号的美酒

满上

干杯

1993年2月22日写于安乡紫云洞

注：诗歌《劝君打开各平路7号的美酒》原载《玉垒诗刊》总第27、28合期，1993年8月出版。

射门不是我的最终目的
——谨以此诗献给商震先生

商

可爱的圆梦家商

谢您深深地知道

我的梦

一如新月

这半边在微笑

那半边在忧伤

商

可爱的圆梦家商

您端坐于雅堂之上

用诗歌之光

将我的另一半梦儿

照得辉辉煌煌

商
可爱的圆梦家商
一轮满月似的梦
如同足球
在我的眼前
慢镜头般地滚动

但
射门不是我的最终目的
商
可敬的圆梦家商
您说是吗

1993年5月12日写于安乡滴水洞

辉煌的合流
——致彭其芳先生

飞翔的梦
飞入了我的梦境
不　这不是梦
是桃花源的先生
带来了桃花源的神韵

是沅水的人
轻吟出了澧水的歌音

澧水曼舞上洞庭
沅水轻歌上洞庭
啊　辉煌的合流
说不尽的温情

长江俏皮地
轻拍了一下洞庭的肩膀
笑出了酒窝
跑向太平洋

1991 年元月 22 日凌晨

风情吟
——致郭德福先生

一阵风
自《绿野》吹来
热热的
甜甜的

一股情
从江城流来

笑吟吟的
绿茵茵的

1993年10月16日写于安乡听风楼

注：诗歌《风情吟》载于《绿野》第 6 期。

致梅夫大诗兄

你那火山般的激情
足以驱散漫天的乌云

你那海涛般的呼啸
足以荡涤形形色色的幽灵

若昏睡的夜把你拥抱
你定是不安分的流星

1988 年元月 12 日

注：诗歌《心的哭泣》(P192)《致梅夫大诗兄》载于1993年 11 月 25 日出版的《朝阳花》总第 17 期。

酒是好酒 情是豪情

一位毛主席接见过的知识女性
　　与几位被称为干部的人
以及两个据说会写文章的秀才
　　　　挤在了一张桌上
　　　　　酒是好酒
　　　　不是掺了水的酒精
　　而是安乡特产的二锅头
　　　　　一口酒卜喉
他们便侃起了十四届六中全会
　　　侃起了软硬两个工程

那位毛主席接见过的知识女性
　　　　从容地举起酒杯
　　举起满腔的深情与信任
　　　　　　干杯
　　　　　为了软工程
　　　　　　干杯
　　　　　为了硬工程

那个发了几火车新闻的白面书生
　　碰了一下旁边的"斯人"
　　　高部长不会喝酒呢
"斯人"望了一眼满面红光的女性

顿时肃然起敬

于是饮了一杯又一杯

饮下可上九天揽月的豪情

1996 年 12 月 20 日写于安乡听风楼

题梦飞儿玉照

风 风 风

一缕来自天堂的风

在我的明眸中吹拂

刹那间

时光飘逸

空间飘逸

即使连人的灵魂

亦空前飘逸

1994 年 5 月 18 日

水做的你

你是装在玉壶中的冰

你是纯洁无瑕的霜

你是一点即燃的雪

你是吉祥的五彩云
你是俊俏的雾中花
你是忧郁的太阳雨
你就是你　你是水做的
　　大优大秀的
　　　梦飞儿

1995 年 3 月 24 日

注：诗歌《水做的你》原载于 1996 年 5 月 9 日出版的海南《特区卫生报》第 115 期。

献给刘学灼先生的歌

淘气的紫罗兰哟笑吟吟
清秀的郁金香哟亮品品
　全是你的小星星
　你这无愧的父亲

还有那个从冬天走来的成年人
　也从肺腑吐真情
　好温存哟好宜人
　你这三月的阳春

1988 年 12 月 13 日

我发现
——致柏秉秋先生

在难读的百家姓中
我发现一个平凡的人
以高耸入云的树为姓
向着蓝天
彪炳着常青的历史

1988 年 12 月 19 日

注：诗歌《我发现》原载于 1995 年 5 月 24 日出版的《大地诗报》总第 1 期。

致陈绍东先生

不带火花的烟民
欲吞云吐雾之际
总会慷慨地引燃二十响
沁人肺腑的香烟啊

骑摩托车的小伙子
在笑语朗朗的球场上

总是跑得像摩托一样
如同满月的篮球啊

1994 年 10 月 1 日

我沉默了一个世纪
——致王焕廷先生

你哀婉地告诉我
这样一个信息
我沉默了一个世纪
才深深地叹息
不知道是为你
还是为我自己

王焕庭,我的同事!
忧郁是催化剂
忧郁是粉碎机
微笑是启明之星
微笑是生命之光

我相信奇迹
看吧
水更绿了
山更青了

还有那好多好多的松柏
更加挺直了

1989 年 6 月 30 日

梭 子
——致唐武生先生

一只梭子
梭过来
伏着
全神贯注地判断是非
梭过去
站着
不厌其烦地谈笑风生
这只梭子
织下一路七彩的情怀
永远不能也不会
织成那张
讨厌的偌大的网

1992 年元月 18 日

第八辑 风花雪月

漫步在心灵深处
看云卷云舒
悟花开禅意
那是精神的享受和升华

有感而发、自然流露的诗
——读乔光福的诗有感
文/春暖花开

无意间走入诗人乔光福的博客。

一首《回忆萝卜》好似一双手拽住了我的去意。"往事如萝卜般清晰／很肥很肥的棉衣／傻乎乎地穿在我童年的身上／寒冬令紫姜似的手／将口袋插成无底洞／这很好很好"。朴实的语言，真情的流露，相似的经历一下与我产生了共鸣。我反复地读了好几遍！这首诗写出了物质困乏的年代我们这些农村孩子的恶劣的生存环境！困苦的生活并没有磨灭我们的意志，相反，却给我们留下了宝贵的精神财富。这是千金难买的！正是由于有苦难的激励，所以作者付出比别人多出百倍的努力，如愿以偿地获得了"诗人"的桂冠！因此说苦难并非一无是处，它总是给人以向上的动力，让脆弱的生命百折不挠。

我觉得乔老师的诗，不是凭空想象的那种，即不是让人云里雾里的不知所以然的那种；而是来自生活的、是与活生生的现实相连着的那种。诗人巧妙地展示词语，虽然没有华丽的辞藻，却照样给人以美的享受！《一张巨大的犁》运用绝妙的比喻，人气磅礴，给人以向上的动力。《我只是一个香客》写出了诗人善良的情怀与美好的心愿。《金钱》勇敢大胆地披露了当今社会那些腐败分子的丑恶嘴脸，说明诗人是呼唤正义仇视罪恶的。《人生》短小精悍，很形象地把人生比喻成一场戏、一桌菜：酸甜苦辣都有之。《握锄的女人》："握锄的女人楚楚动人／那被太阳烤得发红的脸蛋／以及秀发上欲滴未滴的汗水／容易使人想起出水芙蓉"。诗人通过对握锄女人的描绘，赞颂了劳动者的美，说明劳动最光荣。《当父亲睡成一座山后》一语道破父亲的形象。父亲虽然平凡却是他生命的保障：父亲一生的艰难；和父亲在一起的快乐。当父亲睡成一座山后诗人经常在大脑里放一段父亲的录像，非常感人！

　　乔老师的诗各有千秋，在此就不一一评论。盼望乔老师写出更多更好的诗与大家分享！

收到乔光福老师的诗集

文/溪水清清

今天,乔光福老师的诗集从湖南省跨入山东,经过几个昼夜的颠簸,终于风尘仆仆地到达我的手中。这不是一本普通的诗集,这是诗人一颗滚烫的心。

我非常喜欢乔老师的诗歌,凝练、澄澈,散发着哲理的光芒,给人带来美的愉悦和思考。与乔老师在博客中相识,被他那咏叹式的诗文深深吸引,对他的了解也仅限于文字。知道他是中学老师,有一对儿女(乔木、乔梓),并且深爱着妻子,拥有着和睦的家庭。乔老师的大半生非常坎坷,挫折磨炼出他刚强的意志,不管在多么艰苦的条件下,诗歌永远被他攥在手中,那是他精神上的灯光。

我捧着散发着墨香的诗集,从第一页开始品读,当看到乔梓写的序,那朴实真挚的字里行间所流露出对父亲的崇拜和深爱,令人动容。看到最后一页乔老师写的那篇《精神的昂扬》中描述的才知道,乔老师的身体不是很好,生活比较窘迫,是在自己一位酷爱诗歌的学生帮助下,才终于提前完成出诗全集的夙愿!我的眼泪流了出来,这哪是一般的诗稿,这是诗人在用心雕刻生命啊!

我的心久久不能平静!为在经济大潮的滚滚洪流中,甘愿镇守诗歌阵地的勇者,献上我最崇高的敬意——借用乔老师的一句话"向顶礼膜拜诗歌艺术的人们顶礼膜拜"!

最后附上乔老师的几首诗歌:

《枯梅枝》:你裸露着钢筋铁骨/笑得坦然/你吐出逼人的

灵气 / 芳满人间 / 于是有人说 / 你一点也不含蓄委婉 / 你是一首直抒胸臆的诗篇

《在没有路的地方》：面对一位跋涉的赠言 / 我如捧一份沉甸甸的试卷 / 我想南极考察船驶向严寒 / 开辟了一条崭新的航线 / 我想首次登临月球的宇航员 / 不会不飘飘欲仙 / 在那没有路的地方 / 我将用行动 / 写下一个斩钉截铁的答案

《诗的诱惑》：诗之光点燃了黄昏 / 在不止的闪烁中 / 你吞吐着云雾 / 用温柔的笔头 / 触抚着人间的疾苦与幸福 / 诗之光点燃了子夜 / 在不止的熠耀中 / 你吞吐着思绪 / 用犀利的笔尖 / 勾画着人性的丑陋与美丽 / 诗之光点燃了凌晨 / 在忘我的境界中 / 你吞吐着蓝幽幽的灵感 / 用深刻的笔尖 / 捕捉着走向旭日的意象群

2010 年 5 月 3 日

今收到《乔光福诗选》

文/春暖花开

四月十号收到乔老师寄来的诗选,非常高兴!不舍得一下子看完,一个字一个字细读品味,跟他做心与心的交流。我会把这本诗选,不!是乔老师这颗真诚的心,珍藏在心底永远、永远!

我是读乔老师的《回忆萝卜》开始喜欢他的诗的。每一篇都让我感动甚至落泪,虽然对于诗我是个门外汉,可潜意识里也能分出个好坏:能跟自己产生共鸣的诗——字句不会让人费解的诗;耐琢磨、经得起推敲的诗;以真情实感打动、感染人的诗——我觉得就是好诗。乔老师是用心灵在写诗,他把自己对人生的深刻感悟,把凡人的心路历程,用一幅幅栩栩如生的画卷展现出来,给人以美的享受和启迪。我多么希望有能力的人能多提拔、多爱护、多支持像乔老师这样有才气的诗人学者,让他们在文学的道路上飞黄腾达,而不再有捉襟见肘的尴尬。他们是人类灵魂的工程师,是艰辛的劳动者,他们理应物质与精神双赢。

乔光福老师在我心目中是杰出的诗人。我希望他身体健康,写出更多更好的诗,让更多的人知道、喜欢他的诗。

2010 年 4 月 10 日

在心灵深处漫步
——浅读乔光福的诗
文/溪水

现在的社会,人们追逐着,忙碌着,无暇去顾及心灵深处的声音,模糊了对四季的敏感,所以说诗歌也是寂寞的。

虽然不乏写诗者,可真正能给心灵带来震撼的作品却不多。虽然与乔先生并不熟悉,当我接触到他的诗的时候,被深深地吸引了。请读《粉红的遐思》:"少年的羽毛飞上蓝天/粉红的遐思不期而至/宇宙拥抱着多情的太阳/激动得四季流泪。"多么厚重的情感,诗人把对大自然的热爱,寥寥数语便解读得淋漓尽致。请读《唯有一种飞翔飞得响亮》:"唯有一种飞翔飞得响亮/我的雪花般的语言/飞到了您的手上/您的血肉似的诗歌/飞到我的心上……"看似温柔的诗句,却是一种力量,不能不让人动容。请读《一棵青春树》:"这棵树在暴风骤雨中飘摇/一群自身难保的护林人/咒咒那风/看看这树/禁不住用手掌扪了扪/一扪就扪出灵魂的苏醒……"给人带来久久的思考。"苏醒"是诗眼,让整首诗达到一种高度,能让灵魂苏醒过来,是文学至高的使命。

乔老师的每一首诗,都充满感悟与人生的哲理,尽管篇幅不大,但内涵却是深远的。可见乔先生的修养和心胸,散发着人性的光芒。请读《斜对面的山头》:"瞬间/我们这边的老天哭丧着脸/可斜对面的山头却阳光灿烂。"生活中的坎坷是不可知的,在不可知的人生路上,像乔先生所言,口袋里揣满阳光,昂首走在旅途上!

我没有写过评论,真的无法用更深的笔触去评解乔先生诗歌的精髓，只是用我的眼光和角度，说了自己浅显的理解，不过我是真诚的、用心的。漫步在心灵深处，看云卷云舒，悟花开禅意，那是精神的享受和升华。

2009 年 7 月 24 日

附 录

斜对面的山头

今早我一打开店门
一阵冷风便扑面而来

天空雪花纷纷扬扬
地上却不见雪花半片

九时左右阳光洒满了地面
你的感觉是温暖得像春天

瞬间　我们这边的老天爷哭丧着脸
可斜对面的山头却阳光灿烂

2008 年 12 月 25 日写于云南省兰坪县

赠乔老师

湖南　黄科

清贫出泰斗，
豪气干九霄。
挥绿点春色，
含笑迈今朝。

致诗人乔光福

文/远航

头戴诸多光环的诗人
手拎着鼠标
把温暖送到
天涯海角
每一个热爱诗歌的博友
都受到你的关照
你给予的鼓励和支持
足以让人有信心去登高
一句评论，一个快乐音符
不管高调，还是低调
都是一束浪花
我小心翼翼把它放进书包
一个祝福
就像一座友谊的桥
我们会小心翼翼
把你的祝福珍藏好
再把我的祝福寄给你——
还是利用这快乐的鼠标

诗人乔光福站在桥上

文/天上有云走过

看不清你的模样,
却能看见有笑容在你的脸上。
天上有云走过时,
你的诗魂在闪亮。
无论白天黑夜,
有诗的地方就有温暖的光。
因为有这坚持的光,
文海的游子才不会迷失方向。
乘一叶小舟,
路过有风景的湘水旁,
不经意回首时,
诗人乔光福站在桥上。

乡村田园

——读诗人乔光福的诗有感

文/远航小诗

乡村田园
朴素、纯情
宁静而又温馨

乡村田园
盛产庄稼
养育着祖国的人民

乡村田园
有深刻的思想
没有喧闹的身影

乡村田园
有诗人的灵魂
有诗人的亲情和爱情

梅骨

——赠乔光福先生

文/洪川霜叶

在寒的梦里
你挺着瘦弱的骨
裸露着躯干
在风里和着或紧或慢的拍子

在寒的梦里
你迎着雪的影子
清醒地知道
报春的责任义不容辞

在寒的梦里
你孕育着蕾苞
在那个不经意的晨
和冰凌花一同绽放

在寒的梦里
你最溢清香
梦回人间
叫醒了一个春

2011 年 3 月 7 日

后记

  本诗文集的出版，几经周折，颇为不易，凝结着乔光福先生毕生的情感、智慧和心血，此次得以出版，算是了却其一生最大的心愿。

  时光流逝，但过往不会磨灭。对于生于 50、60、70 年代的人来说，这本诗文集，是一本很好的回忆录，会勾起过往的回忆，打开心灵尘封已久的往事。对于 80、90、00 后来说，这又是一本历史教科书，用娓娓的诉说，映射出一个乡土诗人眼里的生活百态，还原出 80 年代以来湖南农村的真实面貌。

  年轻时，乔光福先生对文字的热爱近似痴狂，常常白天教书育人，晚上还要挑灯作诗，妻儿曾多有怨言，然其志不改、意更坚，始终坚守诗文梦想。先生清高一世，不求当官、只求作文，性格秉直，爱憎分明，有陶渊明"不为五斗米折腰"的难得品质，这才得以让我们见到如此真实的文字。2020 年，一位曾经的诗友辗转多个政府部门特意找到先生，感谢 20 年前先生对其的勉励，让其走出人生低谷、实现人生梦想。这样的故事还有很多，我想，如此种种，这该是先生收到的最珍贵礼物了吧。

  这本诗文集能够出版，如果要表达感谢，我想，最应该感谢的是先生之妻——左先梅女士，正是由于左女士一辈子无怨无悔的牺牲和奉献，毕其一生的真情陪伴、倾心支持和悉心照料，才得以产生这些优秀的作品。今年，乔光福先生已年近七旬，自 2005 年中风，至今已近 16 年，两次心脏搭桥、从鬼门关走回多次，但至今，心心念念的，还是他的诗文作品。先生现在已不能写作，作为乔先生的女婿，敬重于泰山大人的人品和德行，感念于这些真实而又富有灵魂的文字，只言片语代作后记。

  愿乔先生这些温暖而朴实、慷慨而真实的文字，能够给诗友们带来一些启迪，似夏日里的凉风拂面一般，令人心旷神怡！

刘伟强

2021 年 5 月 5 日写于广东湛江